Diogenes Taschenbuch 24295

FRIEDRICH DÖNHOFF, geboren 1967 in Hamburg, ist in Kenia aufgewachsen. Er studierte Geschichte und Politik und verfasste mehrere Biographien, darunter den Bestseller *Die Welt ist so, wie man sie sieht – Erinnerungen an Marion Dönhoff*. Inzwischen schreibt er auch Kriminalromane um den jungen Kommissar Sebastian Fink. Friedrich Dönhoff lebt in Hamburg.

Friedrich Dönhoff

Seeluft

Ein Fall für Sebastian Fink

ROMAN

Diogenes

Die Erstausgabe
erschien 2013 im Diogenes Verlag
Covermotiv: Foto von Friedrich Dönhoff

Veröffentlicht als Diogenes Taschenbuch, 2014

www.diogenes.ch
20/17/852/2
ISBN 978 3 257 24295 9

Für Lavinia, Jakob und Celeste

Es ist dunkel. Die Hand zittert. Der Daumen drückt auf den Knopf der Fernbedienung. Der Bildschirm leuchtet auf.

Ein Strand. In der Ferne zieht ein Containerschiff vorbei. Ein Junge mit Mütze schaut gegen die Sonne, lacht und haut mit einer roten Plastikschaufel auf die Sandburg. Das Bild wackelt. Eine Frauenstimme sagt: »Schau mal da!«

Der Junge dreht sich um. Ein weißes Kreuzfahrtschiff.

»Mit so einem fahren wir irgendwann einmal in die Karibik«, sagt die Stimme eines Mannes.

»Oder nach Schweden«, antwortet die Frau.

Der Junge versucht, die Schaufel in den Sand zu stecken, was ihm aber nicht gelingt.

1

Maik Keilenweger knallte die Mappe mit den Unterlagen auf den Schreibtisch. Er war müde, die Sitzungen schafften ihn. Seine Armbanduhr zeigte Viertel nach fünf, eigentlich hätte er sich einen Whisky genehmigen können. Doch Isabelle hasste es, wenn er bei ihr ankam und schon nach Alkohol roch. Er setzte sich in den alten Ledersessel und streckte die Beine aus.

Seine Gedanken gingen zurück zur Sitzung. Was hatte sie nun gebracht? Klar, die Zeiten waren nicht leicht, und die Konkurrenten standen auch nicht viel besser da. Aber für die Reederei Köhn galten eben andere Maßstäbe. Meere und Handelswege sollten vor ihr liegen, nicht andere Reedereien, die ihre Geschäfte besser verstanden. Das war der Maßstab des Seniors gewesen, und der galt noch immer, obwohl Keilenweger bereits vor Jahren die Leitung der Firma übernommen hatte. In der Sitzung hatte er genau das in aller Deutlichkeit gesagt, nachdem Alberto Cruz-Schneider versucht hatte, seine miesen Zahlen für den Bereich Südeuropa schönzureden. Da war Keilenweger der Kragen geplatzt, und er hatte ihn vor versammelter Mannschaft fertiggemacht.

Nein, Spaß gemacht hatte es ihm nicht. Keine dieser Sitzungen machte ihm noch Spaß. Wäre da nicht Penelope gewesen, wäre er womöglich gar nicht mehr hingegangen.

Maik Keilenweger lehnte sich zurück, schloss die Augen und dachte an die Praktikantin. Er ließ sich ihren Namen auf der Zunge zergehen, und mit jeder Silbe stellte er sich vor, wie er sie entblätterte:

Pe – für die Bluse, so eng, als wäre sie aufgemalt.

Ne – für den Büstenhalter aus fast unsichtbarer Spitze.

Lo – für den Rock, der sich um ihren kleinen Arsch schmiegte.

Pe – für den Rest.

Er lockerte gerade seinen Krawattenknoten, als es klopfte.

»Die Personalakte«, sagte die Sekretärin laut flüsternd. »Ich hoffe, Herr Cruz-Schneider hat nichts bemerkt. Er hat so komisch geguckt.«

Typisch die alte Bischof, dachte Keilenweger, immer ängstlich, immer besorgt. »Haben Sie jemals erlebt, dass Cruz nicht komisch guckt?« Er öffnete die Akte, blätterte, nahm ein paar Seiten heraus und steckte sie in seine Ledertasche. Im Augenwinkel sah er, dass die Bischof vorsichtig mit einem Blatt Papier wedelte.

»Hier ist noch etwas«, sagte sie.

Er nahm das Blatt entgegen, und die Sekretärin sagte mit Entrüstung in der Stimme: »Diese Verbrecher wollten in ein Schlauchboot steigen. Man hat Farbe sichergestellt …«

»Schlauchboot? Farbe?« Keilenweger lachte. »Hören Sie auf!«

Das Papier war ein Fax, ein Flugblatt der Umweltorganisation Ökopolis. Keilenweger überflog den Text und stöhnte. Die alte Leier: Schiffe verpesten die Umwelt mehr als Autos und Flugzeuge, bla, bla, bla. Umweltfreundlicherer Treibstoff sollte benutzt werden... danke, auf die Idee sind wir auch schon gekommen. Aber mit teurem Öl gehen die Reedereien pleite, Hunderttausende Arbeitsplätze lösen sich in der sauberen Luft auf. Und dann? – Keilenweger schaute hoch, und Frau Bischof zuckte die Schultern.

Genau so hatte er es den Freizeitaktivisten von Ökopolis gesagt, aber das wollten die natürlich nicht hören. »Umweltfuzzis«, schimpfte Keilenweger, knüllte das Papier zusammen und warf es in den Papierkorb. »Verwöhnt und beschränkt – alle miteinander. War sonst noch was?«

Nachdem die Sekretärin gegangen war, drehte er seinen Sessel um einhundertundachtzig Grad. Er liebte den Blick auf den Hamburger Hafen und die Elbe, die wie ein grandioses Modell vor ihm lagen. Nur gut, dass sie damals mit der Firma in den zwölften Stock des neugebauten Büroturms gezogen waren und nicht auf den Alten gehört hatten, der die neuen Räume lieber in einem der billigeren unteren Geschosse gesehen hätte.

Die neuen Hochhäuser waren erst vor wenigen Jahren zwischen Reeperbahn und Elbe hochgezogen worden und hatten den Stadtteil aufgewertet. Im Ausland und auch in Deutschland dachte man beim Stichwort St. Pauli noch immer in erster Linie an Bordelle und Amüsiermeile. Dabei hatte sich der Stadtteil stark verändert. Die Mieten stiegen seit Jahren kontinuierlich, alteingesessene Bewohner, kleine Läden und Kneipen mussten St. Pauli verlassen. Die Zeiten änderten sich. Menschen kamen und gingen, Häuser wurden gebaut und wieder abgerissen, alles löste sich irgendwann auf, nur die Elbe floss immer weiter dahin. Maik Keilenweger schaute in die Ferne, in das Blau des beginnenden Abends, und plötzlich durchströmte ihn eine tiefe Melancholie. Er liebte sein Leben. Aber das würde er niemals laut sagen, schon um andere nicht zu provozieren.

Um 18.15 Uhr schritt er über den langen Flur Richtung Ausgang, vorbei an den gläsernen Zellen, in denen die Mitarbeiter sich plötzlich gerade hinsetzten und konzentriert auf die Bildschirme blickten. Gut so. Als er auf den Fahrstuhl wartete und gegen die silbernen Metalltüren starrte, dachte er darüber nach, warum ihn Alberto Cruz-Schneider so ankotzte. Waren es seine schneeweißen Zähne oder dieser dümmliche Stolz, mit dem er seine ausgefallenen Anzüge trug? Seine widerliche glatte Haut, die mit Gel angeklatschte Frisur, oder beides? Statt sich ständig um sein tolles Aussehen zu kümmern, sollte sich der Spanier lieber auf das konzentrieren, wofür er bezahlt wurde. Egal, die Sache würde sich eh bald erledigt haben.

Maik Keilenweger war eben in den Aufzug gestiegen, als plötzlich in der Bauchgegend die Nadeln wieder zustachen, zehnmal, hundertmal in der Sekunde. Er lehnte an die Wand, hielt sich den Bauch. Kalter Schweiß brach ihm aus, rann vom Nacken in den Kragen und den Rücken hinunter. Er krümmte sich. Als der

Aufzug unten angekommen war, hatte es wieder aufgehört, und der Schmerz im Bauch war nur noch wie das ferne Flackern eines abklingenden Gewitters wahrzunehmen. Alles wie beim letzten Mal. Keilenweger atmete tief ein und wieder aus. Er hasste Ärzte, aber in der kommenden Woche würde er wohl doch einen dieser Quacksalber aufsuchen müssen, auch auf die Gefahr hin, dass er sich anhören müsste, er wäre mit zweiundfünfzig ja auch nicht mehr der Jüngste.

Um 18.22 Uhr verließ er mit durchgedrücktem Rücken den Büroturm, in der Hand die Aktentasche, über dem Arm den Sommermantel. Einen Moment blieb er auf dem Vorplatz zwischen den Hochhäusern stehen, um in seinen Körper hineinzuhorchen. Aber da war nur Friede – und ein Gefühl der Dankbarkeit, das sich in ihm wie eine liebliche Droge ausbreitete. Er überlegte, ob er Isabelle nicht ein kleines Geschenk mitbringen sollte. Zum Beispiel ein paar leckere Schweinereien aus dem Feinkostgeschäft? Es wäre außerdem eine schöne Gelegenheit nachzusehen, welche von den süßen Miezen heute hinterm Tresen bediente.

Sechzehn Minuten später stand er mit einer prall gefüllten Tüte neben seinem Mercedes und zog einen Strafzettel hinter dem Scheibenwischer hervor. Um 18.57 Uhr parkte er bereits in der Großen Elbstraße, nicht weit vom Wasser entfernt. Auf der anderen Seite des Flusses wurde ein Frachter mit Containern beladen. Keilenweger kniff die Augen zusammen und erkannte eines der Schiffe der Reederei Köhn. Als er das Autofenster schließen wollte, vertat er sich im Knopf: Die

Scheibe ging nicht rauf, sondern runter. Kleine rosafarbene Blüten wehten herein und verteilten sich auf den dunkelblauen Ledersitzen. Vergnügt sammelte Keilenweger sie auf.

Dann ging er die schmale Gasse hinauf, begleitet von den Strahlen der tiefstehenden Sonne, die das jahrhundertalte Kopfsteinpflaster mit einem goldenen Schimmer überzog. Er ging mit leichtem Schritt darüber hinweg, nahm fast hüpfend die Stufen hinauf zur Carsten-Redder-Straße.

Als er um 19.05 Uhr in die Buttstraße einbog, erstarrte er. Was machte der denn da? Woher kannte er überhaupt Isabelles Adresse? Keilenweger wollte sich schnell hinter ein parkendes Auto ducken, aber zu spät, ihre Blicke hatten sich schon getroffen. Keilenweger tat, als würde er etwas vom Boden aufheben, und ging mit großen Schritten auf das Haus zu. Das hätte nicht passieren dürfen, dachte er, und er versuchte zu lächeln.

2

Um kurz vor sieben Uhr fuhr Sebastian in eine Parklücke vor dem Dammtorbahnhof, zog die Handbremse, stellte den Motor ab und sprang aus dem Auto. Er lief quer über den Radweg, kletterte über die halbhohe Absperrung, rannte in das Gebäude und schaute zur Anzeigentafel. Ankunft City Night Line 2168 aus München – Gleis drei. Der Zug hatte zwanzig Minuten Verspätung.

Plötzlich hatte er Zeit. Er ging durch die Halle und bestellte bei der Bäckereiverkäuferin eine heiße Schokolade to go. Die Frau sah ihn ungläubig an, und er wiederholte seinen Wunsch. Mit dem Pappbecher in der Hand schlenderte er in aller Ruhe zur Treppe, die zum Bahnsteig für die Fernzüge führte. Hier oben am Gleis war um die Zeit kein Mensch zu sehen. Erst vergangene Woche, total kurzfristig, hatte Wanda sich angekündigt. Sebastian konnte sich nicht erinnern, wann er sie zum letzten Mal gesehen hatte. Und warum sie nach so vielen Jahren plötzlich nach Hamburg kam, um ihn zu treffen, wusste er auch nicht.

Er warf den Pappbecher in den Mülleimer, schob die Hände in die Hosentaschen und schaute nach oben. Auf den Querstreben unterhalb des gewölbten Dachs hockten aufgeplusterte Tauben. Das Sonnenlicht fiel durch die riesigen Fenster und brachte den hellen Sandstein zum Leuchten. Der Dammtorbahnhof war der schönste Bahnhof von Hamburg. Vor hundert Jahren gab es hier sogar noch ein Extragleis für den Kaiser.

Die Zugbremsen kreischten, Sebastian trat einen Schritt zurück und ließ die Reisenden vorbei, die nacheinander aus den schmalen Türen stiegen. Viele waren es nicht, die meisten waren, wie immer, schon am Hauptbahnhof ausgestiegen. Er erkannte niemanden. Erst als der Bahnsteig schon fast leer war, sah er ganz am Ende eine zierliche Person, die sich über zwei Taschen bückte. Er ging ihr entgegen.

Sie trug einen Trenchcoat, darunter eine weiße Bluse mit offenem Kragen, eine dunkle Hose und Turnschuhe. Sebastian grinste: Es war dieselbe Marke, die er auch trug. Die Falten in Wandas braungebranntem Gesicht waren ihm früher nicht aufgefallen. Ihre blauen Augen musterten ihn. »Du bist groß geworden«, sagte sie.

Er lachte. »Und du hast dich nicht verändert.«

Dann umarmten sie sich. Er nahm ihr eine Tasche ab, die kleinere wollte sie selber tragen. Als sie nebeneinander hergingen, dachte er, dass seine Großmutter kleiner und zierlicher war, als er sie in Erinnerung hatte. »Wie war die Fahrt?«, fragte er.

»Ich habe die halbe Nacht im leeren Speisewagen gesessen und hinausgeschaut.«

Er schob ihre Gepäckstücke in den kleinen Kofferraum zwischen seine Joggingschuhe und die Sporttasche. Als er die Klappe schloss, schepperte die Ablage.

»Danke«, sagte Wanda, als sie im Auto saßen.

»Wofür?«

»Na, dass du mich abholst.«

»Ist doch selbstverständlich«, sagte er. Aber was war in seiner Familie schon selbstverständlich?

Sie fuhren Richtung Alster, und der Verkehr auf der Alsterglacis floss zäh. »Wie lange bleibst du?«, fragte er, blinkte und wechselte die Spur. »Besuchst du Mama und Papa?«

»Ich dachte, ich miete in den nächsten Tagen ein Auto und fahre mal rüber nach Lübeck.«

Er lauschte nach einem Unterton und schaute zu ihr hinüber, um ihr Gesicht zu sehen, aber da war nichts. »Du solltest dich anschnallen«, sagte er.

Wanda winkte ab: »Ich schnalle mich nie an.«

»Das sage ich nicht nur, weil ich Polizist bin.«

Umständlich zog Wanda am Gurt. Sie hatte ihn gerade eingesteckt, da kamen sie in einen Stau. Im Schritttempo fuhren sie über die Kennedybrücke, eine der beiden Brücken, die die Binnen- von der Außenalster trennte. Vor den prächtigen Häuserfassaden am Jungfernstieg schoss die Fontäne in die Höhe.

Das Hotel Selbach in Stadtteil Uhlenhorst war eine kleine Villa. Wanda hatte sich für das Haus entschieden, weil die Alster ganz in der Nähe war, und ihr Zimmer übers Internet gebucht. Sie verabredeten, dass Wanda sich kurz frischmachte und sie dann gemeinsam in einem der Cafés am Wasser frühstücken würden.

Der Rezeptionist, ein junger Typ mit streng gescheiteltem Haar, schaute auf seinen Bildschirm, bewegte kaum merklich seinen Kopf, zog die Augenbrauen nach oben, dann die Mundwinkel nach unten. Dann stellte er fest, dass für Dr. Wanda Kellermann bedauerlicherweise keine Reservierung vorläge. Sie hätte die Internetbuchung bestätigen müssen. Er bot an, sich bei anderen Hotels nach einem freien Zimmer zu erkundigen, aber weil Messe sei, würde es nicht einfach werden.

Wanda drehte sich seufzend zu Sebastian um und sagte: »Das tut mir leid, dass ich jetzt so viele Umstände mache.«

In dem Moment vibrierte sein Handy in der Hosentasche. Er schaute auf das Display, entschuldigte sich und ging ein paar Schritte zum Fenster, wo er zwischen Klubsesseln und Grünpflanzen das Gespräch annahm.

»Ich hoffe, du hast gut geschlafen«, sagte Jens.

»Ich muss mich gerade um meine Großmutter kümmern. Was gibt's?«

»Einen Toten.«

»Wo?«

»Buttstraße, beim Fischmarkt.«

Sebastian schaute zum Rezeptionisten rüber, der den Telefonhörer zwischen Ohr und Schulter geklemmt hatte. Wanda lehnte an der Theke. Sie sah müde aus.

»Ich bin gleich da«, sagte Sebastian.

Er ging zurück zu seiner Großmutter und legte einen Arm um ihre Schulter. »Du wohnst heute bei mir«, sagte er. »Nimm ein Taxi und lass dir das Gepäck hochbringen. Hier«, er legte ihr seinen Wohnungsschlüssel auf die Theke, »ich melde mich, sobald ich kann.«

3

Es war Viertel vor acht, als Sebastian die Große Elbstraße in Altona erreichte. Die alte Fischauktionshalle ließ er links liegen und bog nach etwa zweihundert Metern rechts in eine kopfsteingepflasterte Gasse. Sebastian schaltete einen Gang herunter und steuerte den Wagen noch ein Stück bergauf, um eine kleine Kurve herum, bis er das weiß-rote Band sah, mit dem die Kollegen den Weg gesperrt hatten. Sebastian stieg aus. Die Morgensonne wärmte bereits. Irgendwo lärmten ein Betonmischer und andere Baumaschinen.

Die Buttstraße war eng und abschüssig. Auf ihrer rechten Seite parkte eine Reihe Autos unter Kirschbäumen, deren Kronen in voller Blüte standen. Die rosafarbenen Blüten wehten leise durch die graue Schlucht, tanzten über Autodächer und Kopfsteinpflaster und sammelten sich am Straßenrand im Rinnstein. Bei zwei der Autos standen Polizeibeamte, Notärzte, Männer vom Bestattungsinstitut und Gerichtsmediziner in weißen Overalls. Auch Jens war da, in seiner abgewetzten braunen Lederjacke. Sebastian grüßte knapp in die Runde.

Das Erste, was er von dem Toten sah, waren die Schuhspitzen, die zwischen den Autos hervorlugten.

Der gekrümmte Körper lag zur Hälfte unter einem großen Pick-up-Wagen, der rechte Arm unter einem Kleinwagen. Der Mantel war aus teurem Stoff, die Schuhsohlen aus Leder. Sebastian ging um das Fahrzeug herum und betrachtete die Leiche von der anderen Seite. Blut am Hinterkopf, Spritzer auf dem Bürgersteig bis zu einem Meter von dem Körper entfernt, von der Spurensicherung bereits markiert. An der rechten Hand ebenfalls Blut. Das Gesicht war kantig, die Lippen schmal. Das dichte dunkle Haar war von grauen Strähnen durchzogen.

Jens berichtete, dass ein Briefträger den Mann entdeckt und den Notarzt gerufen habe. Er reichte Sebastian den Personalausweis, den er dem Portemonnaie des Toten entnommen hatte. Auf dem Foto schaute der Mann mit hellen Augen in die Kamera, ein wacher Blick mit einem Funken Misstrauen. Der Name des Toten: Maik Keilenweger, geboren am vierten Dezember 1961, wohnhaft Am Felde, Bönningstedt, zwanzig Kilometer nördlich von Hamburg.

»Er war der Boss der Reederei Köhn«, sagte Jens. »Kennst du die?« Er reichte Sebastian eine Visitenkarte, die ein schlichtes Logo hatte, das Sebastian irgendwo schon einmal gesehen hatte. »Vierhundert Euro, zwei Hunderter, vier Fünfziger, sind im Portemonnaie und ein bisschen Kleingeld in den Hosentaschen. Außerdem trägt der Mann eine Uhr, ein sauteures Teil, wenn du mich fragst. Raubüberfall scheidet wohl aus.«

»Abwarten«, sagte Sebastian. Jens urteilte manchmal zu schnell, dabei war das Erste, das sie während ihrer gemeinsamen Zeit in der Polizeischule gelernt hatten: Jederzeit für alle Möglichkeiten offen bleiben.

»Streber«, gab Jens zurück.

»Er ist auf jeden Fall schon mehrere Stunden tot«, sagte unvermittelt der Gerichtsmediziner, der sich zu ihnen gestellt hatte.

»Geht's vielleicht etwas präziser?«, fragte Jens.

Der Mann im weißen Overall wiegte bedächtig den Kopf: »So zwischen sechs und neun Stunden.«

»Also heute Nacht zwischen halb elf und halb zwei gestorben«, fasste Jens zusammen. »Erstaunlich, dass so lange niemand die Leiche entdeckt hat, oder?«

Sebastian schaute sich um. In diesem Abschnitt der Straße gab es nur zwei Wohnhäuser. Hinter der hohen Mauer mit den winzigen dunklen Fenstern befand sich wohl so etwas wie ein Institut. Wenn überhaupt, kamen hier am Abend vermutlich nur wenige Menschen entlang. Außerdem lag der Tote zwischen den Autos so versteckt, dass man ihn, vor allem in der Dunkelheit, kaum sehen konnte. Sebastian zählte in der Reihe zehn abgestellte Fahrzeuge und bat Jens, die Namen der Halter ausfindig zu machen und sie zu fragen, um welche Uhrzeit sie geparkt hatten und ob ihnen etwas aufgefallen sei. Vielleicht gehörte ja auch eines der Autos dem Toten.

»Ist der Mann schon vermisst gemeldet?«, fragte Sebastian.

Jens schüttelte den Kopf.

»Handy?«

»Seit gestern Nachmittag kein einziger Anruf.«

Der Gerichtsmediziner räusperte sich und erklärte, dass die Wunde am Hinterkopf wohl von der Kante des Bordsteins stammte. Wahrscheinlich sei der Mann ausgerutscht und unglücklich gefallen.

»Wo genau, meinen Sie, ist er ausgerutscht?«, fragte Sebastian.

»Am Bordstein selbst.«

»Wäre er dann nicht auf dem Gehweg gelandet? Um zwischen den Wagen zu enden, hätte er seltsam herumtänzeln müssen. Außerdem liegt er mit den Füßen zur Straße. Da ist es doch wahrscheinlicher, dass er auf der Straße ausgerutscht ist – zum Beispiel auf den Kirschblüten – und hintenüber in die Parklücke gefallen ist.«

»Aber dann hätte er sich an den Autos abgestützt und wäre nicht so heftig aufgeschlagen«, wandte Jens ein.

Auch das war richtig.

»Was denkst du?«, fragte Sebastian.

»Hier oder dort ausgerutscht – erschrocken – Herzinfarkt – dann auf dem Bordstein aufgeschlagen«, meinte Jens und fuhr fort: »Schwerverletzt – noch bewegt – unter das Auto gerutscht – gestorben. Und niemand hat es bemerkt.«

»Also nur ein dummer Unfall?«, fragte Sebastian. Er betrachtete die Leiche noch einmal. Was machte der Typ so spät am Abend in dieser Gegend? War er vielleicht in einem der noblen Restaurants unten an der Elbe gewesen?

Sebastian ging die Buttstraße hinunter. Die Gehwegplatten waren aufgerauht, damit man nicht rutschte. Die Wohnhäuser an der Kreuzung waren aus rotem Klinker, die Balkongeländer grün – Sozialbau der achtziger Jahre. Sebastian bog nach rechts in die De-Voß-Straße ein und folgte ihr ein paar Schritte, bis die Elbe in Sicht kam. Ein Frachtschiff, beladen mit Tausenden Containern, die wie bunte Bauklötze aussahen, bewegte sich in Zeitlupe vorbei. Sebastian betrachtete die Fassaden ringsum. Alte Gemäuer und moderne Bauten waren hier ineinander verschachtelt. Das Ganze strahlte Unruhe aus.

Er schloss die Augen. Warum war der Manager gerade in dieser Gegend gestorben? Warum war sein Leichnam über so viele Stunden von niemandem bemerkt worden? War er wirklich nicht entdeckt worden?

Als plötzlich der gellende Schrei einer Frau durch die Straßen schallte, zuckte Sebastian zusammen. Zuerst dachte er, der Schrei sei von links gekommen, wo die Baustelle lag, aber das war ein Echo. Der Schrei kam von drüben aus der Buttstraße. Sebastian sprintete zurück.

Mitten auf der Straße stand eine Frau von vielleicht Ende zwanzig in einem langen, schwarzweiß gemusterten Mantel. Sie starrte auf die Leiche. Ihre großen Locken waren feuerrot, die Gesichtsfarbe auffallend hell. Plötzlich ging sie in die Knie, als wollte sie beten.

Sebastian hockte sich zu ihr, legte vorsichtig seine Hände auf ihren Arm. Als sie wieder Luft holte, schüttelte er sie sanft, sie ächzte.

»Sie kennen den Mann?«, fragte Sebastian.

»Was ist passiert?«, stieß die Frau hervor.

»Das wissen wir noch nicht. Wohnen Sie hier in der Gegend?«

Die Frau zeigte auf das Patrizierhaus schräg hinter ihr, das mit seinen stuckverzierten Fassaden wie ein großes Tortenstück aussah. Sebastian bedeutete dem Notarzt mitzukommen.

Mit großen Schritten ging die Frau vor, als würde eine unsichtbare Kraft sie von dem Unfallort wegdrängen. Sie öffnete eine schlichte Kassettentür, von der die Farbe unten an der Stelle absplitterte, wo sie täglich mit Hilfe von Schuhspitzen und Einkaufstüten aufgedrückt wurde. Die Frau eilte, ohne sich nur einmal umzudrehen, durch das Treppenhaus hinauf bis in die oberste Etage. Während sie die Wohnungstür aufschloss, las Sebastian den Namen »Seidel« auf dem Klingelschild.

Es war ein Dachausbau mit niedrigen Decken, aber einem großen Raum mit Wohnzimmer und offener Küche. Auf der Theke stand ein Frühstücksgedeck für eine Person: ein schneeweißer Teller, ordentlich beigelegtes silbernes Besteck, ein Becher mit der Aufschrift »Luna«, zwei Gläser Marmelade, ein Stück Butter auf einem kleinen Teller, Salz- und Pfefferstreuer. Auf der gegenüberliegenden Seite des Raums befanden sich ein graues Sofa, zwei schwarze Sessel und ein länglicher gläserner Beistelltisch, auf dem eine große Muschel inmitten kleinerer Muscheln lag.

Die Frau fiel in einen der Sessel, Sebastian setzte sich an den Rand des Sofas und fragte mit ruhiger Stimme: »Sind Sie Frau Seidel?«

Sie nickte langsam: »Isabelle Seidel.«

»Darf ich fragen, woher Sie Herrn Keilenweger kannten?«

Ihr Blick wanderte über den Dielenboden hin und her. Ihr langer weißer Zeigefinger wickelte sich in eine ihrer roten Locken, und für einen Moment musste Sebastian an die rot-weiß gestreiften Hütchen im Straßenverkehr denken.

»Wann haben Sie ihn zuletzt gesehen?«, fragte Sebastian.

»Gestern Abend.«

»Hier?«

Die Frau weinte. Sie nickte und versuchte, etwas zu sagen, aber den Worten kamen Schluchzer zuvor.

»Wann hat Herr Keilenweger die Wohnung verlassen?«

Frau Seidel versuchte sich zu konzentrieren. »Ungefähr um halb zwölf«, sagte sie.

Neben einem Setzkasten hing eine afrikanische Maske aus tiefbraunem Holz, die auf der weißen Wand schön zur Geltung kam. Sebastian fiel auf, dass die Wohnung frisch renoviert war. Er bat den Notarzt, noch eine Weile bei Frau Seidel zu bleiben, und verabschiedete sich.

4

Sebastian wickelte das Papier um die restliche Schokolade und verstaute die Tafel in der untersten Schublade seines Schreibtisches. Drei Monate hatte er sich vorgenommen, drei Wochen durchgehalten. Jetzt versuchte er, den Schokoladenkonsum wenigstens auf einen Riegel pro Tag zu beschränken. Sebastian schob die Büroklammern in den kleinen Behälter, legte Notizbuch und Stift bereit und hörte Jens und Pia draußen auf dem Gang lachen. Kurz darauf klopfte es, und die Kollegen traten ein.

»Alles okay bei euch?«, fragte Sebastian und warf einen Hefter mit losen Blättern auf den Stapel rechts hinten.

Pia setzte sich auf den einzigen freien Stuhl. Jens lehnte sich mit dem Rücken an die Wand und blätterte in seinem Block.

»Schieß los«, bat Sebastian.

Jens fasste zusammen: Maik Keilenweger, 52, war verheiratet, wohnhaft in Bönningstedt. Ehefrau Constanze, 49, nicht berufstätig. Zwei erwachsene Kinder: Tochter Gesa, 30, arbeitete als Goldschmiedin in Hamburg-Eppendorf, wo sie auch lebte. Sohn Henning, 29, Zahnarzt in einer Gemeinschaftspraxis in Poppenbüttel, wohnte in Kauersort, einem Nachbarort von Bönningstedt. Die Reederei Köhn war ein mittelständisches Unternehmen mit Sitz in St. Pauli, im Astra-Turm, alteingesessen, guter Ruf. Dann schlug Jens seinen Block zu und schaute seine Kollegen erwartungsvoll an.

Sebastian erzählte von dem Besuch bei Frau Seidel.

»Also war sie Maik Keilenwegers Geliebte«, stellte Jens fest.

Pias Blick durch die Nickelbrille war nicht zu deuten. »Er ist von niemandem als vermisst gemeldet worden«, sagte sie. »Auch nicht von seiner Ehefrau.«

»Vielleicht denkt sie, er sei auf Geschäftsreise«, warf Jens ein.

Sebastian bat ihn, mit den Kollegen Sörensen und Janssen und wenn nötig mit zwei weiteren Beamten zur Buttstraße zurückzufahren und eine Nachbarschaftsbefragung durchzuführen. Dann nahm er seine Jacke vom Haken. Eine der schwersten Aufgaben stand nun an, eine Aufgabe, die Sebastian hasste und für die er Pias Unterstützung brauchte: Er musste die Ehefrau über den Tod ihres Mannes informieren. Wieder würde er zusehen müssen, wie eine Welt zusammenbrach. Ein Kommissar sollte sich da gefühlsmäßig heraushalten, aber das war Theorie. In der Praxis nahmen solche Szenen Polizisten mehr mit, als sie zugeben mochten.

Zu zweit stiegen sie in den Fahrstuhl. Sebastian beruhigte es, Pia dabeizuhaben. Seit er den ersten Fall als Hauptkommissar übernommen hatte, gehörte sie zu seinem Team. Mit ihrer Nickelbrille, dem Pulli und dem sportlichen Gang strahlte sie etwas Kumpelhaftes aus.

Wenn sie lächelte, was leider selten geschah, sah man, wie attraktiv sie eigentlich war. Ob sie in einer festen Beziehung lebte oder nicht, hatten Jens und Sebastian noch nicht herausgefunden, und von sich aus gab sie nur sehr selten etwas aus ihrem Privatleben preis.

Sie fuhren auf die A7 Richtung Norden, erreichten die Abfahrt Schnelsen schon nach wenigen Minuten und fuhren auf einer Landstraße weiter.

»Geht's dir gut?«, fragte Pia unvermittelt.

Sebastian schaute erstaunt zu ihr hinüber. Er konnte sich nicht erinnern, dass Pia ihn jemals so direkt nach seinem Befinden gefragt hätte.

»Ganz okay«, antwortete er und überlegte schnell, ob er von Wandas Besuch erzählen sollte. »Meine Großmutter…«, begann er, sprach aber aus irgendeinem Grund nicht weiter.

»Deine Großmutter?«, wiederholte Pia.

»Sie kam heute früh aus Basel.«

»Aha«, sagte Pia.

»Es gab kein Hotelzimmer mehr, und jetzt wohnt sie erst einmal bei mir.«

Pia schaute ihn von der Seite an, zuckte einmal die Schultern. »Ist doch nett.«

»Ja, vielleicht.«

Pia guckte aus dem Fenster. »Ich müsste meine Oma mal wieder anrufen. Vielleicht mache ich das heute Abend.«

5

Umgeben von dichtem Grün lag das Grundstück außerhalb des Ortes. Licht fiel durch die Bäume und warf gesprenkelte Schatten auf den weißen Kiesboden. Eine kleine steinerne Treppe führte hinauf zur Eingangstür des hundert Jahre alten renovierten Gutshauses. Die Tür war aus hellblau gestrichenem Holz. An der Wand daneben befand sich ein gusseiserner Klingelknopf. Sebastian drückte.

Es rauschte in den Bäumen. Von irgendwoher war der Ruf eines Pfaus zu hören. Sebastian und Pia wechselten einen Blick. Dann klingelte Sebastian noch einmal. Die Tür blieb verschlossen.

Sie gingen über den Kies, schauten in eines der Fenster: An einer Garderobe hingen ein paar Mäntel und Jacken, ein Spiegel war zu sehen, Als sie um die Ecke des Hauses bogen, blieben sie beide gleichzeitig stehen. An der Seitenwand prangten mehrere frische Farbkleckse, ganz offensichtlich von Farbbeuteln. Sie mussten von einigen Metern Entfernung mit Kraft geworfen worden sein. Wie ein Kunstwerk wirkten die leuchtenden Farben auf den verwitterten Steinen.

Sebastian schaute noch auf die Hauswand, als er einen surrenden Ton vernahm. Er drehte sich um, aber es war nur noch das Rauschen der Eichen zu hören. Kurz darauf war es jedoch wieder da: ein gleichmäßiges Surren, und dazu etwas, das wie ein angestrengtes Stöhnen klang.

»Hallo!«, rief Sebastian.

Sie gingen weiter. An der Ecke zur Vorderseite des Gebäudes öffnete sich der Blick auf einen großen Rasen, der auf der linken Seite von einer langen Rosenhecke eingegrenzt war. Weiter hinten, auf der rechten Seite, war ein Schwimmbad. Auf der großzügigen Veranda strampelte auf einem Trimm-dich-Rad eine Frau mit blondem Pferdeschwanz, dazu trug sie ein Stirnband und eine leuchtend gelbe Gymnastikhose. Um ihren Hals lag ein Handtuch, an ihrem Unterarm war ein Pulsmesser befestigt. Als sie Sebastian bemerkte, drosselte sie die Geschwindigkeit und zog zwei Stöpsel aus den Ohren.

»Sind Sie Frau Keilenweger?«, fragte Sebastian und dachte dabei, dass sie eigentlich etwas zu jung dafür aussah.

»Bin ich. Und wer sind Sie?«

»Sebastian Fink, Kripo Hamburg. Meine Kollegin Pia Schell.«

Die Frau rollte die Augen. »Schon wieder die Nachbarn? Au Mann, die nerven! Halt, bevor Sie anfangen, will ich mich schnell umziehen.« Ohne die Antwort abzuwarten, stieg sie vom Rad, eilte mit kleinen, schnellen Schritten über die Veranda und verschwand im Haus.

Wenn Constanze Keilenweger sich wohler fühlte, war es für das bevorstehende Gespräch nur von Vorteil, dachte Sebastian. Aber die Verzögerung trieb seine Nervosität weiter in die Höhe.

»Nachbarn?«, murmelte Pia.

»Keine Ahnung, was sie meint«, gab Sebastian zurück.

Im obersten Stockwerk ging ein Fenster auf, und Frau Keilenwegers Gesicht erschien. »Sie können gerne reinkommen«, rief sie, »da ist auch Kaffee, wenn Sie mögen.«

Die letzten unbeschwerten Minuten, dachte Sebastian. Er hätte es dieser Frau gerne erspart.

Pia und er traten durch die Verandatür in einen größeren Salon. Über dem Geruch von abgestandenem Zigarettenrauch lag eine süßliche Note. In einer Vase in der Ecke stand ein Strauß langstieliger Rosen. Rhythmische Musik pulsierte leise durch den Raum. Es war Clubmusik aus einem der nördlichen Länder, Norwegen oder Schweden, Sebastian hatte sie erst neulich im *Lagerhaus* gehört.

Auf dem Kaminsims standen eingerahmte Fotos. Sebastian und Pia gingen näher heran. Maik und Constanze Keilenweger und zwei Kinder, vermutlich Gesa und Henning, die in unterschiedlichen Altersstufen zu sehen waren. Sebastian bemerkte, dass sie chronologisch aufgestellt waren, er aber rückwärts schaute: Von Aufnahme zu Aufnahme wurden die beiden Kinder kleiner, die Eltern verjüngten sich. Auf einem der Bilder erkannte Sebastian den Salon, in dem Pia und er standen. Das Foto zeigte die Familie auf einem roten Sofa mit goldenen Punkten. Die Eltern saßen in der

Mitte, die Kinder rechts und links auf den Lehnen. Sebastian drehte sich um: Da stand das Möbelstück. Die Familie hingegen existierte nicht mehr. Jedenfalls nicht in der Konstellation, die die Bilder dokumentierten.

Sebastian schaute nach oben, als könnte er durch die Decke hindurchsehen. Wo blieb die Frau?

Zwei Minuten später erschien Constanze Keilenweger barfuß und nahezu lautlos im Wohnzimmer. Ihre engen, knöchellangen Jeans und das malvenfarbene Top betonten ihre trainierte Figur. »Ich kann Ihnen doch nicht in meinem Sportoutfit gegenübersitzen«, sagte sie fröhlich.

Sie war eine attraktive Frau mit einem feingeschnittenen Gesicht, großen Augen und einem breiten Lächeln. Mit einer Geste bat sie die Gäste, Platz zu nehmen. Sie zündete sich eine Zigarette an und ließ sich gegenüber in einen Sessel fallen.

Pia und Sebastian setzten sich nebeneinander auf das gepunktete Sofa.

»Was hat die Nachbarn denn diesmal gestört?«, fragte Frau Keilenweger.

»Wir haben eine traurige Nachricht«, sagte Sebastian.

Constanze Keilenweger blies irritiert den Rauch aus. »Ist was mit Henning?« Jetzt sprang ihr Blick alarmiert von Pia zu Sebastian und wieder zurück. »Gesa?«

»Es tut mir sehr leid, Ihnen das sagen zu müssen. Es geht um Ihren Mann. Er ist tot.«

Constanze Keilenweger schaute Pia an, als könnte

die fremde Frau auf ihrem Sofa die Information korrigieren.

»Er ist gestern in der Buttstraße, in der Nähe vom Fischmarkt, gestorben. Die genaue Ursache ist nicht bekannt und wird noch ermittelt.«

Frau Keilenweger legte die Zigarette in einen flachen Aschenbecher. Sie drückte die Hände an ihre Wangen, als wollte sie ihre Wangenknochen hochschieben. »Um Gottes willen«, flüsterte sie.

»Es tut mir sehr leid«, sagte Sebastian noch einmal.

Die Frau wandte den Blick ab und schaute ins Nichts. Dann nahm sie die Zigarette wieder in die Hand. Ihr Blick wanderte ziellos durch den Raum und blieb schließlich an einer blauen Thermoskanne hängen, die auf einem Seitentisch stand. »Wollten Sie keinen Kaffee?«

»Wann haben Sie Ihren Mann zuletzt gesehen?«, fragte Sebastian.

Sie stand auf, fasste sich an die Stirn. »Ich kann es nicht glauben… Gestern Morgen muss das gewesen sein, als er zur Arbeit fuhr.«

»Wollte er am Abend nicht nach Hause kommen?«

»Eigentlich schon. Aber das weiß man bei ihm nie so genau…«

Sebastian überlegte, ob er die Frage wirklich stellen sollte. Doch es schien ihm wichtig: »Sagt Ihnen der Name Seidel etwas?«

Frau Keilenweger blies den Rauch mit Kraft aus. »Warum wollen Sie das wissen? Hat sie etwas damit zu tun?«

»Das wissen wir noch nicht. Was können Sie uns über Frau Seidel sagen? Es tut mir leid, das fragen zu müssen.«

»Oh, mein Gott!« Constanze Keilenweger stand auf, ging hin und her, bückte sich und hob Rosenblätter vom Boden auf.

»Sie kennen Frau Seidel?«

Constanze Keilenweger zerdrückte die Rosenblätter in ihrer Faust und sah Sebastian an. »Ich möchte erst wissen, was die Frau damit zu tun hat, bevor ich etwas sage.«

»Wir ermitteln routinemäßig«, erklärte Pia, »Sie können alles sagen.«

Constanze Keilenweger setzte sich wieder. Sie legte die zerknüllten Rosenblätter in den Aschenbecher, zog ein letztes Mal an der Kippe und drückte sie neben dem zartrosa Häufchen aus. »Sie war die Geliebte meines Mannes«, sagte sie nüchtern, bevor sie stammelte: »Henning und Gesa. Ich muss …«

»Können wir Ihnen irgendwie helfen?«, fragte Sebastian.

»Danke. Nein, ich muss sie selbst informieren. Ich muss … Um Gottes willen.«

»Sie können uns jederzeit anrufen«, sagte Sebastian. Er legte eine Karte auf den Tisch. »Und bitte eines noch: Weil Sie Ihre Nachbarn erwähnt haben – gab es Probleme?«

»Bitte? Ach so. Ich weiß nicht … irgendeine Sekte. Die behaupten, wir wären zu laut. Immer ist irgendetwas. Neulich haben sie unser Haus mit Farbbeuteln beschmissen.«

»Haben Sie es gesehen?«

»Was?«

»Wie die Nachbarn die Farbbeutel geschmissen haben.«

»Nein ... Das haben die in der Nacht gemacht. Können nur die gewesen sein. Ich finde, es sieht sogar gut aus.«

Als sie wegfuhren, sah Sebastian im Rückspiegel Constanze Keilenweger. Die Frau, die seit wenigen Stunden Witwe war, stand barfuß auf der Steintreppe und sah aus wie ein zurückgelassenes Kind.

6

Sebastian setzte Pia vor dem Präsidium ab und lud Jens im fliegenden Wechsel auf. Der Kollege erzählte, dass die Nachbarschaftsbefragung in der Buttstraße und den angrenzenden Straßen von vier Beamten durchgeführt wurde. Noch gab es keine besonderen Ergebnisse. Gegen fünfzehn Uhr würde der Kollege Sörensen ins Präsidium kommen und Bericht erstatten. Sebastian schaute auf die Uhr. Bis dahin waren es noch etwas über zwei Stunden.

Das Ziel, auf das er jetzt zusteuerte, war wieder eines von der Sorte, die bei Kommissaren nicht sonderlich beliebt war: Haus Nord 81, das Institut für Rechtsmedizin im Universitätsklinikum Eppendorf.

In dem kühlen Raum, in den Sebastian und Jens eintraten, hing der süß-säuerliche Geruch unzähliger Leiber, die im Laufe vieler Jahre obduziert und aufgeschnitten worden waren, ein Geruch, den die Natur nicht verwehen konnte, weil es hier keine Natur gab, nur Kacheln und Sezierbesteck. Auf einer chromglänzenden Bahre, dem Abräumwagen einer Mensa ähnlich, lag die Leiche von Maik Keilenweger.

Der hagere Professor Szepeck begrüßte Sebastian und Jens mit einem kurzen Nicken und wandte sich dann gleich der Leiche zu. »Wie die Kollegen schon vermutet haben, ist Herr Keilenweger nach hinten gefallen und mit dem Hinterkopf auf der Bordsteinkante aufgeschlagen. Er hat sich ein Schädel-Hirn-Trauma zugezogen und ist innerhalb weniger Minuten an einer Hirnblutung gestorben.«

»Konnte er sich nach der Verletzung noch bewegen?«, fragte Sebastian.

»Ist nicht auszuschließen.«

»Also könnte er dabei unter das parkende Auto gerutscht sein?«

Der Professor nickte. Sebastian ging um die Leiche herum. Auf ihrer rechten Seite waren an Arm und Hüfte Blutergüsse zu erkennen. »Sind die frisch?«

Der Professor nickte noch einmal. »Ich glaube, dass der Mann zuvor von einem Auto angefahren worden ist.«

»Wie bitte?«, entfuhr es Jens.

»Interessant«, sagte Sebastian. »Wie stellen Sie sich den Ablauf dann vor?«

»Herr Keilenweger befand sich gerade auf der Höhe der Lücke zwischen den beiden parkenden Wagen. Das fahrende Auto hat ihn dort erwischt und in die Lücke hineingehauen. Dabei ist er rücklings gefallen und mit dem Kopf auf die Kante des Bürgersteigs aufgestoßen.«

Das klang irgendwie eigenartig. Sebastian sagte: »Wenn der Mann mit Wucht angefahren worden wäre, wäre er an den Ecken der parkenden Autos abgeprallt und zur Seite auf die Straße gefallen und nicht in der schmalen Lücke zwischen den Autos gelandet, oder?«

Die anderen schauten ihn an.

»Das bedeutet, dass das Auto langsam gefahren sein muss, nur so kann das Opfer in die schmale Lücke hineingedrückt worden sein.«

Die anderen nickten fast synchron.

»Wenn er aber langsam gefahren ist, muss doch der Fahrer den Aufprall bemerkt haben, nicht wahr? Dann stellt sich die Frage: Warum hat er nicht angehalten und den Notarzt oder die Polizei gerufen?«

»Typischer Fall von Fahrerflucht«, meinte Jens.

»Aber vielleicht ist noch etwas anderes passiert«, sagte Sebastian.

»Und das wäre?«

Sebastian hatte den Gedanken noch gar nicht entwickelt, es war nur ein Impuls gewesen. »Es ist doch so«, begann er noch mal von neuem, »wenn der Fahrer langsam gefahren ist, wofür auch die Enge und Kürze der Buttstraße sprechen, dann müsste er den Fußgänger eigentlich gesehen haben.«

»Das stimmt«, sagte Jens.

»Er sieht ihn«, sagte Sebastian, »und dann fährt er ihn an. Warum?«

Über die Leiche hinweg tauschten die Männer Blicke.

»Vielleicht meldet sich der Fahrer noch«, sagte Jens.

Sebastian glaubte nicht an diese Möglichkeit. Er hatte eher das Gefühl, dass sich hinter diesen Fakten eine größere, kompliziertere Geschichte verbarg.

»Ist die Todeszeit inzwischen klar?«, fragte er.

»Zwischen 23 Uhr und Mitternacht«, antwortete Professor Szepeck.

Die Information passte zur Aussage von Frau Seidel, wonach Maik Keilenweger um 23.30 Uhr ihre Wohnung verlassen hatte. Der Mann hatte also den Abend bei seiner Geliebten verbracht und war kurz nach Verlassen des Hauses angefahren worden. Hatte der Mann einfach nur Pech gehabt?

Sebastian atmete einmal durch. Ihm wurde es unwohl. In der Gerichtsmedizin hielt er es nie lange aus.

Kurz darauf verließen Jens und er das Gebäude. Zwei Kinder spielten am Straßenrand, auf dem Dach eines parkenden Autos hüpfte eine Amsel, noch unentschieden, in welche Richtung sie fliegen sollte. Sebastian hielt sein Gesicht mit geschlossenen Augen in die Sonne, deren Wärme sich anfühlte wie warme Flüssigkeit.

»Ich habe Hunger«, sagte Jens. Er wusste, dass nicht weit eine Imbissbude war. Sie holten sich jeder einen Döner und setzten sich damit in die Sonne.

»Nach einer Leichenbeschauung ist das doch herrlich!«, sagte Jens. Aus dem Fladenbrot quollen Fleisch, Salat und eine rötliche Soße. Sebastian verging der Appetit.

»Über tausend Obduktionen müssen die im Jahr machen«, sagte Jens. »Das muss man sich mal vorstellen: tausend Körper …«

»Themawechsel!«, forderte Sebastian.

Jens hörte auf zu kauen und schaute ihn von der Seite an. »Marianne und Michael hören auf«, sagte er dann.

»Bitte?«

»Das Traumpaar der Volksmusik. Seit der Steinzeit regelmäßig im Fernsehen. Das ist Allgemeinbildung, ob man Fan ist oder nicht.« Jens betrachtete seinen Döner. Bevor er wieder hineinbiss, sagte er kopfschüttelnd: »Erst stirbt Maria Hellwig, und nun hören Marianne und Michael auch noch auf.«

»Das hast du schon gesagt.«

»Man kann es nicht oft genug bedauern.«

7

Sebastian ging auf die Tür am Ende des langen Gangs zu. Im Vorbeigehen sah er im Augenwinkel in der Kaffeeküche zwei Mitarbeiter, die lachten. Vor ihm kam ein Mann aus einem Büro und verschwand gleich wieder in einem anderen Raum, nachdem er Sebastian einen kurzen Blick zugeworfen hatte. Hatte er hämisch gegrinst, weil er wusste, was Sebastian erwartete, wenn er die Tür am Ende des Gangs erreicht hatte? Natürlich war es nur Einbildung. Genau wie der Unterton in der Stimme von Frau Börnemann aus der Verkehrsabteilung, als sie ihn hastig grüßte, bevor sie im Treppenhaus verschwand. Niemand ging gerne durch die Tür, vor der Sebastian nun angekommen war.

Er klopfte und horchte. Die Antwort kam immer relativ leise.

Er vernahm das kurze »Ja«, das klang, als hätte ein kleiner Hund gebellt. Als er in das spartanisch eingerichtete Büro trat, saß die Leiterin der Mordkommission Eva Weiß in einem dunklen Kostüm an dem gläsernen Schreibtisch. Ihr puppenhaftes Gesicht zeigte keinerlei Regung. Jens hatte kürzlich die Ansicht vertreten, die knapp über sechzig Jahre alte Chefin würde sich neuerdings Botox spritzen lassen, deshalb wirkte ihre Miene so starr. Aber Sebastian meinte, dass die Frau schon immer so ausgesehen habe. Das entsprach ihrem Charakter, dazu brauchte es kein Nervengift.

»Setzen Sie sich«, sagte Eva Weiß mit klarer, entschiedener Stimme. Sie lehnte sich ein wenig nach vorn, stellte ihre Ellbogen auf den Tisch, ganz nah an die Tasse, in der heißes Wasser dampfte, und sagte: »Herr Fink, es handelt sich um einen Unfall, nicht wahr?«

Okay, dachte Sebastian, die Frau war also zu diesem Schluss gekommen und befürchtete, dass er es anders sah. »Das ist noch nicht sicher«, antwortete er.

»Hatte der Mann Alkohol im Blut?«

»Nein.« Sebastians Ansicht nach war das eines von mehreren Argumenten, die gegen einen Unfall sprachen.

»Was wissen wir über das Auto, das ihn angefahren hat?«

Das zu beantworten war nicht leicht. Sebastian gab die Informationen weiter, die er eben im Besprechungsraum bekommen hatte. Der Kollege Sörensen, der die Nachbarschaftsbefragung durchgeführt hatte, war auf hilfsbereite Nachbarn getroffen, die allesamt nichts gesehen oder gehört hatten. Nur eine Frau, die gegen 23.30 Uhr mit ihrem Dackel auf dem Bürgersteig der De-Voß-Straße spazieren gegangen war, hatte ein Auto gesehen, das aus der Buttstraße kam: einen mittelgroßen Wagen, dunkle Farbe. Die Zeugin hielt es für möglich, dass hinter dem Fahrer auf dem Rücksitz eine zweite Person gesessen hatte. Ob Mann oder Frau, konnte sie nicht sagen. Die Uhrzeit deckte sich jedenfalls mit der Angabe von Isabelle Seidel.

Eva Weiß lehnte sich in ihrem Stuhl zurück, die Hände blieben auf dem Tisch liegen, ihre Arme wurden lang. »Bisschen dünn, um wegen Mordes zu ermitteln, das ist Ihnen klar?« Mit einem dezent lackierten Fingernagel klopfte sie sanft auf die Glasplatte. »Die Beamten, die Sie für diesen Fall abziehen, fehlen mir dort, wo sie dringend gebraucht werden.«

»Wenn wir jetzt versäumen, gute Arbeit zu machen, werden wir das später bereuen«, warnte Sebastian.

»Diesen Spruch kenne ich seit Jahrzehnten.«

»Und was ist daran falsch?«

»Herr Fink, nicht in diesem Ton.« Die Chefin schaute auf ihre Tasse. Als hätte sie im heißen Wasser, das sie bislang nicht angerührt hatte, einen Hinweis entdeckt, sagte sie: »Machen Sie weiter. Aber ich brauche Ergebnisse, und zwar schnell.«

»Auch so ein alter Spruch …«, rutschte es Sebastian heraus. »Entschuldigung«, schob er schnell hinterher.

Die Chefin zog eine Akte zu sich heran und begann zu lesen. Sebastian schloss daraus, dass er für heute entlassen war.

8

Als er die Wohnungstür öffnete, schlug ihm der Geruch von Brühe entgegen. Der verrostete Tisch auf dem kleinen Balkon war mit tiefen Tellern gedeckt. Die gelb-schwarz gemusterte Tischdecke kam Sebastian bekannt vor, aber er wusste nicht mal, in welchem Schrank sie untergebracht gewesen war.

»Du hast gekocht?« fragte Sebastian überrascht.

»Setz dich einfach hin«, sagte Wanda, »das Essen ist schon fertig.«

Im Innenhof, zu dem der Balkon hinausging, waren Stimmen, leise Musik und Satzfetzen aus einem Fernseher zu hören. Wanda stellte einen Topf auf den Tisch, Sebastian goss Weißwein in die Gläser.

Wanda tat die Suppe auf: »Den Käse musst du drüberstreuen. Ist ein Greyerzer.«

Die Suppe schmeckte gut. »Hast du immer schon gerne gekocht?« , fragte Sebastian.

»Eigentlich nicht. Zwei, drei Gerichte mache ich immer wieder. Das reicht mir. Und du?«

Ihm ging es genauso. Manchmal stellte er fest, dass ein Rezept unbemerkt in Vergessenheit geriet, während ein anderes unbemerkt hinzukam und dann regelmäßig auf dem Tisch stand.

»Sag mal, wohnt hier ein Kind?«, fragte Wanda unvermittelt. Sie schaute durchs Fenster ins Wohnzimmer, wo in der Ecke ein gelber Plastikkran stand.

»Ja«, sagte Sebastian und wusste, dass er jetzt würde erzählen müssen, wer hier wie mit wem zusammenhing.

»Bist du der Vater?«

»Jein.«

Wanda sah ihn fragend an. Sebastian erzählte von Anna. Sie kannten sich schon seit ihrer Kindheit und hatten jahrelang dieselbe Schule besucht. Nach dem Abitur war Anna nach München gezogen, hatte geheiratet und ihren Sohn Leo bekommen. Doch nach der Trennung von ihrem Mann wollte sie in Hamburg Fuß fassen und bat Sebastian deshalb vorübergehend um eine Bleibe für sich und ihren Jungen. Die drei verstanden sich schließlich so gut, dass eine Art Familien-WG daraus wurde – ohne dass sie das geplant oder jemals konkret darüber gesprochen hätten. Inzwischen waren schon drei Jahre vergangen. Trotzdem genoss Sebastian es, wenn er die Wohnung einmal für sich hatte. Die beiden waren für ein paar Tage in München, wo Anna einen Fortbildungskurs in Fotografie besuchte, während der Kleine ein wenig Zeit mit seinem Vater verbrachte.

»Aber ein Paar seid ihr nicht – Anna und du?«, fragte Wanda.

»Nein.« Sebastian legte sein Besteck in den Teller.

Wanda sah ihn an, als würde sie eine Fortsetzung erwarten. Dann schaute sie in den Innenhof, in dem sich eine dünne Birke zum Licht hin reckte. Im Winter sah sie aus wie ein Riss in der gegenüberliegenden Wand, aber jetzt hatte sie viele hellgrüne Blätter und war wieder als hübscher Baum erkennbar.

Gericht Nummer zwei, das Wanda eingeübt hatte, war gebackener Kabeljau, den sie jetzt servierte. Ihr Gespräch war inzwischen bei der Polizeiarbeit gelandet, und Sebastian erzählte von mühsamen und langwierigen Nachforschungen, die oft zu keinem Ergebnis führten. »Wir Kommissare haben immer mit dem ganzen Mist zu tun, den Menschen sich und anderen antun«, sagte er. »Als Normalbürger erfährst du davon nichts. Da kriegt man höchstens mit, dass der Nachbar zu laut Musik hört oder dass Gardinenwaschtag ist.«

»Weil man die Wahrheit oft ja auch gar nicht wissen will«, sagte Wanda. Als wäre ihr etwas rausgerutscht, wandte sie den Blick kurz ab. Sebastian hatte das Gefühl, dass sie noch etwas sagen wollte, aber sie schüttelte nur den Kopf, als würde sie einen Gedanken verwerfen, und sagte vage: »Aber es ist auch nicht leicht zuzusehen, wie andere Menschen sich in etwas verstricken, und man selbst kann nicht helfen.«

Dann schwieg sie, und Sebastian traute sich nicht nachzuhaken. Aber er nahm sich vor, sie bei anderer Gelegenheit zu fragen, was sie gemeint hatte. Und ob das, worauf sie anspielte, vielleicht sogar mit ihr, mit ihm und ihrer Familie zu tun haben könnte.

»Als Polizist kann man wenigstens helfen«, sagte er schließlich. »Jedenfalls ab und zu.«

»Jetzt siehst du plötzlich richtig zufrieden aus.« Wanda lächelte ihn an.

Er schob mit der Gabel die Gräten zusammen. Sein Vorgänger, Herr Lenz, der nach vierzig Jahren in Rente gegangen war, fiel ihm ein. Er hatte die Ermittlungstätigkeit mit einem Marathon verglichen. Nur wer den tieferen Sinn der Arbeit erkannte, würde bei diesem Wettkampf durchhalten, hatte er gesagt.

Sie aßen schweigend. Wanda schenkte Wein nach. Sebastian sagte: »Als ich mich heute Morgen so schnell von dir verabschiedet habe, musste ich rüber zur Elbe, wo ein Toter gefunden wurde.«

Wanda balancierte ihre Gabel in der Luft.

Sebastian erzählte von seinem Besuch des Guts in Bönningstedt, von der Witwe, Constanze Keilenweger, und von Frau Seidel und ihrem Weinkrampf. Nur die Rechtsmedizin ließ er aus.

»Meine Güte!«, sagte Wanda. »All das an einem Tag? Habt ihr den Unfallfahrer denn schon gefunden?«

»Es ist leider komplizierter.«

»Wird das möglicherweise auch ein Marathon?«, fragte Wanda.

Sebastian zuckte mit den Schultern. Aber insgeheim fürchtete er, Wanda könnte recht haben.

Die Hand zittert wieder, als sie in der Dunkelheit nach der Fernbedienung greift. Der Daumen sucht den Knopf. Der Bildschirm flackert. Die DVD läuft an.

Der Junge steht mit einer großen Schultüte neben anderen Kindern vor einem flachen Gebäude aus rotem Backstein. Anders als die meisten wirkt er gelassen und zufrieden.

Schnitt.

Der Junge kommt mit einem Eis lachend auf die Kamera zu.

Schnitt.

Der Junge steht staunend am Kai, vor einem riesigen Ozeandampfer, der ganz nahe liegt. Er schaut an dem Dampfer hoch, als würde er zum Himmel blicken, dabei fliegt ihm der Sonnenhut davon. Er läuft hinterher, bekommt ihn zu fassen und präsentiert ihn stolz der Kamera.

9

Kaum hatte sich Elisabeth Reetz am Rande des Rasens auf die niedrige Mauer gesetzt und ihr Butterbrot ausgepackt, kam die Sonne hinter einer dicken Wolke hervor. Elisabeth rückte ein Stück nach rechts, in den Schatten des Birnbaums. Der schwere Sonnenbrand, den sie sich als Kind beim Familienurlaub am Bodensee zugezogen hatte, war ihr eine Lehre fürs Leben gewesen.

Die Studenten, die drüben auf dem Rasen lagen, streckten der Sonne ihre blassen Gesichter entgegen und kümmerten sich nicht darum, dass gerade im Frühling die Strahlen besonders intensiv und gefährlich waren. Sie rauchten, lachten, knabberten an ihren Obststücken und besprachen eingehend so belanglose Dinge wie Größe und Zustand ihrer WG-Zimmer, die anstehende Semesterparty, den nächsten Urlaub. Elisabeth war froh um jede Minute, die sie für sich allein hatte.

Sie schaute am Philosophenturm hinauf. Vierzehn Stockwerke, viel Platz für all die Geisteswissenschaften, die hier gelehrt und studiert wurden. Im Erdgeschoss des Gebäudes befand sich die Mensa. Elisabeth hatte sich für achtzig Cent einen Kaffee geholt und die schnörkellose weiße Mensa-Tasse rechtswidrig mit nach draußen genommen. Ihre Fakultät war eigentlich auf der anderen Seite des Campus beheimatet, aber dort hielt es Elisabeth in den Lernpausen kaum aus. Jura-Schnösel in kleinkarierten Hemden und Tussen auf Stöckelschuhen mit ihrer impertinent zur Schau getragenen Beschränktheit verdarben ihr den Appetit.

Wobei Elisabeth zugeben musste, dass sie ohnehin wenig aß und das Essen ab und zu auch ausließ. Es störte sie, wenn die Nahrungsaufnahme zu viel Zeit in Anspruch nahm. Wie viel Zeit verplemperte der Mensch im Laufe seines Lebens mit Nahrungssuche, -zubereitung und -aufnahme? Und dann noch das ganze Drumherum, die Geselligkeit, da kam man netto spielend auf mehrere Jahre Lebenszeit! Elisabeth vergrub sich in den Lernpausen am liebsten in der Bibliothek und schlich nur im Ausnahmefall mal raus. So war es immer gewesen.

Bis Hugo in ihr Leben geplatzt war. Der Mann mit den weichen Augen, den schwarzen Locken, der braunen Haut, der warmen Stimme. Seit einigen Wochen war vieles, war fast alles anders. Es war schrecklich! Es war schrecklich schön! Es machte ihr Angst.

Elisabeth faltete das Butterbrotpapier zusammen und nippte an ihrem Kaffee. Ob Hugo noch im Bett lag, in ihrer Wohnung in St. Pauli, die schon zu ihrer gemeinsamen Wohnung geworden war? Nutzte er den freien Tag, um auf seinem BMX-Rad die Stadt zu erkunden? Oder stattete er trotz seines freien Tages der Zentrale von Ökopolis einen Besuch ab? Es wäre Hugo zuzutrauen, genauso, wie es den anderen zuzutrauen war, ihn gleich für irgendeine Arbeit einzuspannen.

Quatsch: Hugo saß bestimmt am Elbstrand und schaute auf die Containerschiffe, ohne sich vom Anblick dieser Dreckschleudern die gute Laune verderben zu lassen. Manchmal beneidete sie ihn um seine Gelassenheit. Sie kramte in ihrer Ledertasche nach der Tafel Schokolade, ein Stück davon wollte sie sich jetzt noch gönnen.

Zehn Minuten später saß sie wieder auf ihrem Stuhl in der Jura-Bibliothek, dem sechsstöckigen Glaskasten an der Rothenbaumchaussee. Wie immer hatte sich niemand getraut, den Platz während ihrer Abwesenheit zu besetzen. Sie zog ihre Haare straff und schlang sie zu einem Knoten, drückte den Rücken durch und versuchte, sich in das Buch zu vertiefen, das vor ihr lag: Das Beck'sche Handelsgesetzbuch. Den Stoff hatte sie sich schon am Vortag vorgenommen, aber sie musste noch einmal die Seehandelsgesetze ansehen.

Wenige Minuten später legte Elisabeth ihren Stift zur Seite. Sie konnte sich nicht konzentrieren. Verdammt. Er lenkte sie ab. Ihr kam es vor, als könnte sie Hugo riechen. Sie roch ihn, als würde er neben ihr stehen. Sie schloss die Augen. Je länger sie in der Stille der Bibliothek an Hugo dachte, desto stärker wurde die Erregung. In den sechs Wochen, die sie inzwischen zusammen waren, hatte dieses Gefühl sie immer wieder überkommen. Es irritierte sie.

Sie öffnete die Augen, schaute aus dem Fenster über die Dächer der Häuser hinweg. Wo war Hugo jetzt? Ob er an sie dachte?

10

Die Frau an der Tür war etwas größer, als Sebastian sie vom Vortag in Erinnerung hatte. Die roten Locken hatte sie mit einem Haarband aus dem Gesicht geschoben. Ihre Augen waren verweint und wirkten hilfesuchend. Inzwischen wusste Sebastian schon einiges mehr über die Person. Isabelle Seidel, 28 Jahre alt, stammte ursprünglich aus Rheinland-Pfalz, wo sie in einem kleinen Ort namens Simbach aufgewachsen war. Vor sieben Jahren war sie nach Hamburg gezogen, wohnte zunächst in einer WG in Hamburg-Horn, dann allein in einer kleinen Wohnung im selben Stadtteil. Seit drei Jahren war sie in der Buttstraße gemeldet. Wenn man so wollte, hatte sie sich vom Rand der Stadt zur Mitte hin vorgearbeitet und dabei ihren Lebensstandard verbessert. Eine renovierte Wohnung in der Gegend des Fischmarkts war teuer. Einem festen Beruf ging Isabelle Seidel jedoch nicht nach.

»Darf ich reinkommen?«, fragte Sebastian.

Sie bat ihn, auf dem Sofa Platz zu nehmen, auf dem er neulich schon gesessen hatte, und setzte sich ihm gegenüber in den Sessel. Durch die geschlossenen Fenster hindurch war entfernt der Baulärm von der Großen Elbstraße zu hören.

»Wir wissen noch nicht genau, was Herrn Keilenweger passiert ist«, sagte Sebastian. »Es könnte sich um einen Unfall handeln, aber solange das nicht feststeht, müssen wir vorsorglich ermitteln.«

Die Frau antwortete mit einem Nicken.

»Erzählen Sie mir bitte: In welchem Verhältnis standen Sie zu Maik Keilenweger?«

Isabelle Seidel beugte sich nach vorn, nahm eine der Muscheln vom Glastisch in die Hand und begann sie mit den Fingerkuppen sanft zu reiben. Sebastian blickte von ihrer Hand zurück zum Gesicht und sah, dass die Frau ihre Lippen aufeinanderpresste. Dann begann sie zu weinen.

Sebastian wusste, wie schwierig es war, mit dem Verlust eines geliebten Menschen weiterzuleben. Er hatte es selbst durchgemacht, damals, als Kind.

»Entschuldigung«, sagte Isabelle Seidel. Sie schneuzte sich in ein Taschentuch, das sie aus ihrer Jackentasche nahm und dort wieder verschwinden ließ. »Maik und ich hatten seit langer Zeit ein Verhältnis, ein inniges.«

»Seit wann genau bestand dieses Verhältnis?«

Sie schaute die Muschel an, die sie in der Hand hin und her drehte. »Seit drei Jahren.«

»Wo haben Sie sich kennengelernt, wenn ich fragen darf?«

Sie rutschte auf ihrem Platz einmal hin und her, bevor sie erzählte: »Wir haben uns bei einem Firmenfest der Reederei kennengelernt. Ich war dort für das Catering zuständig. Es war Liebe auf den ersten Blick. Ich ahnte nicht einmal, dass es so etwas tatsächlich gibt.«

»Wussten Sie, dass Maik Keilenweger verheiratet war?«

»Ich wusste nichts über ihn.« Sie schaute auf den Gegenstand in ihrer Hand, als wunderte sie sich über den verschlungenen Weg, den die Muschel vom Meeresgrund bis zu dieser Wohnung genommen hatte. »Ich habe nicht gefragt, er hat nichts gesagt. Wir kamen ins Gespräch, ich weiß nicht mehr, worüber. Es hat einfach gefunkt. Er wollte mich am nächsten Tag treffen, und das haben wir dann auch gemacht.«

»Wo haben Sie sich getroffen?«

»Hier unten im Café.«

»Aber dann wussten Sie, wer Ihnen gegenübersaß, nicht wahr?«

»Ja, aber das spielte keine Rolle.«

»Wann hat er von seiner Familie erzählt?«

»Viel später. Da trafen wir uns schon regelmäßig.«

»Kennen Sie jemanden aus der Familie?«

»Nein.«

»Sie wissen aber, wen es da gibt?«

»Ja. Mit der Zeit bekommt man einiges mit.« Sie trank einen großen Schluck von ihrem Tee. Danach sah sie Sebastian abwartend an.

»Was war vorgestern Abend?«, fragte er.

»Maik kam kurz nach sieben zu mir. Oft kommt er später, aber vorgestern wollte er am Abend noch nach Hause nach Bönningstedt.«

»Nach Hause, sagen Sie?«

»Ja. Warum nicht? Ich habe mich daran gewöhnt. Es ist ja sein Zuhause.«

»Und diese Wohnung hier ist ganz allein Ihr Zuhause?«

Die Frau schaute umher, als ließe sie den Raum auf sich wirken.

»Ja, so ist es«, bestätigte sie dann. »Maik fühlte sich hier sehr wohl. Aber es ist mein Zuhause. Klar.« Sie sah Sebastian fragend an.

»Also, Maik Keilenweger kam kurz nach sieben Uhr zu Ihnen, was passierte dann?«

»Er hatte Salate vom Feinkostgeschäft mitgebracht, das machte er oft. Ich hatte hier ein bisschen was vorbereitet. Wir haben zusammen gegessen und um Viertel nach acht *Wer wird Millionär?* geschaut. Maik liebte die Quizsendung. Vorgestern hat da eine ältere Frau abgeräumt – haben Sie die Sendung gesehen?«

Sebastian schüttelte den Kopf. Jetzt lächelte Isabelle Seidel flüchtig, bevor sie die Muschel in ihrer Hand wieder zu drehen begann.

»Wie ging der Abend weiter?«

»Ach Gott, wir haben auf dem Sofa gekuschelt, ich habe zwischendurch die Sachen in die Küche geräumt. Wir haben ein bisschen geredet. Es ist nichts Besonderes passiert, alles wie immer. Um halb zwölf ist er los.«

»Da hat er sich auf den Weg nach Bönningstedt gemacht?«

»Ja.«

»Wie fanden Sie das?«

»Wie ich das fand? Völlig normal.«

Sebastian fiel auf, dass Frau Seidel ihre Tasse in die Hand nahm, aber nicht trank.

»Hat es Sie gekränkt?«

»Gekränkt? Was soll das?«

»Ich möchte nur wissen, ob es Sie gekränkt hat, dass Herr Keilenweger Sie am Ende des Abends wieder verlassen hat.«

Sie stellte die Tasse auf den Glastisch ab. »Muss ich solche Fragen beantworten? Warum muss ich überhaupt so viele Fragen beantworten? Ich möchte endlich wissen, was Maik passiert ist.«

»Beruhigen Sie sich, bitte.«

»Ich soll mich beruhigen? Was fällt Ihnen ein?« Sie weinte.

Es fiel Sebastian jedes Mal schwer, die offene Wunde der Menschen zu suchen und aufzuspüren und darin herumzupulen. Aber das gehörte nun mal zu seinen Aufgaben.

»Ich kann jetzt nicht mehr. Bitte lassen Sie mich allein«, sagte Frau Seidel.

Der knallige Auftritt mit den feuerroten Haaren war eben doch nur Fassade, dachte Sebastian. In Wahrheit war Isabelle Seidel eine schutzbedürftige Person, die in den Arm genommen werden wollte.

»Frau Seidel, es tut mir leid, dass ich Sie so aufgewühlt habe. Aber Sie müssen mir noch eines erzählen: Wie endete der Abend mit Herrn Keilenweger?«

Sie sah ihn böse an. »Wir haben uns verabschiedet an der Wohnungstür, ich bin ins Bett gegangen, das war's.«

»Sie haben von der Straße nichts mitbekommen?«

»Nichts habe ich mitbekommen, gar nichts, verdammt. Ich habe geschlafen. Gehen Sie jetzt.«

11

Hugo Walker stellte sein Sportrad in einer Seitenstraße in der Nähe des Hauptbahnhofs ab. In Deutschland sei es verboten, sein Fahrrad an ein Straßenschild zu schließen, hatte Elisabeth ihn gewarnt, aber er hatte noch nie erlebt, dass ein Passant sich darüber beschwert oder die Polizei ihm einen Strafzettel aufgebrummt hätte.

Auf den Treppenstufen, die zu dem Laden führten, saßen wieder die Afrikaner, die temperamentvoll gestikulierten und in einer Sprache redeten, die Hugo nicht verstand. Er hätte gern gewusst, worüber sie sich unterhielten. Als er an ihnen vorbeikam, spürte er ihre Blicke. In ihren Augen sah er vielleicht fremder aus, als er es sich vorstellen konnte. Er war nicht ganz so dunkel wie die Westafrikaner mit ihrer tiefschwarzen Hautfarbe. Das lag natürlich an seiner weißen Mutter. In den Augen der meisten Afrikaner war er keiner von ihnen, und in den Augen der Weißen war es genauso.

Hugo suchte im grellen Neonlicht zwischen Perücken, Extensions, Clips, Relax- und Haarpflegemitteln nach seinem Produkt, das er nur hier bekam, wo man auf Menschen mit krausem Haar spezialisiert war. Er zwängte sich an einer kleinen Gruppe vorbei, die vor den Kabinen warteten, um in die Heimat zu telefonieren, und wurde an dem Regal mit den bunten Packungen fündig. Die weiße Tube *Lets Dred Shampoo* lag neuerdings unten links. Mit den speziellen Ölen war das Produkt eigentlich für Dreadlocks entwickelt worden, aber auch für seine Haare war das Shampoo das Beste. Von den beiden Tuben, die er sich von zu Hause aus New York mitgebracht hatte, war ihm eine beim Umzug in die kleine Wohnung im Schanzenviertel verlorengegangen. Die nette Frau Söderling am Empfang von Ökopolis hatte ihm diesen Afroshop empfohlen, dort bekäme man alles. »Solche dicken schwarzen Locken, wie du sie hast, wollte ich immer haben«, hatte sie noch gesagt und sich lachend in ihre dünnen Strähnen gegriffen.

Hugo ging mit dem Shampoo und einer Flasche Körperlotion zur Kasse. Der Verkäufer, wahrscheinlich indischer Abstammung, musterte die Packungen kurzsichtig, bevor er die Beträge in die Kasse tippte. Hugo zahlte und verstaute die Sachen im Rucksack.

Hugo bremste wie immer genau in der Mitte der Lombardsbrücke. Er mochte den Blick über das Wasser zum Jungfernstieg, wo jahrhundertealte Häuser mit hübschen grünen Kupferdächern standen. So etwas kannte er aus den USA nicht. Ein kleiner weiß-roter Dampfer hielt am Jungfernstieg, spuckte eine Gruppe Menschen aus, saugte eine andere ein und setzte seine Fahrt fort.

Hugo stieß sich vom Geländer wieder ab, fuhr neben der breiten Autostraße bis zur Kreuzung, zog schräg rüber, raste die Esplanade entlang, bog rechts in die

Dammtorstraße, ließ den Bahnhof links liegen und bog in die Rothenbaumchaussee ein. Zwei Minuten später hielt er direkt gegenüber vom Glaskasten, in dem sich die Bibliothek der Juristen befand.

Dritter Stock. Er entdeckte sie sofort. In ihren schwarzen Jeans und ihrer schwarzen Bluse, die er so gerne an ihr mochte, saß sie wieder an ihrem Stammplatz, vertieft in ein Buch. Ganz gerade saß sie und ähnelte mit ihrer Hochsteckfrisur einer jungen Dame aus dem 19. Jahrhundert. Hugo winkte mit beiden Armen. Es dauerte, dann schaute Elisabeth auf, schaute zur Seite und endlich hinunter zu ihm. Sie lächelte.

12

Der Astra-Turm in St. Pauli war ein auf quadratischem Grundriss hochgezogenes Gebäude mit abgerundeten Ecken, der auf dem Hügel oberhalb der Elbe gut fünfzehn Stockwerke in die Höhe ragte. Die schlichten Fensterreihen, die rundherum verliefen, wechselten sich ab mit Reihen aus dunklem Klinkerstein – auf den ersten Blick eine Kombination von hanseatischer Zurückhaltung. Beim genauen Hinsehen waren die Steine so gebrannt und glasiert, dass ihnen ein edler Schimmer anhaftete. Daneben wirkten die benachbarten hohen Häuser, die man in den vergangenen Jahren mit aufwendigen Materialien und schrägen Ideen hochgezogen hatte, angestrengt um Aufmerksamkeit bemüht.

Sebastian betrat den Astra-Turm durch die Glastür und trat an den Empfang – eine langgezogene Theke aus schwarzem Marmor, dahinter eine junge Frau, die ihn anlächelte. Als Sebastian nach dem Büro der Reederei Köhn fragte, verschwand das Lächeln aus ihrem Gesicht. Es sah aus, als wollte sie sagen: »Ich habe von dem Tod gehört – so etwas Furchtbares«, – aber sie beherrschte sich. »Zwölfter Stock.«

Oben wurde Sebastian gleich noch mal von einer

Dame empfangen. Sie trug ein dunkles Jackett, und ihr Make-up war sehr dick aufgetragen. Schwer zu schätzen, wie alt sie war. Sie stellte sich als Roswitha Bischof vor, Sekretärin von Maik Keilenweger. Sebastian folgte ihr über einen hellblauen Teppich durch einen Gang, der an zahlreichen verglasten Büros vorbeiführte, in denen die Mitarbeiter der Reederei auf einen Bildschirm oder aus dem Fenster schauten. Überall war es still. Am Ende des Gangs lag das geräumige Büro des verstorbenen Chefs mit einem Panoramablick über den Hafen.

»Wir sind alle erschüttert«, sagte Frau Bischof. »Weiß man inzwischen, wie Herr Keilenweger zu Tode gekommen ist?«

»Nein«, antwortete Sebastian, »wir ermitteln noch. Reine Routine: Gab es in letzter Zeit irgendwelche Vorkommnisse oder Auseinandersetzungen, in die Herr Keilenweger involviert war?«

Roswitha Bischof schaute Sebastian mit ratlosen Augen an. »Mir fällt nichts Besonderes ein. Alles war wie immer.«

»Seit wann arbeiten Sie für Herrn Keilenweger?«

»Seit zehn Jahren. Seit er die Chefposition von Herrn von Köhn übernommen hat. Ich bin die Chefsekretärin und seit bald vierzig Jahren hier. Mein Gott, wie die Zeit vergeht.«

Schräg hinter der Frau sah Sebastian das Modell eines Frachtschiffes stehen, mit vielen kleinen Containern beladen. »Hat Herr Keilenweger hier vor zehn Jahren als Chef begonnen, oder arbeitete er schon vorher für die Reederei?«

»Er hat hier vor dreißig Jahren als einfacher Mitarbeiter angefangen. Er ist aus dem Tessin nach Hamburg gekommen und jobbte zunächst in einer anderen Reederei, bevor er Constanze kennenlernte.« Als wäre damit alles gesagt, schloss Frau Bischof die Antwort mit einem Schweigen ab, schaute an sich herunter und strich mit zwei Fingern über den Stoff ihres Jacketts.

»Und?«, fragte Sebastian.

Sie sah auf: »Und was, bitte?«

»Wie kam Herr Keilenweger zur Reederei Köhn?«

Frau Bischof sah Sebastian überrascht an. »Constanze, die Ehefrau von Herrn Keilenweger …«

»Was ist mit ihr?«

»Sie ist doch die Tochter von Herrn von Köhn.«

Das war in der Tat eine Überraschung. »Wie alt waren Constanze von Köhn und Maik Keilenweger, als sie heirateten?«

»Da muss ich rechnen«, sagte Frau Bischof. »Constanze war wohl noch keine zwanzig, Herr Keilenweger zweieinhalb Jahre älter. Das mag aus heutiger Sicht jung sein. Vor dreißig Jahren kam das öfter vor.«

»Und nach der Hochzeit kam Maik Keilenweger zur Reederei Köhn.«

Frau Bischof runzelte die Stirn. »Herr von Köhn hat seinem Schwiegersohn eine Ausbildungsstelle in der Reederei verschafft. Herr Keilenweger war immer sehr fleißig. Am Ende hat Herr von Köhn ihn zu seinem Nachfolger bestimmt.«

»Es gibt keinen Sohn?«

»Nein.«

»Noch andere Kinder, außer Constanze?«

Frau Bischof wandte sich ab. Sie ließ ihren Blick in die Ferne schweifen, wo im klaren Himmel wie mit einem Pinsel ein kleines, weißes Wölkchen gemalt worden war. »Der alte Herr von Köhn und seine Frau, die leider verstorben ist, haben zwei Töchter.«

»Die als Nachfolgerinnen nicht in Frage kamen?«

Die Sekretärin schien kurz abzuwägen, wie weit sie verpflichtet war, der Polizei Auskunft zu geben. Dann sagte sie: »Anke ist schon vor langer Zeit ausgewandert, sie lebt heute in Südafrika. Constanze kommt manchmal ins Büro, aber nein, für das Geschäft hat sie sich nie besonders interessiert.« Frau Bischof schaute wieder aus dem Fenster, als würde sie irgendwo dort draußen die Vergangenheit erblicken.

»Und der Senior, Herr von Köhn, lebt also noch?«

Frau Bischof drehte sich ruckartig zu ihm um. »Aber ja!«

»In der Reederei ist er aber nicht mehr tätig?«

»Herr von Köhn kommt nicht mehr ins Büro, er ist über achtzig Jahre alt. Er ist Vorstandsvorsitzender und über alle wesentlichen Entscheidungen informiert.«

Auf dem Weg zum Auto rief Sebastian Jens an. Der Kollege erzählte, dass in den Online-Portalen von *Morgenpost* und *Abendblatt* schon über den Tod des »namhaften Managers« Maik Keilenweger berichtet wurde. »Aber noch sind die Nachrichten zurückhaltend formuliert«, erklärte Jens, »schließlich muss die Presse noch damit rechnen, dass es am Ende doch nur ein Unfall war.«

»Gibt es endlich einen Hinweis zum Unfallfahrer?«, fragte Sebastian.

»Nichts«, antwortete Jens.

Sebastian fluchte leise.

»Nun warte doch mal ab«, sagte Jens.

Jens hatte recht. Man musste in diesem Beruf Ruhe bewahren, egal, wie mühsam man vorankam. Vielleicht würde sich die fahrerflüchtige Person ja doch noch melden. Sebastian nahm den Fußweg parallel zur Elbe, der zu einem Aussichtsplatz oberhalb der Landungsbrücken führte. Er stützte seine Hände auf ein Geländer, schloss die Augen und fühlte den weichen Wind auf der Haut. Als er die Augen wieder öffnete, sah er das kleine Straßenschild, welches den Namen des Fußwegs auswies, der hier begann: »Bei der Erholung«.

Das Handy klingelte, auf dem Display war der Name von Professor Szepeck zu lesen. Was wollte der Gerichtsmediziner wohl? Als Sebastian das Gespräch annahm, ertönte ein lautes Tuten von einem Dampfer. Es dauerte eine Weile, bis sich der Professor zu Wort meldete: »Gut so, Kollege, an der Elbe spazieren und die Gedanken durchlüften – das ist sehr vernünftig.«

»Was gibt es denn?«, fragte Sebastian.

Wieder tutete der Dampfer, und an den Landungsbrücken klatschten Touristen Beifall. Sebastian drückte sein Handy ans Ohr.

»Ich habe eine Information für Sie, die allerdings nichts mit dem Unfall und dem Tod von Herrn Keilenweger zu tun hat, aber ich wollte sie Ihnen trotzdem mitteilen.«

»Legen Sie los!«

»Ich habe im Körper von Herrn Keilenweger Metastasen gefunden. Massenhaft. Ich bin kein Onkologe, aber das sieht ziemlich schlimm aus. Dem Mann wäre nicht mehr viel Zeit geblieben. Das wollte ich Ihnen nicht vorenthalten.«

Sebastian bedankte sich, legte auf und lehnte sich an das Geländer. Hatte irgendjemand aus dem Umfeld von Maik Keilenweger etwas über eine Krebserkrankung angedeutet oder sie sogar erwähnt? Nein. War diese Sache vielleicht wegen der besonderen Todesumstände nur in den Hintergrund getreten? Hatte Keilenweger überhaupt von seiner Krankheit gewusst?

13

Elisabeth schaute auf den Gepäckträger, verschränkte die Arme und sagte: »Tickst du noch richtig?«

»Versuch es doch mal.« Hugo klopfte auf den Gepäckträger.

»Ich will aber nichts versuchen, und schon gar nicht hier auf dem Campus.«

Hugo setzte sich auf den Sattel und sah, dass Elisabeth ein kleines bisschen lächelte. Er liebte dieses Lächeln, den Funken Abenteuerlust, der darin zu erkennen war. »Komm schon«, drängte er.

Die Studenten, die von ihren Fensterplätzen der Bibliothek, dem Glaskasten, herunterschauten, sahen aus, als würden sie wetten: Tut sie's, oder tut sie's nicht?

Elisabeth lachte und kicherte, als sie die Rothenbaumchaussee hinunterfuhren. Schon nach wenigen wackligen Metern hatte Hugo sein Rad unter Kontrolle und sauste die Straße hinab, bevor er einen wilden Zickzackkurs einschlug und Elisabeth endlich ihre Arme um ihn schlang. Er spürte ihren Kopf an seinem Rücken.

Auf dem hellgrünen Rasen im Schanzenpark saßen Leute allein, zu zweit oder in Gruppen in der Nachmittagssonne. Als Hugo und Elisabeth sich Hand in Hand nebeneinander ins Gras legten und in den Himmel schauten, erinnerte sich Hugo an ihre erste Begegnung. Vor sechs Wochen war das gewesen. Er saß gerade in einer todlangweiligen Ökopolis-Versammlung, als die Tür aufging und diese Frau hereinkam. Anmutig, zierlich, von einer starken Energie durchdrungen stand sie da, und für einen Moment verstummten alle. Sie machte die Tür entschlossen und zugleich vorsichtig wieder zu. Der einzige freie Platz war schräg gegenüber von seinem. »Hallo, Elisabeth«, sagte jemand. Die Erscheinung hatte also einen Namen. Andere Teilnehmer nickten ihr respektvoll zu, fast schüchtern. Hugo lächelte sie an und bildete sich ein, dass sie zurücklächelte, bestimmt, das tat sie, definitiv, allerdings nur für eine Sekunde und nur ein einziges Mal während dieser Sitzung, die ihm auf einmal wunderbar interessant vorkam. Einmal noch musterten ihre Augen ihn für einen kurzen Moment, er hielt die Luft an. Danach – nichts mehr. Kein Blick, keine Geste. Gerade und bewegungslos saß sie da und verfolgte das Gespräch in der Runde mit einer Miene, aus der er wenig schließen konnte. Während er sie heimlich beobachtete, überlegte er, was es war, das irgendwie nicht in ihr Gesicht passte. Hohe Wangenknochen hatte sie, ein spitzes Kinn, kleine Ohren, in denen Ohrstecker mit winzigen grünen Steinen schimmerten. Und eine super altmodische Hochsteckfrisur, wie er sie sonst nur aus den Filmen kannte, die seine Mutter gerne guckte.

Plötzlich wusste er, was an ihrem Gesicht so eigenartig war: Es hatte keine Spuren. Wenn er nur ihr Gesicht betrachtete und alles andere – Kleidung, Frisur,

Schmuck – ausblendete, sah diese Frau aus wie ein Kind, ein Mädchen, das sich als Erwachsene verkleidet hatte und einen strengen Ausdruck zur Schau trug, um Autorität auszustrahlen. Und es funktionierte.

Er hatte sich sofort in sie verliebt. Dass er bei ihr eine Chance haben sollte, schien ihm jedoch absolut unmöglich. Vielleicht regte sich in ihm gerade deswegen ein Instinkt, den er sonst nur vom Surfen kannte: Wenn sich eine riesige Welle näherte, war jeder Muskel aufs äußerste gespannt, er musste dem Monstrum begegnen, musste in den Tunnel der Welle hinein, sich von ihrer ungeheuren Kraft umschließen lassen und durch sie hindurchgleiten – leicht, schnell und zielsicher wie ein abgeschossener Pfeil.

Wenige Tage später begegnete Hugo Elisabeth im Eingangsbereich der Ökopoliszentrale. Er trug einen Stapel Papiere und wollte rein, sie raus. Er ließ die Blätter fallen, direkt vor ihre Füße – der Taschentuchtrick –, und tatsächlich half sie ihm beim Aufsammeln. Als sie nebeneinander die Treppe hinuntergingen, hatte er sie bereits in ein Gespräch verwickelt, auch wenn sie körperlich überdeutlich Distanz signalisierte, während ihre Augen ihn fixierten, als hätte sie Angst vor einem Angriff. Aber sie erklärte sich bereit zu einem Treffen am folgenden Tag und schlug dafür das Café *Saal 2* im Schanzenviertel vor. Hugo war glücklich.

In der Nacht vor dem Treffen konnte er nicht schlafen, er war aufgeregter als vor der Hauptprüfung im College und mindestens so aufgeregt wie vor den Hawaii-Surf-Championships. Noch nie hatte er so viel Zeit im Bad verbracht wie am nächsten Morgen, und ganz zuletzt hatte er seine schwarzen Locken mit einem Stirnband gebändigt, damit sie ihm nicht ins Gesicht hingen und seinen Blick störten. Er kam überpünktlich, das Café war vollkommen leer. Er probierte einen Tisch am Fenster, einen Tisch hinten in der dunklen Ecke und setzte sich schließlich an die Theke, schaute durch die hohen Fenster hinaus auf die breite Straße, sah Passanten in Regenkleidung vorübereilen, sah Bäume und Äste, die nackt und spinnenartig in den Himmel ragten.

Plötzlich stand sie neben ihm – eine Erscheinung, wie bei ihrer ersten Begegnung. Sie wirkte zugänglich, gab ihm sogar die Hand, und es beruhigte ihn zu fühlen, dass sie tatsächlich ein Mensch aus Fleisch und Blut war mit winzigen Schweißtropfen unter dem Haaransatz, die bald verschwanden. Sie setzten sich an einen Tisch im hinteren Bereich. Elisabeth trank Pfefferminztee, er Cola. Es beschämte ihn, als die Flasche gebracht wurde. Die Cola sah so vulgär neben ihrem Glas Tee aus, dem dampfenden Wasser, in dem echte Blätter lagen. Aber sie hatte ihn zuerst bestellen lassen, und ihm war in der Aufregung nichts anderes eingefallen.

Elisabeth redete von Anfang an über Politik, erklärte, dass Ökopolis sich in der politischen Arbeit viel zu zahm verhielt, erzählte von Aktionen, die ihre eigene Splittergruppe plante und durchführte, ohne dass sie konkret wurde und sich in Details verlor. Nur dass die Aktionen sich im legalen Rahmen bewegten, betonte sie, wobei ihr Blick etwas anderes auszudrücken schien.

Später hatte Hugo über diese Minuten immer wieder

nachgedacht. Wäre das nicht der Moment gewesen, offen zu sein? Offen von seinem Leben zu erzählen, bevor das, was er weggelassen hatte, sich in ein Geheimnis verwandelte? In ein Geheimnis, das immer größer wurde, je länger er mit Elisabeth zusammen war? Was hätte er riskiert? Dass sie aufgestanden wäre und das Treffen beendet hätte. Dennoch. Rückblickend wäre es der einzig gute Moment gewesen. Er hatte ihn verpasst.

Noch am selben Abend waren sie miteinander ins Bett gegangen. Er hatte spontan die Initiative ergriffen und sie einfach nach einem langen Kuss an der Hand hinter sich hergezogen. Hätte er Elisabeth nur eine Minute Zeit gegeben, wäre alles anders gekommen, da war er sich sicher. Nun aber saß sie in der Falle, in der Liebesfalle – so hatte er es neulich bezeichnet, und Elisabeth hatte gelacht. Er wusste inzwischen: Elisabeth besaß eine romantische Ader, die sie vor anderen gut zu verbergen wusste.

Ihre Hand war warm. Die Luft wurde kühler, je länger sie im Gras lagen. Hugo richtete sich auf und betrachtete Elisabeth. Sie hatte die Augen geschlossen und atmete ruhig durch die halbgeöffneten Lippen. Der Zauber, der von ihr ausging, strahlte auf diesen Frühlingstag ab. Er beugte sich langsam über sie. Erschrocken machte sie die Augen auf. Er küsste sie. Sie lächelte.

»Ich bin eingeschlafen«, sagte sie. »Müssen wir etwa schon los?«

14

Constanze Keilenweger bückte sich über die Rosenhecke. Zum Sonnenhut trug sie eine Sonnenbrille. Ihr hellblauer Overall war frisch gebügelt. Zwei Schritte hinter ihr stand eine Frau, die ebenfalls Sonnenhut, Sonnenbrille und einen Overall trug, der ihr etwas zu eng war. Während die Hausherrin Blüten kappte und Zweige beschnitt, stand die andere Frau einfach nur da, als würden Natur und Grün sie ratlos machen.

»Herr Fink!« Constanze Keilenweger richtete sich auf. In der linken Hand hielt sie eine Zigarette, in der rechten eine hübsche rote Rosenschere.

Sebastian ging mit langen Schritten auf die Frauen zu. »Die Klingel hört man wohl hier draußen nicht?«

»Inzwischen kennen Sie ja den Weg. Darf ich vorstellen: Gesa, meine Tochter.«

Sebastian hätte die Frauen eher für Schwestern gehalten. Gesa Keilenweger streifte den schwarzen Gartenhandschuh ab, bevor sie ihm die Hand reichte.

»Gibt es etwas Neues?« Constanze Keilenweger nahm ihre Sonnenbrille ab, und ihre grünen Augen kamen zum Vorschein. Auch die Tochter nahm jetzt ihre Sonnenbrille aus dem Gesicht. In ihren Augen lag eine unendliche Traurigkeit.

»Für mich war neu, dass Herr von Köhn Ihr Vater ist«, sagte Sebastian.

»Das ist kein Geheimnis.« Constanze Keilenweger lächelte.

»Wir können nicht ausschließen, dass beim Tod Ihres Mannes Gewalt angewendet wurde«, sagte Sebastian. »Wir ermitteln also auch wegen Mordes.«

Während die Mutter nachdenklich an ihrer Zigarette zog, wiederholte die Tochter bestürzt: »Mord?«

»Wir können zum jetzigen Zeitpunkt leider nichts ausschließen«, erklärte Sebastian.

Gesa sah ihre Mutter an, die dem Rauch ihrer Zigarette hinterherschaute, drehte sich um und rannte über den Rasen ins Haus. Ihre Mutter bückte sich und drückte die Kippe in einem silbernen Aschenbecher aus, der neben ihr im Gras stand. »Ich nehme an, es handelt sich um Routineermittlungen?« Sie schaute zur Terrassentür, durch die ihre Tochter verschwunden war, und sagte: »Der Tod ihres Vaters nimmt sie wahnsinnig mit. Ist ja kein Wunder.«

Allerdings. Erstaunlich war, mit welcher Gelassenheit die Ehefrau die Geschehnisse trug. »Hat Ihr Ehemann in der letzten Zeit mit irgendjemandem Streit gehabt?«, fragte Sebastian.

Constanze Keilenweger schaute auf die Schere in ihrer Hand. »Ich weiß von keinem Streit.«

»Überlegen Sie bitte.«

Sie beugte sich über eine Blüte und schüttelte dabei den Kopf: »Nein, wirklich nicht.« Mit der Hand fuhr sie über die Blätter.

»Gab es vielleicht vor längerer Zeit irgendwelche Auseinandersetzungen?«

»Nichts, was man mit Gewalt in Verbindung bringen könnte.«

»Sondern?«

Sie drehte sich zu ihm um und sah ihn mit ihren großen grünen Augen an. »Worauf wollen Sie hinaus? Wissen Sie etwas?«

»Das frage ich Sie.«

»Ich kenne mich bei den Geschäften meines Mannes nicht aus. Aber was unseren Bekannten- und Freundeskreis angeht, kann ich Ihnen versichern, da fährt keiner den anderen absichtlich mit dem Auto über den Haufen.« Sie schnitt einen Rosenkopf ab und warf ihn in die Gartentonne. Der geköpfte Trieb federte sachte hin und her.

Die Tochter kam mit verweintem Gesicht zurück, entschuldigte sich und stellte sich etwas unschlüssig zu ihnen. Sebastian lächelte sie an und sagte: »Ich habe eben Ihre Mutter nach Auseinandersetzungen gefragt, die Ihr Vater eventuell gehabt haben könnte. Wissen Sie etwas?«

Gesa Keilenweger zog die Schultern hoch und schüttelte den Kopf. Ihr »Nein« war so leise, dass es kaum zu hören war.

»Wie hat denn Ihr Bruder auf die Todesnachricht reagiert?«, fragte Sebastian.

Gesa schaute zu ihrer Mutter, die die Antwort gab: »Er hat reagiert, wie es für ihn typisch ist: Bloß nichts anmerken lassen.«

»Können Sie mir sagen, wo ich ihn finde?«, fragte Sebastian.

»Im Nachbarort«, antwortete Constanze Keilenweger, fasste in die Tasche ihres Overalls und zog ein kleines Handy hervor. Sie drückte die Tasten und nannte Hennings Nummer, die Sebastian in sein Handy tippte. Dann wandte sie sich wieder der Hecke zu. Ihre Tochter stellte sich daneben.

Sebastian schaute zu den Feldern, über denen ein Bussard kreiste. Ein Thema musste er noch ansprechen. »Wussten Sie eigentlich, dass Ihr Mann an Krebs erkrankt war?«, fragte er.

Constanze Keilenweger strich sich eine Strähne aus dem Gesicht und sagte: »Das ist Blödsinn.«

»Die Spuren sind eindeutig.«

Sie klappte die Sonnenbrille zusammen und steckte sie in die Tasche ihres Overalls. »Davon hat Maik kein Wort gesagt.« Sie schaute prüfend ihre Tochter an, die den Blick ausdruckslos erwiderte.

Sebastian fragte: »Könnte es sein, dass Ihr Mann Sie und die Familie nicht belasten wollte?«

Constanze Keilenweger lachte kurz auf. »Das wäre für ihn kein Grund gewesen, glauben Sie mir.« Als wäre ihr versehentlich etwas herausgerutscht, dämpfte sie den Ton: »Nein, von einer Krankheit hätte er mir sofort erzählt. Was soll das denn für ein Krebs gewesen sein?«

»Das weiß ich nicht. Aber Ihr Mann hätte wohl nicht mehr lange gelebt.«

Gesa Keilenweger begann zu würgen. Erschrocken

legte Constanze Keilenweger ihrer Tochter die Hand auf den Rücken: »Schatz, was ist mit dir?«

Die Tochter presste die Hand vor den Mund und drehte sich abrupt zur Seite. Durch ihre Finger spritzte Flüssigkeit in die Rosen. Schaum und Pastellfarbenes tropfte von Blatt zu Blatt.

Als Sebastian kurz darauf in seinem Auto saß und den Motor anließ, sah er Constanze Keilenweger, die mit einem Gartenschlauch einen Wasserstrahl lenkte. Und er sah, dass die Hecke dort, wo sie die Unterhaltung geführt hatten, wieder in der Sonne glänzte.

15

Wie geschmeidig seine Bewegungen sind, dachte Elisabeth. Sie schaute Hugo hinterher, wie er durch die Regale schlenderte. Er musterte die Produkte, blieb stehen, zog etwas hervor, stellte es zurück, ging weiter, griff hier nach etwas, nahm da etwas heraus. Geschälte Tomaten in der Dose aus Italien. Typisch englische Orangenmarmelade. Kapern aus Neuseeland. Holländische Lakritze. Windbeutel, gefroren, aus Deutschland. Sie folgte ihm. Er prüfte Auberginen und Zucchini. Grüne Paprika oder lieber rote? Und eine gelbe dazu. Während er verglich, einpackte, wog, stand sie wie ein Kind dabei. Große Augen, keine Verantwortung. Sie genoss es.

Den Abschiedskuss in der Nachmittagssonne wollte er nicht enden lassen. Elisabeth lachte: »Schluss jetzt.« Dann schwang sich Hugo auf sein Fahrrad, drehte sich noch einmal zu ihr um, winkte und küsste die Luft. Elisabeth sah ihm hinterher. Er fuhr Richtung Innenstadt, zum Holstenwall, er hatte noch etwas in der Zentrale von Ökopolis zu erledigen. Wie hatte sie ein solches Glück verdient? Da kam ohne Vorwarnung ein schöner Mann über den Ozean und plumpste mitten in ihr Leben. Einfach so.

Sie konnte sich noch gut an ihre erste Begegnung erinnern. Sie kam zu spät zum Meeting bei Ökopolis, was eigentlich gar nicht ihre Art war, und nur ein Platz war noch frei. Sie sah den Neuen aus den Augenwinkeln, schräg gegenüber lümmelte er – Grund genug, nicht zu ihm hinüber zu schauen. Dann riskierte sie es doch, und prompt trafen sich ihre Blicke. Warme dunkle Augen hatte er, die sie unverhohlen und offen betrachteten. Als wären sie nicht in einer Sitzung, sondern die einzigen Menschen auf der Welt. Weiche braune Haut, große Lippen, dicke, schwarze Korkenzieherlocken, die ihm auf die Schulter fielen, als hätte ein Friseur sie stundenlang für eine Fotoaufnahme bearbeitet. Sie streckte den Rücken, wandte den Kopf etwas mehr nach links, bis der Neue aus ihrem Augenwinkel verschwunden war, und versuchte sich auf das Gespräch in der Runde zu konzentrieren. Schiffsemissionen, Kohlendioxyd, Brennwerte. Vergiss den Typ, dachte sie. Sie hatte genug zu tun, sie durfte sich nicht ablenken lassen.

Wenige Tage später – sie hatte mit Boris ein Thesenpapier besprochen – war sie auf dem Weg nach draußen, als irgendein Dussel ihr einen Haufen Papier vor die Füße warf. Automatisch bückte sie sich. Erst dann merkte sie, wem sie da behilflich war. Sofort übernahm er die Initiative, und das gefiel ihr. Sie trafen sich im *Saal 2* und landeten noch am selben Abend im Bett. So etwas war ihr noch nie passiert. Sie war glücklich. Hugo war ein Geschenk, aber dieses Geschenk machte ihr auch Angst.

Sie stand noch immer vor dem Supermarkt. Hugo

war schon fast am Ende der langen Straße angelangt, ein einsamer Radler zwischen hohen Häusern. Sie ging ein paar Schritte in die gleiche Richtung, blieb aber auf einmal abrupt stehen. Hugo hätte da hinten doch rechts abbiegen müssen. Aber er war nach links gefahren.

Sie sah auf die Uhr. Er hatte keine Zeit für Umwege. Wollte er zum Kiosk in der Feldstraße, eine Flasche Wasser kaufen, einen Müsliriegel, eine Zeitung? Oder im Kino in der Sternstraße Karten besorgen und sie nach dem Abendessen mit zwei Kinokarten überraschen?

Sie verstaute in der Küche die Einkäufe, stellte sich vor den Spiegel und öffnete ihr Haar, bürstete und drehte es und steckte es schließlich wieder am Hinterkopf fest. Sie ärgerte sich über sich selbst. Sie sollte sich nicht so verwirren lassen, sondern sich verdammt noch mal auf ihre Arbeit konzentrieren. Tränen traten ihr in die Augen. Elisabeth starrte so lange in ihr Spiegelbild, bis die Tränen verschwunden waren.

16

Die Sekretärin fuhr mit einem Staubwedel über die kleinen Container des Frachtschiffmodells, sanft und geübt. Sie trug ihre Haare nach hinten zu einem Zopf zusammengebunden, und der süßliche Geruch ihres Parfüms hing im Raum. Das Make-up konnte über die Müdigkeit nicht hinwegtäuschen.

»Natürlich gab es geschäftliche Auseinandersetzungen«, antwortete Roswitha Bischof auf Sebastians Frage. »Aber das ist völlig normal. Enttäuschungen gab es sicherlich hin und wieder auch. Aber Feindschaften – das wäre zu viel gesagt.«

»Enttäuschungen?«, fragte Sebastian.

»Na, dass jemand sich die geschäftliche Zusammenarbeit anders vorgestellt hatte. Dass man sich nicht einigen konnte.«

»Denken Sie da an einen konkreten Fall?«

»Mir fällt keiner ein.«

»Würden Sie bitte in Ruhe darüber nachdenken und mir eine Liste derjenigen Menschen machen, die Ihrer Meinung nach von Maik Keilenweger enttäuscht worden sind oder die es so empfanden?«

»Um Gottes willen, ich will doch niemanden verdächtigen.« Frau Bischof legte den Staubwedel beiseite und betastete mit den Fingern ihre Perlenkette. »Ich kann mir überhaupt gar nicht vorstellen, dass jemand Herrn Keilenweger umbringen wollte.«

»Gab es Auseinandersetzungen innerhalb der Firma?«

»Herr Fink ... das geht ein bisschen zu weit.«

»Ja oder nein?«

»Wenn Sie Auseinandersetzungen meinen, die dazu führen, dass einer den anderen umbringen will, dann kann ich Ihnen nur ein eindeutiges Nein zur Antwort geben.«

»Aber es gab doch bestimmt Differenzen, und Sie sagen mir jetzt bitte, was Ihnen dazu einfällt.«

Sie strich die Falten auf ihrem Rock glatt. »In der Firma herrscht generell eine strenge Arbeitsmoral. Das muss auch so sein. Herr Keilenweger ist ... vielmehr er *war* ... Ich muss mich daran noch gewöhnen ... Also er war streng, das kann man so sagen. Als Chef muss er das auch sein.«

»Wer hat sich darüber geärgert?«

Frau Bischof nahm den Staubwedel wieder in die Hand und wedelte entlang einer Seite des Schiffsmodells. »Ich weiß es nicht.«

»Überlegen Sie.«

»Ich möchte wirklich niemanden ...«

»Überlegen Sie.«

»Könnte sein ... Unser Südeuropa-Manager, Herr Cruz-Schneider, hat sich wohl mal geärgert.«

»Könnten Sie das bitte näher erläutern?«

Frau Bischof hielt inne, blickte an Sebastian vorbei und flüsterte: »Da hinten ist er.«

Sebastian drehte sich um. Durch die Glaswand konnte er im Nachbarbüro den dunkelhäutigen Mann im hellen Anzug sehen. Er sprach mit einer anderen Person, bevor er den Raum wieder verließ.

»Um was für Auseinandersetzungen handelte es sich?«, fragte Sebastian Frau Bischof, die sich dezent ein paar Zentimeter zur Seite gelehnt hatte.

»Rein geschäftliche. Herr Keilenweger war der Ansicht, dass Herr Cruz-Schneider nicht immer die richtigen Entscheidungen traf. Herr Cruz-Schneider hat, tja…, eben südländisches Temperament und reagiert bei Kritik nicht immer konstruktiv.«

»Was heißt das?«

»Da wurde auch mal eine Tür geknallt.«

»Wann war das?«

»Vor einer Woche.«

»Wie hat Herr Keilenweger darauf reagiert?«

Frau Bischof zeigte mit dem Staubwedel zum Schreibtisch ihres Chefs. »Er saß dort und sagte…« Die Sekretärin zögerte, indiskret zu sein fiel ihr sichtlich schwer. Sie schaute Sebastian an, und er nickte ihr aufmunternd zu.

»Herr Keilenweger sagte: ›Der wird gefeuert.‹«

»Wie hat Herr Cruz-Schneider darauf reagiert?«

»Er weiß es noch gar nicht.«

»Er weiß es nicht? Sind Sie sich sicher?«

»Absolut sicher. Herr Keilenweger meinte, Alberto Cruz-Schneider solle es erst erfahren, wenn sein derzeitiges Geschäft in Portugal abgewickelt sei, weil kein anderer aus der Firma sich dort auskennt.«

Das klingt plausibel, dachte Sebastian. Aber vielleicht hatte der Chef seine Entscheidung jemand anderem anvertraut, und es war auf diese Weise zu Cruz-Schneider durchgesickert.

»Nein«, antwortete Frau Bischof, nachdem Sebastian ihr seine Überlegung dargelegt hatte. »Das halte ich für ausgeschlossen.«

»Auch Sie haben mit niemandem darüber gesprochen?«

»Ich bitte Sie. Ein solcher Fehler ist mir in vierzig Berufsjahren nicht ein einziges Mal passiert.«

»Also gut. Dann werde ich jetzt mit Herrn Cruz-Schneider sprechen.«

Als wäre es eine Anordnung gewesen, nahm Frau Bischof im Stehen den Telefonhörer und tippte eine Nummer. Während sie auf Antwort wartete, presste sie die Lippen zusammen. Nach einer Weile stieß sie hörbar den Atem aus und wählte eine andere Nummer. Eine Mitarbeiterin der Reederei wusste schließlich, dass Cruz-Schneider das Büro vor zwei Minuten verlassen hatte. Frau Bischof versuchte es auf seinem Handy, aber es war ausgeschaltet. Die Chefsekretärin warf Sebastian einen Blick zu, in dem ein Gedanke zu lesen war, den sie nicht aussprechen wollte: Ein bisschen merkwürdig ist es schon, dass der Mann gerade jetzt nicht zu sprechen ist.

Frau Bischof begleitete Sebastian zu den Aufzügen. In den Augen der Mitarbeiter, an denen sie vorbeikamen, war der Respekt vor der Chefsekretärin zu erkennen. Aus reiner Gewohnheit, denn der Chef existierte nicht mehr, und ob Frau Bischof auch die engste Mitarbeiterin des zukünftigen Chefs sein würde, musste sich erst noch zeigen.

Während sie auf den Lift warteten, fragte Sebastian: »War Herr Keilenweger eigentlich gesund?«

Frau Bischof sah Sebastian einen Moment irritiert an. »Sehr gesund. Warum fragen Sie das?«

»Offenbar war er an Krebs erkrankt.«

Frau Bischof machte ein ungläubiges Gesicht.

»Sie haben nichts davon gewusst?«

»Nein. Er hat nichts davon gesagt. Er hat, soviel ich weiß, auch nie einen Arzt aufgesucht.«

»Wahrscheinlich wusste er es selber nicht«, sagte Sebastian. Er stieg ein und drückte den Knopf für das Erdgeschoss. Roswitha Bischofs bestürztes Gesicht verschwand hinter der sich schließenden Aufzugtür.

»Gibt's kein Wasser?« Obwohl Jens sich gerade erst zu den Kollegen an den Besprechungstisch gesetzt hatte, stand er jetzt wieder auf und verschwand.

»Beeil dich«, rief Sebastian ihm hinterher. »Wir wollen anfangen.«

Er hatte seine Leute zu einer Besprechung gerufen, um den aktuellen Stand der Ermittlungen zusammenzutragen. An der Pinnwand hing ein großer Stadtplan, zusätzlich hatte Sebastian an der Stirnwand ein Flip-Chart aufstellen lassen, allerdings fehlten, wie er jetzt bemerkte, farbige Stifte.

Jens stellte zwei Flaschen Mineralwasser und mehrere zu schiefen Türmen gestapelte Gläser auf den Tisch.

Die Kollegen griffen sofort zu. Als alle versorgt waren, sah Jens Sebastian verwundert an und fragte: »Willst du nichts?«

Er schaute von seinen Unterlagen hoch. »Doch«, antwortete Sebastian, und er hatte tatsächlich gar nicht bemerkt, wie durstig er schon war. Man musste sich noch daran gewöhnen, dass die Tage jetzt wieder wärmer wurden. Pia langte über den Tisch nach einem Glas und schenkte Sebastian ein.

»Danke«, sagte er und strich über die Seiten seines Notizbuchs. »Hat jetzt jeder, was er braucht? Können wir endlich anfangen?«

»Moment.« Jens griff hinter sich und holte etwas aus einer Tasche. Dann feuerte er grinsend eine Tafel Schokolade quer über den Tisch. »Zur Stärkung«, sagte er.

Während die Schokolade reihum ging, erteilte Sebastian Jens zuerst das Wort. Jens berichtete von der laufenden Nachbarschaftsbefragung. Sie hätten in der Buttstraße, der De-Voß-Straße sowie der Carsten-Redder-Straße an insgesamt 78 Türen geklingelt. 62-mal hatten sie, oft erst nach mehrmaligem Läuten, jemanden angetroffen. Das Ergebnis: Zwischen 23.00 und 00.30 Uhr hatten die meisten Befragten leider entweder Fernsehen geschaut, gearbeitet oder waren früh schlafen gegangen, hatten also nichts Besonderes gesehen, gehört oder bemerkt.

Sebastian fasste zusammen, dass demnach also nur die Beobachtung von einer Frau blieb, die mit ihrem Dackel spazieren gegangen war und zu Protokoll gegeben hatte, dass ihr ein Auto aufgefallen war, in dem sich auf der Rückbank möglicherweise ein Mitfahrer befunden habe. Das war nicht viel, aber immer noch besser als nichts. Sebastian berichtete den Kollegen schließlich noch, dass Maik Keilenweger offenbar schwer an Krebs erkrankt war und dass einiges darauf hindeutete, dass er selbst von dieser Erkrankung gar nichts gewusst hatte.

In die Stille hinein sagte Pia: »Manche Leute bemerken es erst, kurz bevor sie daran sterben.«

17

Der Park lag im Dämmerlicht. Das Wasser der Alster schimmerte silbrig-schwarz zwischen den Stämmen der alten Eichen hindurch. Sebastian hoffte, dass es gelingen würde, zwei der begehrten weißen Holzstühle zu ergattern, die frei im Grünen herumstanden und die die Stadtverwaltung erst kürzlich aus der Winterruhe geholt hatte. Viele Bewohner Hamburgs nutzten die Gelegenheit, nach dem langen, nassen Winter den lauen Abend im Freien zu verbringen.

Vor den beiden höchsten Bäumen, deren Wipfel man nur sehen konnte, wenn man sich den Hals verrenkte, standen zwei Stühle beieinander, von denen einer besetzt war. Die Person winkte ihm zu.

»Einer der beiden Stühle stand hier verlassen herum, und den zweiten habe ich den Leuten von da drüben abgeluchst«, erzählte Wanda. »Willst du wissen wie?«

»Wie?«, fragte Sebastian folgsam.

»Ich habe freundlich erklärt, dass ich zu alt wäre, um mich auf den Boden zu setzen, und da konnten sie nicht anders. Einer von ihnen hat mir sogar den Stuhl rübergeschleppt. Ich habe ihm erklärt, der zweite Stuhl sei für eine ebenso alte Freundin. Das bist nun du.« Wanda lachte.

Nach der Besprechung im Präsidium hatte Sebastian seine Großmutter anrufen wollen. In dem Moment war ihre SMS angekommen, in der sie eine Art Picknick im Alsterpark vorschlug.

Aus einem Korb, der offenbar neu war, holte Wanda Brot, Oliven, Käse hervor, eine schon geöffnete Weinflasche, Teller, Besteck und zwei Weingläser. Als Letztes eine Kerze und ein Feuerzeug.

Sie saßen in der hereinbrechenden Dämmerung unter den mächtigen Eichen mit ihrem rauschenden Blattwerk, gelegentlich besucht von einem Gelächter, das der milde Wind von einer Gruppe junger Leute durch das Dunkel zu ihnen herübertrug. Im orangenen Kerzenschein sah Wandas Gesicht beinahe faltenlos aus. Plötzlich glaubte Sebastian seine Mutter vor sich zu sehen, was ihm einen leisen Schrecken einjagte.

»Alles in Ordnung?«, fragte Wanda.

»Ja. Erzähl doch ein bisschen.«

»Wovon denn?«

»Aus deinem Leben.«

Sie war lange in Südamerika gewesen, wo sie als Geologin gearbeitet hatte. Die Erde erforschen, ihre Zusammensetzung und Struktur, ihre Gesteinsschichten, Entstehung und Entwicklungsstufen – »für mich gab es nichts Interessanteres«, erzählte Wanda. »Aber ich hatte immer ein schlechtes Gewissen.«

»Warum?«

»Ich habe mich nie genug um die Familie gekümmert. Die Wahrheit ist, dass sie mir einfach nicht wichtig war, sie war mir egal. Punkt aus.« Nachdem sie eine Weile geschwiegen hatten, sprach sie weiter: »Als ich pensioniert wurde und nach München gezogen bin, war das zunächst ziemlich schlimm für mich. Ich habe mich da auch nie richtig wohl gefühlt. Es hat etwas gedauert, bis ich verstanden habe, dass das letzte Drittel meines Lebens begonnen hatte und dass ich die Zeit nutzen musste.« Sie seufzte und wechselte dann abrupt das Thema: »Komm, erzähl du: Wie war dein Tag?«

Während Sebastian von den Ermittlungen erzählte, hatte er das Gefühl, dass Wanda sehr genau zuhörte. Als er den Besuch bei Constanze Keilenweger und ihrer Tochter und den Vorfall an der Rosenhecke erwähnte, veränderte sie zum ersten Mal ihre Sitzhaltung und lehnte sich zurück.

Nun schwiegen sie beide. Wanda schaute in die Kerze. Dann setzte sie sich auf und wandte den Blick ab, so dass er ihr Gesicht nicht sehen konnte. Sie schien einem Gedanken nachzuhängen. Ihm fiel ein, dass sie neulich auf dem Balkon auch schon so seltsam gewesen war. Nachdem sie eine Weile in die Nacht gelauscht hatten, hielt Sebastian es nicht mehr aus. »Was ist denn los?«, fragte er besorgt.

Wanda schaute ihn an, als käme sie gerade von einem Ort, der ganz weit weg war. Dann lächelte sie und winkte ab. »Die alten Geschichten«, sagte sie, »vielleicht sollte man gar nicht daran rühren.«

Sebastian spürte, wie eine Nervosität ihn erfasste. Wenn jemand aus der Familie sich in solche Allgemeinplätze rettete, konnte es nur um das eine Thema gehen. »Du redest von Klara?«, fragte er, aber es klang wie eine Feststellung. Er wunderte sich, dass ihm der Name seiner Schwester so leicht über die Lippen gekommen war. Wie lange hatte er ihn nicht mehr ausgesprochen? Aus den Augenwinkeln sah er, dass Wanda nickte, und hörte, wie sie leise ein »auch« hinzufügte.

Sebastian wurde es etwas flau, wie immer, wenn die Erinnerung an jenen Tag im Sommer zurückkehrte, damals in seiner Kindheit, als ein Sommertag noch unendlich lang war und voller Möglichkeiten und Abenteuer steckte. Es musste ein Sonntag gewesen sein, denn neben seiner Mutter und der Schwester hatte auch der Vater am Mittagstisch gesessen. Zum Dessert gab es Götterspeise, giftgrün, süß und kühl. Nach dem Essen streifte er durch den Wald, der gleich hinter dem Haus begann, wenn er aus der Gartenpforte trat und an dem Maisfeld vorbeilief. Er war weit in den Wald hineingelaufen, hatte sich ein Versteck aus Ästen und Gestrüpp gebaut und sich mit Moos einen Teppich hineingelegt. Dort wartete er und fragte sich, ob seine Eltern nach ihm suchen würden. Er wartete und wartete, und der Gedanke, dass daheim die Sorge um ihn immer größer wurde, war aufregend. Endlich hörte er eine Stimme rufen: »Basti!« Er rührte sich nicht. Dann wieder: »Basti!« Hinter den Ästen sah er seine neunjährige Schwester Klara vorbeigehen. »Basti! Wo bist du? Du sollst nach Hause kommen!« Er blieb sitzen in seinem Versteck und bewegte sich nicht, Klaras helle Stimme wurde leiser und leiser, bis sie verschwand. Dann war es so still, wie es stiller nicht sein konnte. Riesig wurde die Stille, schwer und körperlich, bis er es nicht mehr aushielt. Endlich kroch er aus seiner Höhle heraus und rannte. So schnell er konnte, rannte er nach Hause.

Ein Suchtrupp der Polizei fand ihren leblosen Körper am nächsten Tag im Weiher, nur wenige hundert Meter von seinem Versteck entfernt.

»Deine Eltern konnten sich die Wahrheit nicht eingestehen«, sagte Wanda.

Sebastian schaute seine Großmutter an. »Welche Wahrheit?«

»Dass es ein Unfall war. Klara ist ins Wasser gefallen und ertrunken. Es war kein Verbrechen.«

Was Wanda da sagte, war unerhört. Hatte er damals nicht selbst einen Fremden auf der Lichtung gesehen? Sebastian wurde es übel. Wanda sprach weiter: »Es war ein tragischer Unfall, an dem niemand schuld war, verstehst du? Das war alles geklärt, aber deine Eltern brauchten einen Schuldigen. Deshalb haben sie sich an die Idee des bösen Unbekannten geklammert. Dabei waren nur ganz normale Spaziergänger unterwegs gewesen.« Wanda sah ihn an, und ihr Blick war voller Liebe. »Deine Eltern wollten, dass eine fremde Kraft für den Tod ihrer Tochter verantwortlich ist. Du warst gerade mal sieben und hast es natürlich geglaubt.«

Seine Gedanken rasten. »Warum hast du mir das nicht früher erzählt?«, fragte er aufgebracht.

Wanda schaute ihn traurig an. »Ich wusste nicht, ob ich das Tabu brechen durfte. Das weiß ich erst jetzt.«

»Was ist mit Mama und Papa?«, fragte Sebastian. »Hast du nie mit ihnen darüber geredet?«

Wanda schüttelte den Kopf.

»Soll ich mit ihnen sprechen?«, fragte er.

Wanda schaute ins Dunkel. »Das musst du selbst entscheiden«, antwortete sie. »Ich habe für mich entschieden, dass ich es nicht tun werde.«

In der Ferne sah Sebastian die beleuchtete Fontäne der Binnenalster, die sich vom dunklen Nachthimmel abhob. In seinem Kopf überschlugen sich die Gedanken. Er konnte nicht fassen, dass seine Familie einen solchen Mythos kreiert und lebendig gehalten hatte. Er hatte die Geschichte geglaubt. Wäre er überhaupt jemals Polizist geworden, wenn er gewusst hätte, dass es kein Verbrechen, sondern ein Unfall war?

Er war zu erschöpft, um weiterzudenken. Er wollte nur noch nach Hause. Sofort. Er musste schlafen. Morgen früh gingen die Ermittlungen weiter, und sie erforderten seine volle Konzentration.

18

Als wäre dieser Morgen einer wie jeder andere, machte Sebastian zuerst das Fenster seines Büros weit auf, holte sich dann einen Kaffee in der kleinen Küche, grüßte einige Kollegen im Vorbeigehen, brachte dann sein Bürofenster in die Kippposition, setzte sich an seinen Schreibtisch und schaltete den Computer an. Alles ganz normal.

Während er darauf wartete, dass seine E-Mail-Eingänge angezeigt wurden, kam die Erinnerung an das gestrige Gespräch mit Wanda wieder hoch. Es hatte etwas Unwirkliches. Sebastian schaute auf den Bildschirm, die Übersicht der neuen E-Mails. Er schaltete den Computer wieder aus. Er musste sich zwingen, sich auf den Fall zu konzentrieren.

In Gedanken fasste er zusammen: Nach einem langen Arbeitstag besucht Maik Keilenweger seine Geliebte. Er verbringt den Abend bei ihr. Als er sie spätabends verlässt, wird er vor ihrem Haus auf der Straße von einem langsam fahrenden Auto angefahren. Er stürzt und stirbt. Im Auto sitzen ein oder zwei Personen, aber keiner meldet sich bei der Polizei. Die private Situation des Verstorbenen scheint etwas angespannt zu sein. Im beruflichen Bereich gibt es laut seiner Sekretärin keine

Feindschaften, allerdings sollte ein Mitarbeiter gefeuert werden, was dieser angeblich nie erfahren hat. Der Verstorbene war todkrank, was aber niemand wusste.

Sebastian griff nach dem Telefonhörer. »Kennen Sie eigentlich Isabelle Seidel?«, fragte er Frau Bischof, die er an ihrem Arbeitsplatz erreicht hatte.

»Über die Privatangelegenheiten meines Chefs möchte ich lieber nicht sprechen«, antwortete die Sekretärin bestimmt.

»Sie haben natürlich recht«, lenkte Sebastian ein, »es gehört sich nicht.« Nach einer kurzen Pause fuhr er fort: »Aber von Gesetzes wegen bin ich verpflichtet, solche Fragen zu stellen, und Sie, sie zu beantworten. Wir haben beide keine Wahl.«

Am anderen Ende war es einen Moment lang still. »Also gut«, sagte Frau Bischof. »Ich weiß natürlich Bescheid über Frau Seidel, auch wenn ich ihr persönlich nie begegnet bin.«

»Wie und wann haben Sie von ihr erfahren?«

»Von mir aus hätte ich nie etwas erfahren, aber Herr Keilenweger neigte dazu, nach Feierabend und bei einem Whisky manchmal mehr zu erzählen, als man hören wollte. Vor etwa drei Jahren hat er mir das erste Mal von ihr erzählt.«

»Was hat er erzählt?«

»Dass er sich in eine Frau verliebt habe, die bei unserem Betriebsfest für das Catering zuständig war. Er kam dann immer mal wieder auf sie zu sprechen.«

»Wie oft hat Herr Keilenweger sich mit Frau Seidel getroffen?«

»Ganz genau weiß ich es natürlich nicht. Ich schätze ein-, zweimal die Woche.«

»Kennen Sie eigentlich Keilenwegers Familie?«

»Nur wenig. Constanze Keilenweger kommt selten in die Firma, das erwähnte ich ja schon. Seit ihr Vater nicht mehr arbeitet, ist sie noch seltener hier. Henning und Gesa Keilenweger habe ich überhaupt erst zwei-, dreimal gesehen.«

»Können Sie einschätzen, wie Herrn Keilenwegers Verhältnis zu seinen Kindern war?«

Wieder zögerte Frau Bischof. »Ich glaube, das Verhältnis zu seiner Tochter Gesa war eng.«

»Zu seinem Sohn nicht?«

»Ich möchte ungern darüber spekulieren.«

»Sagen Sie, wie haben sich eigentlich Maik Keilenweger und der Senior Herbert von Köhn verstanden? Ist die letzte Frage.«

Frau Bischof erklärte, dass die Beziehung zwischen Senior und Schwiegersohn nicht immer frei von Konflikten gewesen sei, dass sie sich aber mit den Jahren immer besser gemocht hätten. Die Geschäftszahlen seien gut gewesen – und das war ja die Hauptsache. Am Schluss des Gesprächs überfiel Frau Bischof doch noch die Sorge, sie könnte zu geschwätzig gewesen sein. »Es ist wirklich nicht meine Art, über Interna zu sprechen«, sagte sie.

»Es dient alles der Aufklärung dieses Falls, Frau Bischof.«

Sie seufzte leise. »Ich hoffe sehr, dass bald alles aufgeklärt ist.«

19

Am Strand von Övelgönne, unterhalb der Elbchaussee, war an diesem Morgen nicht viel los. Mütter hockten nebeneinander auf Decken, die Beine ausgestreckt, und unterhielten sich, während ihre Kinder im Sand spielten oder am Rande des Wassers die kleinen Wellen beobachteten, die wie die großen an Land rollten, nur viel schneller, kürzer und leiser. Manchmal mischte sich in die Seeluft der Duft von Kaffee.

Hugo mochte diese Gegend. Schon im vergangenen Sommer, seinem ersten in Hamburg, hatte er etliche Abende am Strand vor der *Strandperle* verbracht, dieser Hamburger Institution, die einst, wie er gelesen hatte, nur ein Büdchen gewesen war, wo man sich Bier oder Limo holte und sich damit in den Sand setzte. Aus der Bude war ein florierender Gastronomiebetrieb geworden, vollbesetzt mit Menschen, die sich gerne an coolen Orten aufhielten. Zumal der tolle Blick auf Schiffe und hübsche Mädchen inbegriffen war. Dass Elisabeth noch nie hier gewesen war, hatte er zuerst nicht glauben wollen. Wahrscheinlich war es ihr zu »in«.

Sie fanden einen Platz ein Stück weiter weg, wo es deutlich ruhiger war. Elisabeth pflückte Kippen und

Bierdeckel aus dem Sand, Hugo zog die Decke aus seinem Rucksack und breitete sie auf der gesäuberten Fläche aus. Elisabeth zog ihre Riemchensandaletten aus, krempelte die schwarze Jeans hoch, schob die Ärmel ihrer dunklen Bluse nach hinten und entblößte die helle Haut ihrer Unterarme, die ihm so empfindlich vorkam, dass er sie in einem fort mit Küssen bedecken und schützen wollte. Sie ließ sich auf der Decke nieder, anmutig wie niemand sonst an diesem Strand, und schaute auf die Elbe.

Aber auf einmal zog sie die Augenbrauen hoch und presste die Lippen zusammen, etwas schien ihre Stimmung zu trüben. Auf der gegenüberliegenden Seite des Flusses, ein Stück weiter Richtung Stadtzentrum, waren die Verladeterminals des Hafens zu sehen. Drei Frachtschiffe lagen dort vor Anker wie riesige, müde Wale. Langarmige Kräne bestückten sie mit Containern. Ein breiter Stahlblock aus Tausenden von Containern entstand. Eines der Schiffe wurde von Möwen schreiend umkreist, die Vögel witterten vermutlich Fisch.

»Hugo?« Ohne den Blick von den Frachtschiffen zu wenden, hatte Elisabeth plötzlich seinen Namen ausgesprochen, und trotz des Windes hatte er den drohenden Unterton in ihrer Stimme gehört. Sie sah zu ihm hoch. »Hast du Geheimnisse vor mir?«

Er hatte gewusst, dass die Frage irgendwann kommen würde, und blöd, wie er war, hatte er sich nicht mal eine Antwort überlegt. »Hat nicht jeder ein kleines Geheimnis?«, meinte er lahm. Wie ein Geist stand er neben sich und musste hilflos zusehen, wie plump dieser

Trottel, der er selbst war, versuchte davonzukommen oder wenigstens Zeit zu gewinnen. Elisabeth musterte ihn streng, und das Misstrauen in ihrem Blick schmerzte. Sie schien sich zu fragen, ob es sich überhaupt lohnte, sich mit einem Typen wie ihm abzugeben.

Sie schaute wieder nach vorn. Von der Nordsee her näherte sich ein Ungetüm, ein Koloss aus Stahl. Ein Schwergutfrachter, groß wie eine Hochhauszeile. Elisabeth umfasste ihre Knie. Niemand verstand so laut zu schweigen wie sie. Minuten später war das Schiff bereits auf ihrer Höhe. Die Kinder, die es am Ufer bestaunten, wirkten wie Grashalme vor einer riesigen Stahlwand. Über den Sand kamen Mütter, um ihre Kinder vom Wasser wegzuholen, denn gleich würden stärkere Wellen ans Ufer rollen.

»Dreckschleuder«, zischte Elisabeth.

Hugo rückte an sie heran und legte den Arm um ihre Schultern.

An der *Strandperle* waren Menschen aufgestanden, als würden sie einem Naturschauspiel huldigen. Das Schiff passierte majestätisch und langsam, als hätte es alle Zeit der Welt. Elisabeth schüttelte den Kopf.

»Schau, die Kleinen haben die ganze Arbeit«, sagte Hugo und meinte die beiden Schlepper, die das Schiff die letzten Kilometer bis zum Hafen zogen. Der Kommentar sollte witzig sein, aber Elisabeth lachte nicht.

»Wenn die Schiffe sich dem Hafen nähern, drosseln sie natürlich die Motoren, und manche lassen sich auch ziehen«, sagte sie. »Und die Leute hier sind überwältigt, gaffen und staunen und kapieren gar nichts. Wenn sie wüssten, wie viel Gift aus den Schornsteinen kommt, wenn diese Ungeheuer erst einmal Gas geben. Aber was draußen auf den Meeren passiert, sehen sie eben nicht.«

»Das stimmt«, sagte Hugo, »aber du darfst nicht vergessen: Es tut sich da doch auch schon einiges.«

Sie sah ihn verständnislos an: »Nein, Hugo, das stimmt nicht.«

»Lass uns nicht wieder diskutieren.«

»Dann sag nicht so etwas Dummes.« Sie löste sich aus seiner Umarmung. »Wir tun gar nichts. Wir tun nicht genug. Schau doch die Leute da drüben. Wählen grün, kaufen Bio, fahren Fahrrad – und finden riesige Schiffe toll. Sie haben alle ein gutes Gewissen, aber keine Ahnung. Wenn es nicht zum Heulen wäre, könnte ich kotzen. Nichts hat sich geändert. Wenn man etwas ändern will, geht es nur radikal.«

»Ach, Elisabeth.«

»Es war immer so.«

»Es braucht Zeit. Alles braucht Zeit.«

»Ich kann nicht glauben, dass du solche Phrasen von dir gibst, Hugo. Du kennst dich doch aus! Die Emissionsregelungen für die Schifffahrt sind ein Witz, immer noch. Die Schiffe können so viel Dreck in die Luft blasen, wie sie wollen. Willst du das bestreiten?«

»Die neuen Regelungen sind doch schon viel strenger als früher.«

»Welche?«

»Die Treibstoffregelung für die Nord- und Ostsee, zum Beispiel. Treibstoff mit nur einem Prozent Schwefelanteil. Das ist doch ein Fortschritt!«

»Ein Prozent ist immer noch dreihundertmal so viel wie im Autodiesel. Das nennst du Fortschritt? Auf dem offenen Ozean sind sogar noch dreieinhalb Prozent erlaubt, das ist mehr als eintausendmal so viel wie im Autodiesel. Und dann haben die Schiffe manchmal noch Chemieabfälle dabei, die sie gleich mitverbrennen. Das hier« – sie nickte dem Schwergutfrachter hinterher – »ist eine schwimmende Müllverbrennungsanlage. Die Meere sind voll davon. Das muss aufhören!«

»In den Häfen gilt jetzt nur noch null Komma eins Prozent Schwefelanteil«, gab Hugo vorsichtig zu bedenken.

»In den europäischen.«

»Immerhin.«

»Gift ist Gift.« Elisabeth schaute auf das Wasser.

Hugo nahm eine Handvoll Sand und ließ ihn hinabrieseln. »Glaubst du nicht, dass es Reeder gibt, die umdenken?«, fragte er langsam.

»Willst du jetzt die Reeder verteidigen, oder was?« In Elisabeths Blick war eine Entschiedenheit und Kälte, die Hugo erschreckte. Das Gespräch hatte sich in eine Richtung entwickelt, die ihm nicht behagte, und er überlegte, wie er es umlenken könnte.

Nachdem sie eine Weile geschwiegen hatten, sagte er: »In Amerika wird man schief angeguckt, wenn man keinen Führerschein hat. Ich habe trotzdem keinen gemacht. Außerdem liebe ich mein Fahrrad.«

Elisabeth schloss die Augen, und Hugo dachte, dass sie gleich aufstehen und wortlos gehen würde. Dass sie genug von ihm hatte und sich wieder auf die Dinge konzentrieren wollte, die ihr wirklich wichtig waren. Sie würde sich von diesem Neuankömmling in ihrer Welt trennen.

Sie öffnete die Augen wieder und sagte: »Ich bin immer mit den Öffentlichen gefahren, ich brauche keinen Führerschein.«

»Du solltest Fahrrad fahren«, sagte Hugo und lächelte sie an.

»Warum?«

»Weil es gesund ist.«

»In der Großstadt ist es vor allem gefährlich. Aber es stimmt: Wenn man überlebt, ist es gesund.«

Hugo zog den Rücksack auf seinen Schoß, schnürte ihn auf und holte eine Tafel Schokolade hervor. Er nahm sie aus der Packung, befreite sie von Alufolie, brach eine Rippe ab, teilte sie in zwei Stücke und bot Elisabeth eine Hälfte an.

Während Elisabeth die Schokolade aß, beobachtete er, wie sich ihre strengen Gesichtszüge entspannten und sie für einen Moment aussah wie ein zufriedenes Kind.

Mit finsterer Miene nahm sie ein zweites Stück, und die Verwandlung wiederholte sich. Als wären ihre Diskussion, der Streit und alle Überlegungen nur einem bösem Traum entsprungen, während in der Realität die Luft klar war, der Himmel weit und blau, die Menschen vernünftig und voller Liebe. Hugo legte seine Wange an die Elisabeths und spürte ihre Wärme.

Lange saßen sie einfach so da.

Dann sagte Elisabeth einen Satz. Sie sagte ihn ganz leise, als wären es Worte der Liebe, und der Schreck traf

Hugo mit Verzögerung. Elisabeth sagte: »Es geschieht dem Keilenweger recht, dass er bei einem Autounfall getötet wurde.«

Hugo hielt den Atem an. Dann murmelte er, weil ihm nichts Besseres einfiel: »Er war auch nur ein Mensch.«

»Ich habe ihn kennengelernt«, antwortete sie. »Das war kein Mensch.«

»Elisabeth …« Er betrachtete sie entsetzt von der Seite.

»Eiskalt war er.«

Hugo nahm sie in den Arm und zog sie sanft nach hinten, bis sie auf dem Rücken lagen. Dann beugte er sich über sie und verschloss ihr den Mund mit einem Kuss.

20

Sebastian und Pia durchschritten eine gepflasterte Passage, die zwischen zwei hohen und massiven Gebäuden aus rotem Klinker ein wenig bergauf führte. Oben angekommen, drehte Sebastian sich um und sah in der schmalen Lücke zwischen den Gebäuden den Fluss, ein funkelnder, silberner Streifen. Die Buttstraße war jetzt nicht mehr weit.

Nachdem er das Telefongespräch mit Roswitha Bischof beendet hatte, war Pia mit der Nachricht in sein Büro gekommen, ein Nachbar von Frau Seidel habe sich gemeldet. Der Mann habe einiges gehört und gesehen und wolle das zu Protokoll geben.

»Und wo ist er?«, hatte Sebastian gefragt.

»Zu Hause.«

»Zu Hause? Warum das? Bringt ihn her!«

»Haben die Kollegen schon versucht, aber er will nicht ins Präsidium kommen. Scheint ein älterer Herr zu sein.«

»Hat er angedeutet, was er gesehen und gehört hat?«

»Das wollte er auf keinen Fall am Telefon sagen.«

Sebastian und Pia waren gleich losgefahren.

Der alte Mann beäugte sie misstrauisch, bevor er sie in seine Wohnung ließ. Ortwin Weber hatte sich offenbar frisch rasiert, seine Haare waren noch nass und sauber gescheitelt. Er trug ein Jackett, das ihm etwas zu groß war, als hätte er es vor langer Zeit gekauft und wäre aus der passenden Größe herausgeschrumpft. Seine Wohnung war kleiner geschnitten als jene von Isabelle Seidel, die über ihm wohnte. Die Tapeten waren wohl mal olivgrün gewesen, die Möbel wirkten wie aus einer anderen Zeit.

»Was haben Sie uns zu berichten?«, fragte Sebastian.

Der Mann pfiff durch die Zähne. »Ich habe es in der *Mopo* gelesen«, antwortete er mit heiserer Stimme. »Schlimm, dass der Tote eine ganze Nacht zwischen den Autos herumgelegen hat. Das wäre früher, als hier noch mehr Menschen lebten, nicht passiert.« Sein Blick wanderte kopfschüttelnd von Pia zu Sebastian.

»Sie sagten meiner Kollegin am Telefon, sie hätten etwas gesehen, über das Sie sprechen wollten«, bemerkte Sebastian.

Der Mann nickte mit sorgenvoller Miene: »Kommen Sie bitte mit.«

Sie folgten ihm durch einen engen Flur, der in einem kleinen Zimmer mündete. Das Fenster ging zur Buttstraße hinaus. Sebastian und Pia drängelten sich nebeneinander zwischen einigen leeren Kartons hindurch ans Fenster. Unten war der Eingang zum Haus zu sehen.

»Da«, sagte Weber. »19.05 Uhr. Ich saß in meinem Lehnstuhl« – Webers Finger zeigte auf den gelblichen Stoffsessel, den man im Wohnzimmer sehen konnte –

»und denke: Da streiten doch zwei? Ich habe es gehört, obwohl ich nicht die besten Ohren habe.«

»Was genau haben Sie gehört?«

»Da haben sich zwei gestritten.« Er sah Sebastian und Pia an und wartete auf eine Reaktion.

»Ein Mann und eine Frau?«, fragte Pia.

»Ich habe das Licht gelöscht und bin zum Fenster. Dann habe ich die beiden Männer gesehen. Der eine war der, der später tot war.«

»Sind Sie sich sicher?«, fragte Sebastian.

»Ja, ja.«

»Sie kannten ihn?«

»Nur vom Sehen. Er hat manchmal die Nachbarin von oben besucht.«

»Haben Sie das Gesicht des anderen Mannes auch erkennen können?«

»Der Tote stand so« – Weber trat einen Schritt zur Seite – »mit dem Gesicht in diese Richtung, und der andere stand eher so.« Er drehte Sebastian und Pia den Rücken zu. »Den habe ich mehr von hinten gesehen.«

»Haben Sie irgendetwas von ihm gesehen, das Sie beschreiben können? Vielleicht etwas, das auffällig war?«

Weber fuhr mit einem Finger über seine Nase, während er nachdachte. »Er war ungefähr so groß wie der Tote.«

Sebastian und Pia tauschten einen Blick.

»Und seine Kleidung?«, fragte Sebastian.

Der alte Mann pfiff wieder durch die Zähne. »Normal.«

»Was heißt das?«

»Hose. Jacke.«

»Welche Farbe hatten Jacke und Hose?«, fragte Pia.

»Kann ich nicht sagen. Grün oder blau. Dunkel eben. Aber da war noch was.« Er schaute aus dem Fenster hinaus, als wäre es dort unten noch zu sehen. »Auf dem Kopf trug er so was wie eine Wollmütze.«

»Können Sie die genauer beschreiben?«

Der Mann sah Sebastian hilflos an.

»Hatte sie einen Bommel?«

»Keinen Bommel.«

»Dunkel? Hell? Grob gestrickt oder eher fein? Konnten Sie das erkennen?«

»Grau vielleicht. Ziemlich groß.«

»Haben Sie verstanden, worüber die beiden sich gestritten haben?«, fragte Sebastian.

»Konnte ich nicht verstehen. Ich hör nicht mehr so gut.«

»Hat einer dem anderen gedroht?«

»Könnte sein.«

»Was passierte dann?«

»Der eine ist weggegangen, die Straße runter, der Tote ist ins Haus.«

Sebastian schaute aus dem Fenster. Man konnte den Weg nicht weit verfolgen.

Ortwin Weber stand dicht hinter Sebastian und flüsterte: »Der Tote ist an meiner Wohnung vorbei nach oben geschlichen. Ich wusste nix von der Reederei, das habe ich erst in der Zeitung gelesen. Man fragt ja auch nicht, wenn man sich mal im Treppenhaus trifft, oder? Das war früher anders. Ich wohne seit 1959 hier.«

»Eines muss ich Sie noch fragen«, sagte Sebastian, woraufhin Weber ihn etwas ängstlich anschaute. »Warum haben Sie nicht schon bei unserer Nachbarschaftsbefragung eine Aussage gemacht?«

Weber zupfte an seinem Ohrläppchen. »Da war ich bei meiner Tochter in Oldenburg. Bin erst gestern Abend wiedergekommen. Und da hat mich niemand etwas gefragt.«

21

»Entschuldigen Sie die Störung.« Sebastian lächelte, als Isabelle Seidel ihre Tür öffnete. »Wir haben noch einige Fragen.« Frau Seidel schien sich nicht zu wundern, dass die Polizei schon wieder vor ihrer Tür stand.

Kurz darauf verteilte sie Becher mit blauen Kringeln und goss sich und den beiden Besuchern von dem Früchtetee ein, den sie gerade aufgebrüht hatte.

»Am Abend bevor Herr Keilenweger starb«, begann Sebastian, »in welcher Stimmung war er, als er zu Ihnen kam?«

»Warum?«, fragte Frau Seidel irritiert.

»Überlegen Sie bitte«, bat Sebastian. »War irgendetwas anders als sonst?«

Die Frau hielt sich die Situation vor Augen. »Mir ist nichts Besonderes aufgefallen«, antwortete sie.

»Ihr Nachbar, Herr Weber, hat einen lautstarken Streit mitbekommen«, sagte er. »Bevor Herr Keilenweger zu Ihnen kam, hat er sich vor dem Haus mit einem Mann gestritten.«

Isabelle Seidel sah Sebastian ungläubig an. »Herr Weber ist sehr alt.«

»Bitte denken Sie noch mal nach«, sagte Pia. »Wie

war das Verhalten von Herrn Keilenweger, als er zu Ihnen kam? Kein bisschen ungewöhnlich?«

Frau Seidel zuckte die Schultern. »Er war etwas angespannt, ja, aber er kam schließlich aus dem Büro.«

»Hat er irgendwann in letzter Zeit eine Auseinandersetzung erwähnt, im geschäftlichen Bereich oder in der Familie?«, fragte Sebastian.

Isabelle Seidel verneinte. Über Geschäftliches hätten sie so gut wie gar nicht gesprochen, und die Familie war auch eher ein Tabu. Nachdenklich fügte sie hinzu: »Mir wird erst seit seinem Tod bewusst, wie wenig ich eigentlich von Maik wusste.«

»Aber Ihr Verhältnis bestand seit drei Jahren?«, fragte Pia.

»Was wollen Sie damit andeuten?« Isabelle Seidel bedachte Pia mit einem abschätzigen Blick.

»Entschuldigen Sie, ich wollte Ihnen nicht zu nahe treten.«

»Ja, wir waren seit drei Jahren zusammen. Muss ich deshalb alles von ihm wissen? Führen Sie Ihre Beziehungen so?«

Sebastian kam es vor, als würde Pia etwas rot. »Würden Sie Ihre Beziehung zu Herrn Keilenweger als glücklich bezeichnen?«, fragte er.

»Wir waren ein Paar«, sagte Frau Seidel. »So einfach ist das.« Sie kehrte ihnen den Rücken zu und schaute zur Decke.

Sebastian erhob sich und betrachtete die Maske, die an der Wand hing und ihm schon bei seinem ersten Besuch aufgefallen war. »Sie waren in Afrika?«, fragte er.

Sie drehte sich wieder um. »Ich bin nie nach Afrika gekommen. Die Maske und die Muscheln sind von Maik. Er hat sie mir einmal mitgebracht«, antwortete Frau Seidel. Sie betrachtete die Maske eine Weile, ihre Augen füllten sich mit Tränen, auf ihrem runden Gesicht breitete sich ein Lächeln aus. »Er brachte mir oft ein Geschenk mit, wenn er auf Reisen war, irgendetwas, das für das Land typisch war. Er meinte, das sei ein alter Brauch unter Reedern.«

»Frau Seidel«, Pia richtete sich etwas auf. »Ich möchte Sie etwas sehr Persönliches fragen: Sind Sie schwanger?«

Beide – Sebastian und Frau Seidel – sahen Pia erstaunt an. Und dann begann Isabelle Seidel zu weinen.

»Welcher Monat?«, fragte Pia leise.

»Fünfter.« Frau Seidel versuchte sich zu beruhigen.

»Wer weiß davon?«, fragte Sebastian.

»Außer Maik – niemand.«

»Seine Familie auch nicht?«

Sie schüttelte entschieden den Kopf. »Maik wollte es ihnen erst erzählen, wenn das Baby da ist.«

Nachdem sie Seidels Wohnung verlassen hatten, gingen sie hinunter zur Elbstraße. »Ich hatte nicht gedacht, dass sie schwanger ist«, sagte Sebastian, »obwohl mir das Bäuchlein auch aufgefallen war.«

»Sie ist ja ein eher rundlicherer Typ«, meinte Pia, »da kann man sich auch täuschen. Aber ich war mir plötzlich sicher.«

Sie schauten eine Weile auf das Wasser. Unter der

Wasseroberfläche drehten sich kleine Strudel. Geheimnisse des Wassers. Sebastian lehnte sich mit dem Rücken an das Geländer, zog sein Notizbuch hervor. Er notierte: *Frau Seidel schwanger, hat tatsächlich niemand davon erfahren?* Dann überflog er seine Notizen, sein Blick fiel auf den Namen des Reederei-Managers Alberto Cruz-Schneider. Der Mann war just in dem Moment verschwunden, als der Kommissar ihn sprechen wollte. Dann machte sich Sebastian noch ein paar Notizen zu Ortwin Weber und dessen Beobachtungen. Im Frühjahr konnte man das Tragen einer Wollmütze als auffällig werten, andererseits wurde es abends noch immer kalt. Zu dumm, dass die Nachbarn zur Zeit zwischen 23 und 0.30 Uhr befragt worden waren und nicht auch zu 19 Uhr. Wahrscheinlich mussten die Beamten jetzt noch mal los. Eva Weiß würde sich bedanken.

Sebastian blätterte weiter. Was war noch? Der Fahrer des Wagens, der Keilenweger angefahren hatte, hatte sich noch immer nicht gemeldet. Das brauchte aber nicht vermerkt werden. Sebastian war sich sicher, dass da nichts mehr kommen würde. Weiter vorn hatte er notiert: *Reaktion der Ehefrau Constanze auf die Todesnachricht eher reserviert.* Klar, sie hatte sich in einem Schockzustand befunden. Aber das konnte nicht alles erklären. Sebastian musste sich so bald wie möglich mit den erwachsenen Kindern der Keilenwegers, Henning und Gesa, unterhalten.

22

Ihre Wege trennten sich an der *Strandperle*. Hugo ging zurück zum Museumshafen, wo er sein Fahrrad abgestellt hatte, während Elisabeth den steilen Weg hinauf zur Elbchaussee stieg, um den Bus über Altona nach Eimsbüttel zu nehmen. Atemlos setzte sie sich auf einen der hinteren Plätze.

Der Bus fuhr an Villen vorbei, weißen Häusern hinter dichten, gleichmäßig geschnittenen Hecken. Elisabeth sah eine Katze im Fenster, Passanten mit geschlossenen Regenschirmen. Sie ließ all das gleichgültig an sich vorüberziehen und dachte an ihre Unterhaltung mit Hugo. Sie hatte das Gefühl, dass er ihr gegenüber nicht ehrlich war, dass er log, und zwar nicht zum ersten Mal. Tags zuvor hatte er ihr nur widerwillig gebeichtet, dass er gar nicht in die Zentrale zu Ökopolis gefahren war, um beim Layout der Flugblätter zu helfen, sondern im Sportstudio gewesen sei. Und letzten Samstag hatte er erzählt, dass er mit seinem BMX-Rad an den Magellan-Terrassen in der Hafencity trainieren würde, aber als sie ihn dort besuchen wollte, waren nur die anderen Biker da und Hugo über Handy nicht zu erreichen. Er sei ganz in der Nähe gewesen, hatte er später behauptet. Hatte sich angeblich die alten Gebäude in der Speicherstadt angeschaut. Kleinigkeiten, Ausreden vielleicht, die sie mühsam aus ihm herauskitzeln musste.

Auf einem Balkon schnitt eine Frau einem Kind die Haare. In einem Wollgeschäft wurde das Schaufenster dekoriert. Elisabeth war müde. Bedrängte sie Hugo zu sehr, und war es am Ende ihre Schuld, dass er Geheimnisse vor ihr hatte?

An der Apostelkirche stieg sie aus. Sie kannte hier jede Straße, den Bäcker an der Ecke, der die besten Fruchttörtchen verkaufte, die Penner am Imbiss, den Schuhmacher im Souterrain. Hier, im ehemaligen Arbeiterviertel, wo die Straßen schmal und die Wohnungen klein waren, hatte sie zwei Jahre gewohnt. Sie war im Grundstudium gewesen und stolz auf ihre erste Bude in der Rellingerstraße, Hinterhof, erster Stock, niemals Sonne. Hatte auf dem Weg zur Vorlesung an die Hafenarbeiter gedacht, die hier früher jeden Morgen zu Fuß den langen Weg zu den Landungsbrücken gingen, den Elbtunnel durchquerten, den ganzen Tag auf den Werften schufteten und irgendwann völlig erschöpft zu ihren Familien zurückkehrten, die in den kleinen Zimmern auf engem Raum zusammenlebten.

In der Müggenkampstraße lag das *Namenlos,* »eine der letzten Bastionen des proletarischen Widerstands« – wie Atze es nannte. Atze hatte die Kneipe Anfang der neunziger Jahre aus einem studentischen Aktionsbündnis heraus gegründet.

»Geschlossene Gesellschaft« stand auf dem Zettel, der von innen an die Scheibe der Eingangstür geklebt war. Elisabeth trat ein.

Das Tageslicht, das spärlich durch kleine Sprossenfenster fiel, wurde von den Brauntönen geschluckt, dem alten Holz der Dielen, den Vertäfelungen und den Wänden, an denen sich der Rauch von vielen Jahren niedergeschlagen hatte. Atze hatte das Licht eingeschaltet. Im hinteren Bereich der Kneipe saßen sechs Männer, und auf den zusammengeschobenen Tischen standen schon einige Bierflaschen. Elisabeth hasste das. Saufen und Labern war früher, warum kapierte Atze das nicht? Schlimm genug, dass es mehrere Tage gedauert hatte, bis die Gruppe endlich zusammenkam.

Elisabeth eröffnete das Treffen. Heute gab es nur einen Tagesordnungspunkt: die Aktion gegen das Containerschiff im Westhafen, die komplett schiefgegangen war. Mitglieder der Gruppe hätten in der Nacht von Montag auf Dienstag um zwei Uhr morgens mit einem Schlauchboot über die Elbe setzen, an das Schiff heranfahren, sich am Bug hochseilen und große schwarze Kreuze auf den Schiffsrumpf malen sollen. Die Farbe wäre schwer zu entfernen gewesen, und die Presse hätte mindestens einen Tag lang Zeit gehabt, wunderbare Fotos zu schießen. Die Bilder hätten gezeigt, dass das Schiff – wo auch immer es hinfuhr – Krankheit und Tod brachte. Auf einem Flugblatt waren die Fakten schon in kleinen Häppchen für die Presse aufbereitet worden, die Journalisten hätten sich nur noch zu bedienen brauchen. Mitsamt den Fotos hätte es die Reederei Köhn hübsch in Bedrängnis gebracht.

Doch die Aktivisten waren schon am Steg von der Polizei in Gewahrsam genommen worden. Zwar hatte man sie noch in der Nacht wieder freilassen müssen, weil man ihnen nichts nachweisen konnte, aber das Ärgerliche war, dass sie nun aktenkundig und der Polizei namentlich bekannt waren.

»Also«, fragte Elisabeth in die Runde, »woher wusste die Polizei von unserem Plan?«

»Die Bullen waren zufällig in der Nähe und haben sich halt gewundert, was jemand da mitten in der Nacht mit 'nem Boot will«, sagte Stefan.

»Blödsinn!« Elisabeth sah dem Glatzkopf in die Augen. »Der längere Teil des Stegs verläuft nach einem Knick parallel zum Ufer und ist wegen der Böschung von der Straße aus überhaupt nicht zu sehen. Da kann mir niemand erzählen, dass die Polizei zufällig vorbeigekommen ist. Die wurde gerufen.«

»Allerdings«, nickte Thomas. »Fragt sich nur, von wem!«

Gernot spekulierte, ob die Aktivisten zuvor irgendwo die Geschwindigkeitsbegrenzung übertreten und die Polizei so erst angelockt hätten. Stefan und andere aus der Gruppe signalisierten Zustimmung. Sie begannen weitere Mutmaßungen anzustellen. Elisabeth hörte irgendwann nicht mehr zu.

»Elisabeth?«

Sie schreckte hoch.

»Was glaubst du?«, fragte Atze.

»Ich weiß nicht«, antwortete Elisabeth vage.

»Du hast doch eine Idee«, sagte Atze.

Sie schüttelte den Kopf und schwieg, während das Gespräch um immer dieselben Theorien kreiste, und je länger und farbenfroher sie ausgemalt wurden, desto wahrscheinlicher schienen sie der Gruppe.

Atze brachte Elisabeth zur Tür. Bevor er sie öffnete, sagte er: »Geht es dir nicht gut?«

»Heuschnupfen«, antwortete sie, dabei hatte sie nie unter Allergien gelitten. Atze nickte verständnisvoll.

Elisabeth ging zu Fuß Richtung St. Pauli wie einst die Hafenarbeiter, marschierte mit großen Schritten die Lappenbergsallee entlang, und mit jedem Meter, den sie zurücklegte, verfestigte sich der Gedanke: Irgendjemand hatte die Aktion verraten. In ihrer Gruppe war möglicherweise ein Verräter.

Sie überquerte die Fruchtallee und den Doormannsweg, folgte der Eimsbüttler Chaussee in Richtung St. Pauli. Sie hatte ein flaues Gefühl im Magen. Es war dem Landeskriminalamt ja schon öfters gelungen, einen Spitzel in eine linke Gruppe einzuschleusen. Aber wer aus ihrer Gruppe konnte es sein?

23

Der Name stand in Schreibschrift auf der großen Scheibe: »Gesa Keilenweger Schmuckdesign«. Das Schaufenster war mit Samt ausgeschlagen. Zwei silberne Ringe, ein goldenes Armband und ein goldener Ring mit einem blauen Stein in einer sechseckigen Fassung lagen auf einem Stück Naturholz.

Durch die Tür drang ein hohes, mechanisches Surren nach draußen. Sebastian klopfte und trat ein. An der Theke im hinteren Teil des Raumes, saß Gesa Keilenweger ein wenig nach vorn gebeugt und mit Schutzbrille. In der Hand hielt sie einen kleinen Bohrer, mit dessen Spitze sie eine silberne Fläche bearbeitete. »Kommen Sie herein!«, rief sie. Jetzt erst bemerkte Sebastian, dass die Goldschmiedin ihre Haare rötlich getönt hatte – bei ihrer gestrigen Begegnung im Garten ihrer Mutter war ihre Frisur unter dem Sonnenhut verborgen gewesen.

Sebastian trat an die Theke. »Wie geht es Ihnen?«, fragte er.

Gesa Keilenweger schaute auf. »Ach, Sie sind es.« Sie nahm die Brille vom Gesicht, legte sie neben sich. »Sie müssen entschuldigen, dass ich gestern so reagiert habe, das ist mir sehr peinlich …«

»Machen Sie sich keine Sorgen, ich sehe viel, und dass sich jemand erbricht, ist da eher harmlos. Geht es Ihnen besser?«

»Ein bisschen. Ich lenke mich mit meiner Arbeit ab, sonst würde ich durchdrehen.«

An der Wand hingen in Reichweite diverse Werkzeuge in verschiedenen Größen. Auf einem Regal standen Gläser, in denen farbige Steine aufbewahrt waren. Drei Ringe lagen auf einem Brett neben der Theke, vor ihnen jeweils ein kleines Pappkärtchen mit einem Namen. Marvin, Lisa, Mila. »Die Auftragslage scheint ja gut zu sein«, sagte Sebastian.

Gesa Keilenweger wog den Kopf. »Schön wär's. Die Ringe, die Sie gerade anschauen, sind Geschenke.«

»Geschenke?«

»Einer ist für einen Freund, Marvin, der meinen Schmuck fotografiert hat, für Lisa ist der Ring in der Mitte – ihr geht es sehr schlecht, wegen ihrem Sohn, und Mila … ach egal, das gehört ja gar nicht hierher.«

»Seit wann betreiben Sie den Laden?«, fragte Sebastian.

Sie schaute durch den Raum, während sie die vergangene Zeit überschlug. »Nächsten Monat sind es drei Jahre.«

»Und?«

»Ja, insgesamt läuft es gut«, sagte sie, aber ihr Gesichtsausdruck relativierte die Antwort.

»Darf ich?«, sagte Sebastian und schloss die Tür nach draußen. Gesa Keilenweger sah ihn besorgt an. Sebastian sagte: »Sie denken sicherlich auch darüber nach, wer Ihrem Vater Gewalt angetan haben könnte – haben Sie eine Idee?«

Gesa Keilenweger schüttelte langsam den Kopf und antwortete leise: »Keine Ahnung. Überhaupt nicht. Ich kann es mir überhaupt nicht vorstellen. Ich mag es mir auch gar nicht vorstellen.«

»Wie war Ihr Verhältnis zu Ihrem Vater?«, fragte Sebastian.

Die Tochter setzte zu einer Antwort an und verwarf sie wieder.

»Ich muss Sie das fragen.«

Sie seufzte. »Er war streng.«

»Können Sie das bitte näher erläutern?«

»Ich möchte nichts Negatives sagen. Wir hatten ein gutes Verhältnis.« Sie schaute mit leerem Blick an Sebastian vorbei. »Ach, ich weiß nicht. Können Sie solche Fragen beantworten? Haben Sie ein gutes Verhältnis zu Ihrem Vater?«

Sebastian war froh, dass die Frau offenbar keine Antwort erwartete. Sie setzte die Schutzbrille wieder auf. Ihre Nase sah plötzlich lang und schmal aus. Sie nahm den Bohrer in die Hand. Bevor sie das Gerät anließ, fragte Sebastian: »Kennen Sie Isabelle Seidel?«

Der Bohrer richtete sich nach oben. Die Goldschmiedin hielt ihn wie eine Kerze. »Warum fragen Sie das?«

»Weil Ihr Vater am Abend vor seinem Tod bei ihr war.«

Der Bohrer begann zu surren, zeigte ziellos in die Luft, bevor Gesa Keilenweger ein silbernes Plättchen zur Hand nahm und die Spitze ansetzte. Das Geräusch wurde schriller, als die Spitze auf das Silber traf. »Henning hat von ihr erzählt. Aber ich wollte das alles gar nicht wissen.«

»Was hat er erzählt?«

Sie überlegte. Dann legte sie den Bohrer beiseite und sagte: »Also gut. Er hat von der Schwangerschaft erzählt.«

»Wann hat Ihr Bruder Ihnen erzählt, dass Frau Seidel schwanger ist?«, fragte Sebastian, und er bemühte sich, seine Überraschung zu verbergen.

»Vor drei Tagen. Ziemlich spät, um nicht zu sagen: zu spät. Er hätte es mir ja gleich sagen können.«

»Seit wann wusste er es denn?«

»Seit zwei Wochen ungefähr.«

»Und woher?«

»Von der Frau selbst.«

Noch eine Überraschung. Isabelle Seidel hatte behauptet, sie hätte niemandem von ihrer Schwangerschaft erzählt. Sebastian fragte: »Ihr Bruder Henning und Frau Seidel kannten sich also gut?«

»Keine Ahnung. Er hat sie jedenfalls getroffen, aber ich habe nicht weiter nachgefragt.«

Sebastian war versucht nachzuhaken, aber er entschied sich, zunächst mit den anderen zu sprechen. Warum erzählte Isabelle Seidel dem Keilenweger-Sohn von der Schwangerschaft, wenn sie und Maik Keilenweger sich zum Stillschweigen verpflichtet hatten? »Können Sie mir sagen, wo ich Ihren Bruder finde?«, fragte Sebastian.

Gesa Keilenweger schaute auf ihre Uhr. »Er könnte auf dem Pferd unterwegs sein.«

»Wo?«

»Sein Pferd steht auf dem Grundstück von meinen …« – sie zögerte, bevor sie hinzufügte: »… Eltern.« Ihre Stimme zitterte. Von ihren Eltern musste sie neuerdings in der Vergangenheit sprechen.

»Sie haben mit Ihrem Vater nie über seine Geliebte gesprochen?«

Auf einmal schien es sehr still in der Werkstatt, und Gesa Keilenwegers Antwort war bestimmt: »Nein.«

24

Früher standen nachts die Prostituierten vor den geschlossenen Fischhallen und warteten auf die Freier, doch im Laufe der vergangenen zwanzig Jahre hatte sich die Große Elbstraße sehr verändert. Heute reihten sich teure Restaurants und Bistros aneinander, moderne Büros wurden hochgezogen, und die Nutten waren größtenteils verschwunden.

Kurz bevor Sebastian die Fischauktionshalle erreichte, setzte er den Blinker, wo es links zur Buttstraße hochging. Er bog ab und sah plötzlich den schwarzweiß gestreiften Sommermantel und die roten Haare von Isabelle Seidel. Mit schnellen Schritten kam sie den Bürgersteig hinauf. Sebastian hielt am Straßenrand, stellte den Motor ab und dachte, die Frau würde ihm direkt in die Arme laufen. Aus dem Handschuhfach holte er sein Notizbuch und den Stift, der nach hinten gerollt war, und steckte beides in die Innenseite seiner Jacke. Als er wieder aufschaute, war die Frau verschwunden.

Sebastian lief den Bürgersteig hinunter. Wie konnte die Frau so schnell verschwinden? Er entdeckte in der Hauswand eine Tür. Sie war aus Glas, aber was dahinter lag, konnte man nicht erkennen. Verschlossen war sie nicht. Sebastian öffnete und trat in einen großen, länglichen Raum mit hohen Wänden, Stühlen mit Sitzpolstern aus rotem Leder und dunklen Holztischen. Hinter einer langen Theke aus Chrom und Stahl arbeiteten Männer in weißen Hemden und Kochmützen. Um diese späte Mittagszeit waren nur noch wenige Tische des Bistros besetzt, ein paar Geschäftsleute in Anzug und Krawatte. Sebastian sah, dass der Haupteingang auf der anderen Seite war. Isabelle Seidel stand an der Theke und sprach mit der Bedienung, einem jungen Chinesen. Sie nickte, trat einen Schritt zur Seite und wartete.

»Hallo, Frau Seidel«, sagte Sebastian.

Sie erschrak. »Das ist ja eine Überraschung. Was machen Sie denn hier?«

»Ich habe selber eine Überraschung erlebt«, antwortete Sebastian, »deswegen bin ich hier.«

»Verstehe ich nicht ...«

»Ich habe ein paar Fragen an Sie.«

»Okay ... Ich warte noch auf meinen Kaffee. Wollten Sie vielleicht auch etwas bestellen?«

»Danke, nein. Ich bin dort drüben.« Sebastian ging zu den Fenstern, vor denen ein Stehtisch frei war. Von hier aus bot sich ein schöner Blick über die Elbe. Eine Touristenfähre, die Besucher durch den weitläufigen Hafen führte, setzte gerade auf die andere Seite. An der Schiffswand prangte in grellen Lettern Werbung für: »Tainted Love – das Musical«. Das Stück lief also immer noch.

»Worum geht es denn?«, fragte Isabelle Seidel, während sie ihren Becher auf dem Tisch abstellte und das Portemonnaie in ihrer Handtasche verstaute.

»Sie haben mir nicht die Wahrheit gesagt«, sagte Sebastian.

»Bitte?«

»Ich frage Sie noch mal: Wem haben Sie von Ihrer Schwangerschaft erzählt?«

Mit großen Augen sah sie ihn an. »Das habe ich Ihnen doch gesagt.«

»Würden Sie es bitte noch einmal wiederholen?«

Sie strich sich eine Locke aus dem Gesicht. »Niemandem. Ich habe niemandem davon erzählt.«

»Kennen Sie Henning Keilenweger?«

»Nein.« Sie sah Sebastian fragend an.

Er reagierte nicht, erwiderte nur ihren Blick und wartete ab.

Hastig griff sie nach dem Kaffee und trank einen Schluck. Als sie den Becher wütend zurückstellte, schwappte heiße Flüssigkeit auf den Tisch. Mit dem Handrücken wischte sie sie beiseite. »Henning Keilenweger interessiert mich nicht.«

Er reichte ihr eine Serviette, die er vom Nachbartisch fischte.

Sie tupfte sich den Kaffee von der Hand. »Warum sollte er?«

»Ist es dann nicht merkwürdig, dass er von Ihrer Schwangerschaft weiß?«

Sie schaute starr zum Fenster hinaus.

»Seine Schwester Gesa sagte, Sie, Frau Seidel, hätten es ihm erzählt.«

Sie runzelte die Stirn.

»Woher wissen die Geschwister von Ihrer Schwangerschaft?«

Isabelle Seidels Blick folgte einem Frachtschiff, das sich durch das aufgewühlte Wasser schob. »Ich weiß es wirklich nicht«, sagte sie. »Ich kenne die Familie nicht, das ist die Wahrheit.« In ihren Augen standen Tränen.

»Ich würde Ihnen gerne glauben«, sagte Sebastian. Er hatte nicht das Gefühl, dass sie ihm etwas vorspielte. Und wenn doch, war sie eine sehr begabte Schauspielerin.

»In dem Fall«, sagte sie plötzlich leise, »kann es eigentlich nur Maik erzählt haben. Obwohl er es doch geheim halten wollte.

25

Auf der Autobahn hatte er mit Jens telefoniert und ihm von dem mysteriösen Dreieck erzählt, den Geschwistern Henning und Gesa Keilenweger und der Geliebten Isabelle Seidel. Einer der drei log. Oder logen sogar zwei? Henning Keilenweger war über Telefon noch immer nicht erreichbar gewesen, aber Sebastian würde ihn in Bönningstedt schon aufspüren.

Ein leises Rauschen trieb durch die Baumkronen, als er vor dem Gutshaus seinem Wagen entstieg. Er schloss die Autotür leise und hörte ein Klatschen, als wäre jemand in das Schwimmbad gesprungen. Sebastian ging um das Gebäude herum. Am anderen Ende des frisch gemähten Rasens am Rand des Schwimmbeckens stand ein sportlicher Mann in einer roten Badehose, offenbar unschlüssig, ob er hineinspringen sollte. Das musste Henning Keilenweger sein. Die Stimme von Constanze Keilenweger wehte herüber: »Na los, komm rein!«

Henning Keilenweger ging an den oberen Rand des Beckens, beugte sich nach vorn und sprang kopfüber ins Wasser. Seine Mutter schaute auf die Wasseroberfläche. Ihr Kopf drehte sich einmal nach rechts, verharrte einen Moment, drehte sich dann wieder nach links, wo der Schwimmer mit einem lauten Schnaufen auftauchte.

Sebastian hatte plötzlich eine Idee. Auch wenn er nicht wusste, was er konkret suchte, so war die Gelegenheit zu einem schnellen Rundgang durch das Haus günstig, solange Mutter und Sohn im Becken waren. Sebastian schlich hinter den Rhododendronbüschen zur Veranda.

Im Salon roch es immer noch intensiv nach Rosen und Zigarettenauch. In der Ecke stand ein zierlicher Tisch mit einer Kristallvase und einem frischen rosaroten Strauß. Die Familienfotos auf dem Kaminsims, die Sitzgruppe, in der Pia und er der Frau des Hauses die Todesnachricht überbracht hatte – alles wie immer. Nur keine Musik, kein weicher Bass, der leise durch die Räume schwang. Stattdessen Stille. »Hallo!«, rief Sebastian sicherheitshalber.

Keine Antwort. Nur gelegentlich ein Juchzen und Plätschern von draußen. Durch die offene Flügeltür ging er ins Esszimmer, an dessen hellblauen Wänden mehrere goldgerahmte Ölbilder mit Jagdszenen hingen. Auf der antiken Kommode stand das Modell eines Containerschiffs, ähnlich jenem, das sich während des Gesprächs mit Frau Seidel auf der Elbe vorbeigeschoben hatte. Das Modell trug den Namen Lena. Auf die Namensaufschrift des echten Frachtschiffs hatte Sebastian nicht geachtet.

Am Ende des Raums befand sich eine weitere Flügeltür. Sebastian öffnete sie. Eine Treppe führte ins obere Stockwerk. Er schaute sicherheitshalber durch die hohen Fenster. Mutter und Sohn alberten vergnügt miteinander herum. Schon erstaunlich: Die Bedrückung über den

Tod des Ehemanns und Vaters schien schon verflogen. Trauer war allerdings von Mensch zu Mensch verschieden, jeder reagierte anders.

Sebastian lief lautlos über den dicken Teppich und die Treppe hinauf. Der Gang oben ging in zwei Richtungen. Er trat in das erste Zimmer rechts, ein Schlafzimmer. Das Bett, notdürftig gemacht, schätzte er auf mindestens drei Meter breit und zwei Meter lang, sechs erwachsene Menschen hätten problemlos darin Platz gefunden. Angereiht war ein Ankleidezimmer, in dem alle Schränke geöffnet waren. Auf der einen Seite waren zahlreiche Anzüge, ordentlich aufgehängt, Krawatten, Oberhemden, nach Farben geordnet. Die Kleidung des Toten. Ein Mensch verschwand von dieser Welt, und seine Kleidung blieb zurück.

Er drehte sich um. Hier hingen Kleider, Sommerröcke und mehrere lange Abendkleider. Im Regal Damenschuhe, er schätzte knapp fünfzig. Eigenartig: Einerseits hatte man hier alle Vorrichtungen, um Kleidung ordentlich hinzulegen und aufzuhängen, dennoch wirkte die Ordnung wie sabotiert.

Er verließ die Kleiderkammer. Mitten im Schlafzimmer blieb er plötzlich stehen. Er horchte. Nichts. Aber genau das war es. Seit ein paar Sekunden, vielleicht waren es sogar Minuten, war vom Schwimmbecken kein Ton mehr zu hören. Sebastian stürzte ans Fenster. Im ersten Moment wollte er, peinlich berührt, sofort wieder wegschauen, aber er zwang sich, die Augen nicht abzuwenden.

Es war unglaublich: Im Schwimmbad waren noch

immer Mutter und Sohn, und sie küssten sich. Sebastian wurde von einem leichten Schwindel erfasst.

Als er wenig später über die Wiese auf das Schwimmbad zuging, war er froh, dass sich die beiden inzwischen aus der Umarmung gelöst hatten. Albern tollten sie im Wasser herum, spritzten und planschten wie die Kinder. Sie waren so sehr mit sich beschäftigt, dass sie Sebastian gar nicht bemerkten. Erst als er am Beckenrand stand, schaute Constanze Keilenweger hoch: »Herr Fink?«, rief sie mehr erfreut als überrascht. Der blonde Mann neben ihr balancierte im Wasser und grüßte mit einem Nicken.

»Herr Keilenweger? Ich muss mit Ihnen sprechen«, sagte Sebastian.

»Sie wollen Henning sprechen?«, fragte Constanze Keilenweger. »Der ist ausgeritten.«

Zwei Sekunden lang sagte keiner etwas. Sebastian spürte eine gewisse Erleichterung. »Darf ich fragen, wer Sie sind?«, sagte Sebastian zu dem Mann.

Der schaute wieder Constanze Keilenweger an, als bedürfte seine Antwort ihrer Erlaubnis.

Sie antwortete für ihn: »Das ist Björn Nyström.«

Der Mann musterte Sebastian aus hellblauen Augen, während er eine Hand aus dem Wasser hob und ein Winken andeutete. Constanze Keilenweger schwamm zur Leiter rüber und stieg aus dem Wasser. Sie hatte für ihr Alter eine sehr gute Figur. Auf einem Stein am Rande des Pools lag ein weißes Handtuch, das sie sich jetzt um den Körper schlang.

»Vielleicht kann ich Ihnen weiterhelfen?« Sie reichte

Sebastian die nasse, kühle Hand. »Henning müsste ansonsten auch jederzeit zurück sein, er ist schon länger unterwegs.« Sie blickte hinüber zu dem weiten Feld, das sich hinter dem Garten erstreckte.

Im Schwimmbad kraulte der blonde Mann Bahnen. »Darf ich fragen, wer der Herr ist?«, fragte Sebastian. Constanze Keilenweger und er standen sich auf dem Rasen gegenüber wie zwei Schachfiguren zu Beginn eines langen Spiels.

Sie verschränkte die Arme, schaute hinunter auf ihre Füße. Rotlackierte Zehennägel blinkten im grünen Gras, und Sebastian dachte, wie jung und frisch alles war: der Frühling, die weiche Luft, der leuchtende Rasen, der Mann im türkisfarbenen Wasser und diese Frau. In diese Umgebung passte der gewaltsame Tod eines Menschen nicht. Eigentlich.

»Björn und ich haben uns vor zwei Jahren in Stockholm kennengelernt«, antwortete Constanze Keilenweger. »Bevor Sie fragen: Ja, wir sind ein Paar, und ja, ich war ohne meinen Ehemann dort. « Sie schaute zum Schwimmbad, wo ihr Geliebter unter Wasser eine Rolle rückwärts vollzog und sich mit Schwung wieder abstieß. »Ich habe mich zunächst alleine durch Stockholm treiben lassen, habe Museen angeschaut, am Wasser gesessen, bin schöne Straßen vier-, fünf-, sechsmal auf und ab gegangen, einfach so. Dann traf ich auf diesen strahlenden Mann, der alternative Stadtführungen anbot. Ich habe eine gebucht, er zeigte mir seine Stadt. Seitdem sind wir zusammen unterwegs.« Sie schaute wieder auf ihre Füße. »Es fiel mir nicht schwer, meinem

Ehemann alles zu erzählen. Er hat es akzeptiert. Er hatte auch keine andere Wahl. Sie wissen ja, warum.« Constanze Keilenweger senkte den Kopf ein wenig, während ihre Augen Sebastian weiter ansahen.

Obwohl es ihm unangenehm war, fragte Sebastian: »Wollten Sie es Ihrem Mann heimzahlen?«

Sie schlenderten nebeneinander über den Rasen. »Wahrscheinlich kam die ganze Entwicklung meinem Mann und mir entgegen. Maik und ich waren sehr jung, als wir geheiratet haben. Ich war neunzehn, er einundzwanzig. Wir hatten keine Ahnung vom Leben. Maik hatte später immer mal wieder Affären. Eine Frau wurde durch die nächste ausgetauscht. Am Anfang hat mich das gestört, nachher hat es mich immer weniger gekümmert. Mit dieser Isabelle aber wurde es zum ersten Mal ernst.« Constanze Keilenweger schaute auf ihre Füße. »Es ist doch schon viel, wenn es einem gelingt, eine Zeitlang zusammen glücklich zu sein, meinen Sie nicht?«

»Wie haben Sie von dem Verhältnis zu Isabelle Seidel erfahren?«, fragte Sebastian.

»Maik hat es mir gesagt. Einfach so. Bei einem Cognac. Wir saßen da vorne auf der Terrasse.« Nach einem Moment des Schweigens fuhr sie fort: »Wissen Sie, was mich am meisten verwirrt hat? Das Gefühl der Freude, das mich in dem Moment überkam. Das hat mich beschämt. Viel später habe ich begriffen, was mit mir los war.« Sie schaute Sebastian von der Seite an, als wollte sie sich vergewissern, ob er an der Fortsetzung ihrer Geschichte interessiert war. »Wissen Sie, ich hatte strenge Eltern, bin früh die Ehe eingegangen, habe sehr jung Kinder bekommen, alles nach festen Regeln. Und immer hat mich etwas gestört, aber ich wusste nicht, was es war. Als mein Mann mir dann von seinem Verhältnis erzählt hat, war es, als hätte er ein Spiel umgeworfen und mit ihm alle Regeln. Endlich.« Constanze Keilenweger schaute zum Himmel, als würde sie ihrem Ehemann im Nachhinein noch danken. »Ich habe zum ersten Mal ganz allein eine Reise unternommen. Ich fand es traumhaft. Tja, und dann lernte ich sogar noch Björn kennen.«

In diesem Moment beendete der Schwede seine Runden im Pool und stieg aus dem Wasser. Er schaute zu ihnen herüber, unschlüssig, ob er herkommen sollte oder störte.

»Er ist dreißig«, sagte Constanze Keilenweger, als wollte sie Sebastians Frage zuvorkommen. Sie sagte es mit einer Selbstverständlichkeit, als wären die neunzehn Jahre, die zwischen ihnen lagen, nicht der Rede wert. Sie winkte dem Schweden zu und bedeutete ihm, herüberzukommen.

»Ich muss Ihnen noch eine Frage zu Frau Seidel stellen«, meinte Sebastian. »Was sagen Sie zu der Schwangerschaft?«

Constanze Keilenweger lächelte: »Ein Mann kann mit fünfzig noch einmal eine neue Familie gründen. Eine Frau kann das nicht.« Sie ließ Sebastian stehen und ging Björn, der über den Rasen kam, entgegen. Sie gaben sich einen Kuss und kamen zu Sebastian zurück.

»Sie leben jetzt in Deutschland?«, fragte Sebastian den Schweden.

Bevor der Mann antwortete, schaute er wieder Constanze Keilenweger an: »Nein, ich bin nur zu Besuch. Ich lebe in Stockholm.« Er hatte einen starken Akzent.

»Er arbeitet noch immer in dem Restaurant, in dem wir uns kennengelernt haben«, sagte Constanze Keilenweger und legte den Arm um seine Hüften. »Wollen Sie nicht auch mal in den Pool springen, Herr Fink?«

Ein verlockender Gedanke, fand Sebastian. Aber er fragte sich, warum Frau Keilenweger den Vorschlag so unvermittelt gemacht hatte. Wollte sie der Frage nach ihrem Alibi aus dem Weg gehen? Dann war es wohl an der Zeit, sie zu stellen. »Wo waren Sie beide am Dienstagabend?«

Der Schwede begriff nicht, worum es ging. Constanze Keilenweger war einen Moment irritiert, bevor sie antwortete: »Auf der Terrasse waren wir.«

»Bis wann?«

»Vielleicht elf Uhr.«

»Und sie hatten an dem Abend keinen Besuch?«

»Wir waren den ganzen Abend allein.«

»Auch Ihr Sohn ist nicht vorbeigekommen?«

»Nein«, antwortete sie nach einer Pause, die merkwürdig lang war.

26

Der Reiter trug ein blaues Jackett und helle Reiterhosen, die in schwarzen, blankgeputzten Stiefeln steckten. Der Helm war extravagant mit weinrotem Samt bezogen. Henning Keilenweger kam vom Wald über das Feld geritten, und Sebastian passte ihn am Gartenzaun ab. Der Sohn von Constanze und Maik Keilenweger musterte Sebastian von oben herab, während der sich vorstellte und ein paar Fragen ankündigte.

Das Pferd ging unruhig zur Seite. »Hooo!«, machte der Reiter und wiederholte den Laut eindringlich, bis das Pferd sich beruhigt hatte. »Selbstverständlich«, sagte Henning Keilenweger, »was wollen Sie wissen?«

Sebastian hätte erwartet, dass der Mann vom Pferd steigen würde, aber Henning Keilenweger blieb oben.

»Ich möchte mit Ihnen über Isabelle Seidel sprechen.«

Der Reiter zog die Zügel erneut an, weil das Pferd wieder scheute. »Was ist mit ihr?«, fragte er.

»Sie kennen sie?«

»Nein.«

Interessant, dachte Sebastian, er kennt sie nicht, aber er weiß von der Schwangerschaft und hat seiner Schwester davon erzählt. Sebastian fragte versuchsweise: »Wussten Sie, dass Frau Seidel schwanger ist?«

»Ich sage doch, ich kenne sie nicht.«

Sebastian lehnte sich an den Zaun und kam Reiter und Pferd etwas näher. »Herr Keilenweger, ich möchte Sie auf etwas aufmerksam machen.«

»Nur zu.«

»Falschaussagen können schwere Konsequenzen nach sich ziehen. Ich hoffe, Ihnen ist das klar.«

Anstatt etwas darauf zu sagen, redete der Mann beruhigend auf sein Pferd ein. Der junge Keilenweger hatte sich offenbar in einem selbstgesponnenen Netz verheddert. Vielleicht war ihm das noch nicht bewusst.

»Herr Keilenweger«, sagte Sebastian, »schauen Sie mich an.« Und tatsächlich schaute der junge Mann ihn an. Seine Augen waren schmal und länglich, die Farbe schwer zu definieren, eine Mischung zwischen Grün, Blau und Grau. »Vorschlag zur Güte«, sagte Sebastian. »Sie steigen jetzt ab, und ich stelle Ihnen dieselbe Frage noch einmal.«

»Und dann?«

»Dann sagen Sie die Wahrheit, und wir vergessen beide, dass Sie eben gelogen haben.«

Henning Keilenweger dachte über Sebastians Worte nach. Dann stieg er tatsächlich ab. Nachdem er die Zügel um den Zaun gebunden hatte, streckte Sebastian ihm die Hand entgegen. Keilenweger zog den ledernen Reithandschuh aus und schlug ein.

»Guten Tag, Herr Keilenweger. Bitte beantworten Sie mir folgende Frage: Welche Verbindung haben Sie zu Isabelle Seidel?«

Henning Keilenweger zog den Helm vom Kopf und

strich sich eine nasse Strähne aus der Stirn. »Die Wahrheit ist, dass ich keine Verbindung zu ihr habe.«

»Wussten Sie, dass sie schwanger ist?«

Ohne eine Miene zu verziehen, antwortete er jetzt: »Ja, das habe ich gewusst.«

»Wer hat es Ihnen verraten?«

Henning Keilenweger betrachtete die weinrote Reitkappe, die er in seinen Händen drehte, er fuhr beinah zärtlich über den Stoff, als würde er ein edles Tier streicheln. Aber er gab keine Antwort.

»Ihr Vater?«, hakte Sebastian nach.

»Nein.«

»Frau Seidel selbst?«

Henning Keilenweger lehnte sich jetzt mit dem Rücken an den Zaun und starrte in die Ferne. Seine Augen wurden feucht, die eigenartige Augenfarbe begann zu leuchten. Über die Felder wehte ein leichter Wind, es duftete nach Erde.

»Kommen Sie, Herr Keilenweger, erzählen Sie doch einfach, wie es ist.«

Der Mann, der eben noch auf seinem Pferd wie ein Gutsherr getan hatte, wirkte nun verstockt wie ein Kind.

»Soll ich Ihnen verraten, was Frau Seidel ausgesagt hat?«, fragte Sebastian.

Henning Keilenweger schaute alarmiert auf.

»Sie meint, sie hätte Sie noch nie gesehen. Ist das die Wahrheit?«

»Ja und nein.«

»Was soll das heißen?«

»Haben Sie etwas Zeit?«, fragte Keilenweger.

27

Elisabeth starrte auf das Schachbrett. Der Läufer könnte das Pferd schlagen, käme dann aber der Dame gefährlich nahe. Wenn sie ihn aber an seinem Platz ließe, könnte er schon im nächsten Zug vom Bauern in Bedrängnis gebracht werden, der wiederum über kurz oder lang gefährlich nahe an die schwarze Dame heranrücken würde. Sie musste ein Risiko eingehen.

Für das Schachbrett hatte Elisabeth in ihrer Wohnung einen eigenen kleinen Tisch und zwei Hocker reserviert. Immer stand hier ein offenes Spiel, und sie bediente beide Seiten in regelmäßigen Abständen. Bei der Konzentration auf das Spiel konnte sie genauso entspannen wie andere beim Meditieren oder im Wellnessclub.

Und trotzdem ging Hugo ihr nicht aus dem Kopf. Eine Gesellschaft wandelt sich zum Guten, wenn man ihr Zeit gibt? So ein Unsinn. Hugo war doch intelligent, an Politik interessiert, sonst wäre er ja nicht eigens aus Amerika zu einem Praktikum bei einer Umweltorganisation nach Europa gekommen. Elisabeth überlegte. War seine Gelassenheit nicht sogar das, was ihr an Hugo besonders gefiel? Dass er im Gegensatz zu ihr, die permanent den Drang verspürte, etwas leisten und sich beweisen zu müssen, vieles nicht so tierisch ernst nahm und tatsächlich noch an das Gute im Menschen glaubte? Aber wie konnte er nur? Man brauchte sich doch nur in der Welt umzuschauen: Die Menschen waren via Satellit live dabei, wenn Bohrinseln explodierten und das auslaufende Öl ganze Meere verpestete, sie wussten, dass Eisberge schmolzen, erlebten eine Umweltkatastrophe nach der anderen – und waren, wenn überhaupt, bereit, ihren Müll zu trennen, aber auf ein Auto zu verzichten, kam schon nicht in Frage, von Flugreisen gar nicht zu reden.

Elisabeth setzte den Läufer und schlug das Pferd. Sie legte die Figur in den silbernen Kasten, das Grab für die Opfer.

Und dann Hugos merkwürdige Reaktion auf die Nachricht vom Tod Maik Keilenwegers. Wobei man genau genommen von Reaktion gar nicht sprechen konnte. Am Elbstrand hatte er sich nicht dazu geäußert. Und auch als er es in der Zeitung las – kein Kommentar.

Sie schaute zur Küchenuhr, die über der Tür hing, und erschrak. Die Versammlung bei Ökopolis begann schon in dreißig Minuten. Sie packte ihre Unterlagen ein, schaute in den Spiegel in der Diele, öffnete ihr Haar, so dass es ihr über die Schultern fiel, wickelte es wieder zusammen, steckte es hoch und verließ die Wohnung.

28

Als Sebastian den Gutshof hinter sich ließ und nach Hamburg zurückfuhr, dachte er darüber nach, dass Henning Keilenweger ihm schließlich doch noch weitergeholfen hatte. Die Verbindung von ihm zu Isabelle Seidel war tatsächlich eine spezielle.

Henning Keilenweger war ihr nie persönlich begegnet, doch er kannte ihren Namen und wusste von seinem Vater, dass sie sich täglich im *Bistro* an der Elbpromenade ihren Kaffee holte. Ein Foto von Isabelle Seidel hatte er auf Facebook entdeckt. Henning wollte sich einen Eindruck von ihr verschaffen. Deshalb ging er an einem Vormittag vor ein paar Tagen zu diesem Laden, nahm sich Kaffee und Zeitung und wartete. Kurz darauf erschien die Frau, Henning erkannte sie sofort. Er stellte sich hinter sie in die Schlange und verwickelte sie vor der Theke in ein kurzes, unverfängliches Gespräch. Dabei erkannte er, dass die Frau schwanger war.

»Und?«, hatte Sebastian am Zaun Henning Keilenweger gefragt. »Wie finden Sie es, dass Sie ein Halbgeschwisterchen bekommen?«

»Das ist mir ziemlich egal«, antwortete er kalt.

»Herr Keilenweger, wo waren Sie am Dienstagabend?«, fragte Sebastian.

»Wollen Sie damit etwa andeuten –«

»Ich möchte gar nichts andeuten. Ich stelle nur die Fragen, die gestellt werden müssen.«

Ohne zu antworten, war Henning Keilenweger wieder zu seinem Pferd gegangen und band es los. »Ich bin ausgeritten«, sagte er.

»Auch nach zweiundzwanzig Uhr? In der Dunkelheit?«

»Um die Zeit war ich in meiner Wohnung.«

»Zeugen?«

»Ich wüsste nicht, wer.«

»Das ist bedauerlich.«

»Meine letzte Freundin hat es mit mir nicht lange ausgehalten. Tut mir leid.«

Danach stieg der Mann wieder auf sein Pferd. Das Gespräch schien beendet, aber da fiel Sebastian noch etwas ein. Er fragte nach den Farbklecksen an der verwitterten Hauswand des Guthauses und der Sekte in der Nachbarschaft. Henning Keilenweger winkte ab; er glaubte nicht, dass hinter der Farbe die »Spinner von der Sekte« steckten, wie seine Mutter glaubte, sondern die Aktivisten von Ökopolis, denen sein Vater ein Dorn im Auge gewesen war. Auseinandersetzungen mit Umweltschützern jeder Art seien zwar an der Tagesordnung gewesen, meinte er, und auch mit einem Journalisten habe es mal Probleme gegeben, der sich mit irgendwelchen schauerlichen Ergebnissen über Umweltverschmutzung hervorgetan hatte. Aber besonders geärgert habe sich Maik Keilenweger über die Aktivisten von Ökopolis, er habe sich sogar einmal zu einer

Diskussion mit ihnen getroffen. Die Leute kannten ihn also persönlich. Vermutlich hatten sie Keilenwegers Wohnort herausgefunden, waren in der Nacht von Hamburg herausgefahren, hatten die Farbbeutel geworfen und waren wieder abgehauen. Sebastian fand Henning Keilenwegers These plausibel. Er rief Jens an und bat ihn, sich sofort auf die Suche nach Informationen über die Organisation Ökopolis zu machen.

Nur fünfzehn Minuten später, Sebastian hatte die Autobahn noch nicht erreicht, meldete der Kollege sich wieder und erstattete Bericht. Die Organisation Ökopolis setzte sich weltweit für den Umweltschutz ein. Zweige der vor zweiundzwanzig Jahren entstandenen Gruppe gab es in mehreren Ländern. Die deutsche Zentrale lag am Holstenwall, nahe der Hamburger Innenstadt. »Und pass auf, jetzt kommt das Beste!«, sagte Jens. »Heute findet eine Mitgliederversammlung statt, bei der die Öffentlichkeit Zugang hat.«

»Wann ist die?«

»Beginnt in zwanzig Minuten.«

»Perfekt«, sagte Sebastian, doch dann fiel ihm seine Verabredung ein, die er mit Wanda hatte. Er beendete das Gespräch mit Jens, scrollte durch die gewählten Nummern und drückte auf die Ruftaste.

»Rate mal, wo ich sitze«, rief Wanda fröhlich. »Unsere Stühle standen noch genau so da, wie wir sie verlassen hatten.«

»Tut mir leid«, sagte Sebastian, »ich muss zu einer Veranstaltung.«

Kurze Stille. Dann: »Du, kein Problem. Ich bin hier

bestens aufgehoben. Was für eine Veranstaltung ist es denn?«

»Ökopolis, eine Umweltschutzorganisation. Kannte ich bisher auch nicht.«

»Was heißt hier: auch? Gut, dass du dich da mal informierst, Ökopolis kennt doch jeder. Die haben doch hoffentlich nichts verbockt?«

»Ich will mich da nur mal umsehen.«

»Am unauffälligsten bist du, wenn du mit deiner Großmutter hingehst. Großmutter und Enkel bei den Umweltschützern, harmloser geht es doch gar nicht.«

Sebastian lachte. »Einverstanden.« Er überlegte kurz, dann sagte er: »Wanda, nur eine Sache ...«

»Ja?«

»Heute bitte kein Wort zum Familienthema.«

»Kein Wort. Versprochen.«

Die Tür zum Versammlungssaal war angelehnt. Sebastian und Wanda betraten einen holzvertäfelten Saal, an dessen Stirnseite eine kleine Bühne mit Podium stand. Dort saßen – nebeneinander aufgereiht wie eine Jury – zwei Frauen und drei Männer. Hinter ihnen, auf der Leinwand, waren Fotos eines Schwergutfrachters auf hoher See projiziert, der aussah wie ein Monstrum, das in der Lage ist, das Meer in zwei Hälften zu teilen. Am Rednerpult sprach ein bärtiger Mann. Seine Stimme wurde über Lautsprecher im Raum verteilt, wo auf Klappstühlen etwa hundert Zuhörer saßen. Sebastian und Wanda setzten sich in die letzte Reihe.

»Kannst du genug sehen?«, fragte Sebastian.

Sie nickte: »Und gut hören.«

»Manche Leute sagen, die meisten Schiffsabgase würden auf dem offenen Meer ausgestoßen, da tut es uns doch nichts«, schimpfte der Redner. »Mal abgesehen davon, dass das eine zynische Aussage ist, stimmt sie nicht. Die meisten Abgase werden in der Nähe der Küste entlang der Schiffsrouten abgegeben. Oder sind neunzig Kilometer Entfernung zur Küste etwa nicht nah? Wenn man bedenkt, dass der giftige Feinstaub eintausend Kilometer weit durch die Luft fliegen kann, dann sind neunzig Kilometer nicht weit, sondern zu nah! Und, liebe Freunde, die Hälfte der Weltbevölkerung lebt an der Küste.« Der Redner legte das obere Blatt seines Redemanuskripts beiseite und schob mit seinen Handflächen die nächsten zusammen. »Studien belegen, dass Schiffsemissionen jedes Jahr weltweit über sechzigtausend vorzeitige Todesfälle verursachen, allein in Europa sind es zwanzigtausend. Die Menschen sterben an Lungen- und Herzkrankheiten. Das ist ein Tod, liebe Freunde, der absolut überflüssig ist.«

»Was kann man tun?«, rief eine Stimme aus dem Publikum.

»Die Reedereien müssen auf Schweröl als Treibstoff verzichten und auf schwefelarmen Schiffsdiesel umsteigen. Langfristig müssen die Reedereien auf ihren Schiffen Filter einbauen. Das würde die gefährlichen Ruß-, Schwefel- und Stickoxydemissionen um bis zu neunzig Prozent reduzieren.« Der Mann schaute von seinem Manuskript auf. »Das geht nicht, sagen die Reeder. Das wäre zu teuer. Schon der saubere Treibstoff sei doppelt so teuer! Ja, das stimmt. Aber was ist das für ein Argument, wenn die Natur zerstört wird, wenn das Klima zerstört wird, wenn Menschenleben zerstört werden. Wie teuer wird es sein, die Umwelt wieder gesund zu bekommen? Ganz abgesehen davon, dass wir den erkrankten Menschen ihre Gesundheit nicht zurückkaufen können, dass wir die gestorbenen Menschen mit keinem Geld ins Leben zurückholen können. Liebe Freunde, wir haben längst keine Wahl mehr, wir müssen handeln!«

Der Redner nahm sein Manuskript und setzte sich zu den anderen Podiumsteilnehmern. Es wurde eine Diskussion über notwendige Aktionen angekündigt. Ein weißhaariger, vitaler Mann beugte sich als Erster zu dem Mikrofon vor ihm: »Wir sollten genau so weitermachen wie im vergangenen Jahr. Lobbyarbeit, Forschungen, Innovationen fördern und so weiter.«

»Das ist schön und gut«, sagte der zweite Mann, ein jüngerer mit rundem Gesicht. »Aber wir sollten uns verstärkt dem direkten Engagement zuwenden: Vorträge an Schulen mit PowerPoint-Präsentationen, Seminare, Workshops und dergleichen. Auf Dauer erreichen wir damit mehr.« Er schaute zur Seite neben sich, ob der dritte Mann etwas sagen wollte.

Der nutzte die Gelegenheit und sagte: »Ich bin der Meinung, dass wir noch mehr Studien von Wissenschaftlern erarbeiten lassen sollten, weil ich denke, dass wir vor allem unsere Standpunkte mit Fakten belegen müssen. Das ist heute noch wichtiger als früher.«

»Das war früher auch wichtig«, sagte der weißhaarige

Mann und löste bei einigen Zuhörern ein Schmunzeln aus, aber der Mann hatte es ganz ernst gemeint.

Sebastian beobachtete die Frau, die am rechten Rand des Podiums saß. Sie hatte einen strengen Ausdruck in ihrem hübschen Gesicht und wirkte wie eine elegante Erscheinung aus vergangenen Zeiten. Vielleicht auch wegen ihrer Frisur: Die Haare hatte sie hinten aufgerollt und kunstvoll befestigt. Wenn sie zur Seite schaute, sah man ihre scharf gezeichnete Gesichtskontur. Seit Sebastian und Wanda den Versammlungssaal betreten hatten, saß sie kerzengerade und ohne sich zu bewegen da. Nachdem sie noch zwei weitere Wortmeldungen abgewartet hatte, bat sie um das Mikrofon, das ihr sogleich gereicht wurde, und sprach mit einer überraschend festen und lauten Stimme: »Mir ist alles, was hier gesagt wurde, zu blöd.«

Die anderen Diskussionsteilnehmer setzten sich auf.

»Konzerne interessiert es null, ob eine Schulklasse erfährt, dass die Wale aussterben«, sagte die Frau. »Wir wissen doch alle, dass Politik und Wirtschaft nur auf extremen öffentlichen Druck reagieren und sonst auf gar nichts.«

»Was schlägst du vor, Elisabeth?«, rief einer aus dem Publikum. »Ein bisschen Gewalt anwenden?«

»Es kommt darauf an, wie man Gewalt definiert«, antwortete sie.

»Nein, Gewalt ist Gewalt!«, rief ein anderer im Publikum.

»Darf ich das bitte zu Ende ausführen!« Ihre Stimme war schneidend. In die Stille hinein sagte sie: »Gegen

Menschen ist Gewalt tabu, aber wenn wir zum Beispiel eine Aktion gegen einen Konzern machen, ist das eine Form von Gewalt, die schon eher legitim ist.«

»Das ist Nötigung, die können uns sofort anzeigen«, mischte sich der Weißhaarige ein. »Damit ist uns auch nicht geholfen.«

»Eine Anzeige wäre gar nicht schlecht«, sagte die Frau.

»Wir hätten einen Prozess am Hals«, erwiderte ein anderer.

»Ein Prozess bringt Aufmerksamkeit.«

»Elisabeth, wir müssen ein bisschen weiterdenken. Wenn wir verurteilt werden, müssen wir hohe Geldstrafen zahlen. Sollen wir so mit unseren Spenden umgehen?«

»Wenn wir verurteilt werden, führt das zu einer Solidarisierung mit Ökopolis. Das wird die Spendenbereitschaft erhöhen und könnte dazu führen, dass wie am Ende mehr Geld zur Verfügung haben als vorher.«

»Könnte, Elisabeth, könnte ...«

»Wir müssen nur wissen, wie weit wir gehen dürfen. Dazu muss man die Gesetze und die bisherige Urteilssprechung genau kennen.« Die Frau schaute in die Runde, doch die anderen Teilnehmer mieden den Blickkontakt.

Dann meldete sich der Jüngere mit dem runden Gesicht: »Elisabeth, du hebst wieder ab.«

Applaus im Publikum und Lachen.

Wanda tippte Sebastian an und flüsterte: »Das Mädchen mit der Hochsteckfrisur hat doch vollkommen recht.«

Die Frau stand auf und verließ die Bühne. Von weitem hatte sie wie eine Dame ausgesehen, beim Näherkommen wurde sie immer jünger. Als sie auf ihrer Höhe war und Sebastian und Wanda im Vorbeigehen ansah, wirkte sie wiederum sehr reif.

»So eine Frisur habe ich zuletzt vor siebzig Jahren bei meiner Mutter gesehen«, sagte Wanda.

29

Hugo stemmte die Stange in die Höhe und hielt das Gewicht, bis Arm- und Brustmuskeln schmerzten, dann ließ er sie vorsichtig herunter. Als sie in der Halterung einrastete, legte er die Arme auf den Oberkörper und stöhnte leise. Nach einer halben Minute stand er auf, streckte sich, wartete zwei Minuten und begann die Prozedur von neuem.

Er verzichtete auf die Versammlung bei Ökopolis, schließlich kannte er alle Zahlen und Argumente auswendig. Ihm fehlte der Sport, die Bewegung. Ihm fehlte das Surfen.

Bevor er nach Hamburg kam, hatte er gehört, dass auf Sylt angeblich ganz passable Surfbedingungen herrschten, aber die Wellen dort konnten nicht an die von Hawaii heranreichen, es würde nicht dasselbe sein. Darum hatte er entschieden, in Europa ganz auf das Surfen zu verzichten. Es war schmerzlich, aber immer noch besser, als seinen geliebten Sport unter miserablen Bedingungen auszuüben.

Das hatte er entschieden, ohne zu ahnen, was ihn in Deutschland erwartete. Inzwischen konnte er sich sogar vorstellen, seinen Aufenthalt hier auf unbestimmte Zeit zu verlängern, zumal er Elisabeth wohl kaum zum

Umzug in die USA würde überreden können. Aber es war ja nicht nur das. Es gab ja noch einen anderen Grund, in Hamburg zu bleiben.

Vom Sportstudio waren es nur ein paar Minuten bis zu Elisabeths Wohnung in der Clemens-Schultz-Straße, die inzwischen auch ein bisschen zu seiner geworden war. Nachdem er in ihrem kleinen Bad geduscht hatte, legte er sich ins Bett. Nur ein paar Minuten ausruhen.

Er dachte an Elisabeth, die jetzt auf der Versammlung war, und plötzlich überkam ihn ein schlechtes Gewissen. Hätte er nicht doch hingehen und sich beteiligen sollen? Blödsinn. Die Versammlung war ja eher eine Infoveranstaltung, die sich an ein interessiertes Publikum richtete. Man wollte Mitglieder gewinnen, aktive, die sich inhaltlich engagierten, aber auch passive, die sich auf die finanzielle Förderung beschränkten. Hoffentlich würde Elisabeth sich beherrschen und nicht wieder querschießen. Er kannte ihre Gedanken und Argumente. Sie hasste Leute, die sich ein bisschen nach Feierabend engagieren wollten. In ihren Augen gab es beim Engagement für den Umweltschutz keinen Feierabend. »Das Sterben der Natur macht keine Pause«, hatte sie neulich gesagt.

Und er lag im Bett.

Er schloss die Augen und versuchte, an nichts zu denken. Einfach an gar nichts. Es gelang ihm gerade mal für ein paar Sekunden, dann hatte er eine Idee. Er schlug die Decke zurück, stand auf und ging in den Nebenraum. Er fand die Tüte mit dem Werkzeug und die Stangen und ging damit ins Wohnzimmer, das eigentlich eher ein Arbeitszimmer war. Elisabeth hatte das Regal immer voller gepackt, so viele Bildbände, Lexika und Krimskrams in doppelten Reihen gestapelt, dass es sich mittlerweile gefährlich weit nach rechts neigte. Dem musste er dringend Abhilfe verschaffen. Das Regal musste ausgesteift werden. Darum hatte er die Stangen besorgt. Elisabeth würde sich über die Überraschung freuen, und er hätte sein Fehlen bei der Versammlung wettgemacht.

Zuerst holte er die juristischen Fachbücher aus einem der oberen Regale und stapelte sie auf dem Boden. Die Jahresberichte von Menschenrechts- und Umweltverbänden aus dem Regal darunter türmte Hugo zu einem zweiten Stapel. Dann die Literatur. Hugo streckte sich, packte die Dostojewski-Sammlung, trug sie durch das Zimmer und stellte sie auf die Fensterbank. Die übrigen Bücher reihte er daneben auf, und als die Fensterbank voll war, wich er auf den Esstisch aus. Im untersten Regal standen mit blauem Gittermuster bedruckte Pappkartons. Hugo stellte sie vor die Heizung, genau in der Reihenfolge, in der sie im Regal gestanden hatten. Elisabeth sollte keinen Unterschied zu vorher bemerken.

Der letzte Karton war komplett verstaubt, weil er hinten an der Wand gestanden hatte. Hugo hielt ihn weit von sich gestreckt, aber es half nichts. Er musste niesen, versuchte noch, den Karton abzustellen, aber das Ding rutschte ihm aus den Fingern, und Deckel und Inhalt kippten auf den Boden. Hugo stand mit dem leeren Karton da und schaute auf das Durcheinander: ein Haufen Papiere, Klarsichtfolien, alte Ausweise.

Er fluchte, ging in die Hocke und versuchte abzuschätzen, welche Dokumente im Karton zuunterst gelegen haben könnten, um sie möglichst in derselben Reihenfolge zurück in den Karton zu legen und sein Missgeschick zu kaschieren. Der Haufen war zwar auseinandergerutscht, aber er versuchte trotzdem, ihn in einem umgekehrt wieder in den Karton zu bugsieren. Nur ein Dokument war bis unter die Heizung geschlittert.

Hugo streckte sich, bis er den Ausweis mit den Fingerspitzen erreichte. Es war ein Führerschein. Von Elisabeth konnte er nicht sein; sie hatte sich damit gebrüstet, nie den Führerschein gemacht zu haben. Er setzte sich in den Schneidersitz und klappte das Dokument auseinander.

Die Frau, die starr in die Kamera schaute, presste die Lippen zusammen und machte keinen Hehl aus ihrem Unwillen. Trotz dieser abweisenden Ausstrahlung hatte sie etwas sehr Anziehendes. Jedenfalls empfand Hugo es so beim Betrachten des Fotos. Diese fremde Frau war ihm wahnsinnig vertraut. Er liebte Elisabeth.

Er betrachtete das Dokument genauer. Elisabeth Reetz besaß seit dem 4. April 2006 die Genehmigung, ein Kraftfahrzeug zu steuern.

Auf einmal schien einiges zusammenzupassen. Elisabeths Forderung nach radikalen Aktionen und ihre kühle Reaktion auf die Nachricht von Keilenwegers Tod. Natürlich hatte sie wegen des Führerscheins gelogen. Hugo wurde es kalt.

30

Sebastian hielt in der Nähe des Blumenladens, wo gerade ein Parkplatz frei geworden war. Wanda, die hier noch einkaufen wollte, bevor sie nach Hause ging, schaute auf ihr Handy und sagte: »Moment, ich habe es gleich durchgelesen.«

Beim Verlassen der Ökopolis-Veranstaltung hatten sie beide gegenseitig eingestanden, zuvor noch nie etwas von Schweröl gehört zu haben. Wanda hatte gleich ihr iPhone aus der Tasche gezogen und gesagt: »Dafür ist dieses Gerät doch nützlich.« Die zehn Minuten Fahrt bis zum Grindelhof hatte Wanda für ihre Lektüre genutzt und konnte nun Auskunft geben.

»Das ist ganz was Ekliges«, sagte sie. »Es entsteht so: Aus Erdöl wird Benzol gewonnen, das schließlich zu Benzin für unsere Autos wird. Da gibt es strenge Richtlinien, weil wir hier auf den Straßen nicht vergiftet werden wollen. Von dem einstigen Erdöl bleibt nach der Benzolgewinnung nur eine zähe, schwarze Masse übrig, die voller Schwefel, Asche und Ruß ist. Diese Masse muss nun wieder verdünnt werden, damit man was damit anfangen kann. Wenn man da bestimmte chemische Zusätze reinrührt, erzeugt man Schweröl. Und das ist nun nicht nur schwarz und zäh, sondern auch giftig.

Deswegen darf es an Land nicht verbrannt werden. Aber auf See ist es der Standardtreibstoff für die meisten Frachtschiffe und Kreuzfahrtdampfer.«

Wanda schaute von dem kleinen Schirm in ihrer Hand auf und durch die Vorderscheibe zum Blumenladen. »Die arme Natur«, sagte sie. Dann stieg sie aus. Bevor sie die Tür schloss, schaute sie noch einmal ins Auto hinein: »Schon schrecklich, was für einen Dreck wir hier im schönen Hamburg manchmal einatmen, ohne dass es uns bewusst ist.«

»Da hast du leider recht«, sagte Sebastian. Die Vorstellung, womöglich mit jedem Atemzug etwas unsichtbaren Feinstaub tief in die Lunge zu ziehen, war gruselig.

Sebastian winkte Wanda durch die Scheibe zum Abschied zu. Er legte den Gang ein, wollte eben weiterfahren, als Jens anrief. Seiner Stimme war sofort anzuhören, dass er aufgeregt war. »Du hast die Baustelle an der Elbstraße gesehen, nicht wahr?«, sagte Jens, ja er schrie es fast. »Dort sind Überwachungskameras installiert. Ich habe mir die Filme kopieren lassen. Und siehe da: Sie haben ein Auto festgehalten, das um 23.40 Uhr aus der De-Voß-Straße auf die Große Elbstraße kommt. Es biegt nach links ab und fährt Richtung Altona davon.«

»Okay!«, sagte Sebastian. »Das ist er. Was genau ist zu sehen?«

»Wir haben einen Peugeot 206, wahrscheinlich dunkelblau, identifiziert. Ein Scheinwerfer funktioniert nicht. Das Nummernschild ist leider nicht zu erkennen. Die Aufnahme ist unscharf, weil das Auto nur in der

Ecke des Kamerabildes und außerdem in einiger Entfernung zu sehen ist, die Kamera sollte ja die Baustelle aufnehmen. Die Kollegen arbeiten daran, mehr herauszuholen.«

»Was ist vom Fahrer zu sehen?«

»Das Gesicht ist nicht gut zu erkennen, man sieht nur, dass es ein schmales Gesicht ist. Auch ist die Person nicht sehr groß.«

»Könnte es eine Frau sein?«

»Ja.«

»Und auf der Rückbank?«

»Als das Auto um die Kurve fährt, sieht man einen Schatten auf der Rückbank. Könnte eine zweite Person sein, vielleicht aber auch eine optische Täuschung, die Straßenlaternen werfen Schatten. Wir überprüfen jetzt erst einmal alle dunkelblauen Peugeots 206 in Hamburg und Umgebung.«

31

Von hier oben besehen schimmerte die Elbe blasssilbern. Sebastian zählte fünf kleine Privatboote, drei Schlepper, von denen einer einen Frachter mit asiatischer Beflaggung elbauswärts zog, drei kleine Schiffe, auf denen Touristen eine Hafenrundfahrt machten. Außerdem eine Fähre, die von den Landungsbrücken auf die gegenüberliegende Seite fuhr, wo das Musicaltheater lag, und am Horizont ein weiterer Tanker, der sich von der Stadt entfernte. Machte vierzehn Schiffe insgesamt, die man in diesen Minuten aus dem Sitzungssaal der Reederei Köhn sehen konnte.

Die Tür ging auf, und Roswitha Bischof kam mit einem Tablett herein, auf dem eine verchromte Thermoskanne und weißes Porzellangeschirr arrangiert waren. Gekonnt balancierte sie das Tablett, während sie mit der anderen Hand die Tür schloss. »Das letzte Mal habe ich Ihnen gar nichts angeboten«, sagte sie.

Die Oberfläche des langen schmalen Tisches war so glatt poliert, dass sich ihre Gesichter darin spiegelten. »Der Schock sitzt immer noch tief«, sagte Roswitha Bischof, »aber so langsam sammelt man sich wieder.«

Tatsächlich wirkte die Chefsekretärin heute etwas entspannter. Sie goss Kaffee ein. »Milch? Zucker?«

Er nahm beides. Sich selbst schenkte Roswitha Bischof nur eine halbe Tasse ein. »Mir geht ein Gedanke nicht aus dem Kopf«, sagte sie und atmete einmal durch. »Der Tag, an dem Herr Keilenweger starb, ist auch der Geburtstag meiner Tochter. Wir waren am Abend mit Freunden im Kino und später in einer Cocktailbar. Kurz vor Mitternacht haben wir alle zusammen noch mal auf meine Tochter angestoßen. Die Vorstellung, dass Herr Keilenweger zur selben Zeit gestorben ist, bedrückt mich.« Sie starrte auf die Tasse und schaute dann Sebastian wieder an: »Ein Mensch stirbt, und ein anderer feiert sein Leben.« Sie zog ein Taschentuch hervor und schneuzte sich.

Sebastian wurde wieder einmal bewusst, wie sehr der Tod für ihn zum Alltag gehörte. Nur der Tod seiner Schwester, der würde immer die große offene Wunde in seinem Leben bleiben. Je älter er wurde und je mehr er vom Leben verstand, desto stärker empfand er so. Und vielleicht würde er es eines Tages auch akzeptieren können.

»Entschuldigung«, sagte Frau Bischof, »wollten Sie etwas Bestimmtes wissen?«

»Ich wollte Sie nach der Organisation Ökopolis fragen. Sagt Ihnen der Name etwas?«

Frau Bischofs Gesichtsausdruck veränderte sich schlagartig und wurde hart. Sie lehnte sich zurück und legte die Hände in den Schoß. »Ein Haufen selbstgerechter Bengels, entschuldigen Sie, aber anders kann man die nicht nennen.«

»Woher kennen Sie sie?«

»Um Gottes willen, ich kenne sie nicht persönlich. Aber wir haben seit langem mit ihnen zu tun. Immer wieder, und es ist nicht so, dass uns das besonders angenehm wäre. Ich zeige Ihnen etwas.«

Sie stand auf, verließ den Raum, die Tür ließ sie angelehnt. Sebastian fiel auf, wie ruhig es hier war. Vom Geschehen in den anderen Büros war nichts zu hören.

Frau Bischof kam mit einem Blatt wieder, das sie vor Sebastian auf den Tisch legte. »Ein Infoblatt. Lesen Sie mal. Typisch Ökopolis.«

Sebastian las den Text:

»Unbegreiflicherweise ist der Schiffsverkehr von Klimaschutzvereinbarungen ausgeklammert, obwohl er einen größeren Anteil an klimaschädlichen Emissionen ausstößt als beispielsweise der Flugverkehr. Die EU-Kommission will einen Vorschlag unterbreiten, in welcher Form sie den Schiffsverkehr in den Klimaschutz einbeziehen möchte. Hierfür werden im großen Sitzungssaal in der Ökopolis-Zentrale am Holstenwall verschiedene Konzepte diskutiert.«

Frau Bischof sah Sebastian erwartungsvoll an.

»Klingt doch sehr vernünftig«, sagte er.

Die Chefsekretärin hob eine Augenbraue. »Der Vergleich mit dem Flugverkehr hinkt.«

»Warum?«, fragte Sebastian die Frau, die seit Jahrzehnten für die Reederei arbeitete.

»Fast fünfundneunzig Prozent des internationalen Warenaustausches werden durch die Schifffahrt abgewickelt. Wenn die Ökopolis-Leute sagen, dass der Schiffsverkehr einen größeren Anteil an Emissionen ausstößt als der Flugverkehr, ohne dass sie die fünfundneunzig Prozent erwähnen, dann unterschlagen sie, dass man natürlich den Ausstoß pro Kilometer und Tonne vergleichen muss, und da ist der Warentransport per Schiff weit sauberer als Flugzeug oder Laster. Die sollten sich lieber um den Flugverkehr kümmern.«

»Gut, aber können die Reedereien nicht trotzdem einen hochwertigeren Treibstoff benutzen, der umweltfreundlicher ist? Muss es dieses Schweröl sein?«

»Wenn wir vom Schweröl abgingen, würden sich die Preise für den Treibstoff von einem Tag auf den anderen verdoppeln. Die Preise müssten wir natürlich an unsere Handelspartner weitergeben, die würden sich dann irgendwo auf der Welt billigere Reedereien suchen. Solange es keine einheitliche Regelung für die ganze Welt gibt, macht das keinen Sinn. Und diese Regelung wird es nie geben. Leider.«

Während Sebastian dachte, dass sich Frau Bischof gut bei einer Podiumsdiskussion behaupten könnte, fuhr die Sekretärin fort: »Deswegen würde der Umstieg auf teures Öl zu nichts anderem führen, als dass hier die Reedereien pleitegehen und viele Menschen ihre Arbeitsplätze verlieren.«

»Sie sprechen nur von Frachtschiffen, nicht wahr?«

»Die Reederei Köhn hat nur Frachtschiffe.«

»Und wie ist es mit den Kreuzfahrtschiffen?«

»Das ist dasselbe Problem. Wer teurer wird, verliert seine Kunden. Aber die Kreuzfahrtschiffe machen nicht mal zwei Prozent der Gesamtschifffahrt aus.«

»Aber es werden doch immer mehr. Die Kreuzfahrtbranche boomt. Hier in Hamburg kommt ja fast jeden Tag einer von den weißen Riesen an.«

»Das stimmt. Aber auch die Frachtschifffahrt nimmt zu. Die Handelsströme rund um die Welt werden größer. Was allein das expandierende China ausmacht. Kleidung zum Beispiel, Früchte und Gemüse, alle mögliche andere Nahrung, und, und, und, die Liste lässt sich beliebig und fast endlos fortführen. Alles Dinge, die wir konsumieren, aber dafür nicht das Doppelte bezahlen wollen, nicht wahr? Können wir dann auf jene zeigen, die auf einem Kreuzfahrtschiff Urlaub machen wollen? Die Kreuzfahrtindustrie bietet schließlich auch sehr vielen Menschen einen Arbeitsplatz. Es ist komplizierter, als es manche Leute wahrhaben wollen. Und diese Leute von Ökopolis sind ganz vorne, wenn es darum geht, die Realitäten zu übersehen.«

»Und was hatte Maik Keilenweger mit denen zu tun?«

»Er hat sich mit ihnen gestritten, wie die anderen Reeder auch.«

»Was heißt das konkret?«

»Die schrieben Briefe, er schrieb Briefe und erklärte seine Position. Sie verteilten Flugblätter und schmissen uns einen Stapel vor die Tür, Herr Keilenweger hat sich eins eingerahmt, in seinem Büro aufgehängt, davon ein Foto gemacht und es mit Dank für die guten Tipps an Ökopolis geschickt. Einmal hat er sich sogar mit ein paar Mitgliedern zu einem Bier getroffen und diskutiert. Aber die sind nicht empfänglich für Argumente.«

»Henning Keilenweger, der Sohn, meinte, dass Aktivisten von Ökopolis den Farbanschlag auf das Haus seiner Eltern verübt haben könnten.«

»Der Meinung war auch Herr Keilenweger. Er hat darüber gelacht. Aber es kann auch sein, dass es die Nachbarn waren. Die sind genauso durchgeknallt. Manchmal könnte man meinen, man sei umgeben von Spinnern.«

»Aber Maik Keilenweger ist tatsächlich tot, das ist keine Spinnerei«, sagte Sebastian.

Frau Bischofs Gesicht sackte herunter. »Meinen Sie etwa, dass ... dass jemand von den Umweltaktivisten ...«

»Ich meine nach wie vor gar nichts. Ich ermittle, bis ich den oder die Täter gefunden habe.«

Frau Bischof machte ein besorgtes Gesicht. »Ich habe Angst davor.«

»Wovor?«

»Zu erfahren, wer der Täter ist. Ich weiß gar nicht, ob ich wirklich wissen möchte, wer es war. Ich habe richtig Angst davor. Haben Sie es schon erlebt, dass ein Mensch, den sie kannten, umgebracht wurde?«

Sebastian musste schlucken. »Nein, das habe ich nicht«, sagte er. Schlagartig kamen ihm Wandas Enthüllungen zum Tod seiner Schwester wieder in den Sinn, und er fügte hinzu: »Aber noch ist ja unklar, ob es nicht am Ende doch ein dummer Unfall war.«

Das Büro von Alberto Cruz-Schneider, dem Manager für das Südeuropa-Geschäft, war am anderen Ende des Gangs. Sebastian konnte den Mann im weißen Anzug schon durch die Glaswand sehen. Alberto Cruz-Schneider saß zurückgelehnt und starrte auf die Zahlentabellen, die von unten nach oben über den Bildschirm wanderten. An der Wand neben dem Computer war eine Halterung befestigt, in der zwei kleine Wimpel in entgegengesetzte Richtungen zeigten: die deutsche und die spanische Fahne. Aus dem kleinen Raum drang ein herber Duft, wahrscheinlich von Rasierwasser. Der Mann bemerkte nicht, dass Sebastian hinter ihm in der offenen Tür stand, obwohl sich seine Silhouette in der gläsernen Trennwand spiegelte. Vielleicht wollte er ihn auch nicht bemerken.

Sebastian klopfte gegen das Glas.

Es dauerte zwei Sekunden, bis Alberto Cruz-Schneider sich umdrehte, über die Schulter schaute und ihn aus olivgrünen Augen durchdringend musterte. Sebastian stellte sich vor.

»Kommen Sie rein!«, sagte Cruz-Schneider langsam, mit leichtem Akzent, und in demselben Tonfall hätte er auch sagen können: Hauen Sie ab! Ohne aufzustehen, rollte er seinen Bürostuhl etwas nach hinten, um den Raum so weit wie möglich auszunutzen. Der Duft seines Rasierwassers verstärkte sich. »Wollen Sie sich setzen?«, fragte er und zeigte auf einen Hocker.

»Nein, danke«, antwortete Sebastian und machte einen Schritt zum Fenster. »Kamen Sie mit Ihrem Chef gut aus?«, fragte er.

Der Manager schien nicht überrascht zu sein, dass Sebastian die Befragung ohne irgendeine Vorbemerkung begann.

»Ja«, sagte er, »ich kam gut mit ihm aus.« Cruz-Schneider nickte langsam, und über sein Gesicht breitete sich ein entspanntes Lächeln.

»Sie kamen gut mit ihm aus«, wiederholte Sebastian, nickte und lächelte ebenfalls.

Der Mann räusperte sich. »Richtig.«

»Aber?«

»Kein Aber.« Cruz-Schneider zog eine seiner gleichmäßig gezupften Brauen hoch, und Sebastian kam es vor, als ob die Pupillen in den Augen des Managers sich weiteten. »Glauben Sie mir etwa nicht?«, fragte Cruz-Schneider.

Sebastian spürte in der Enge des Raums die aggressive Energie, die von dem Mann ausging. Dem Duft von Parfüm hatte sich inzwischen ein anderer Geruch beigemischt: Schweiß, vielleicht Angstschweiß. Sebastian musste aufpassen.

»Wie lange gedenken Sie, in der Firma zu bleiben?«, fragte er.

Ein Lidschlag. »Sie meinen: in der Firma Köhn?«

»Wo sonst?«

Cruz-Schneider zuckte fast unmerklich die Schultern. »Keine Ahnung. Bis zur Rente? Auf jeden Fall noch eine Weile.«

»Ein paar Jahre?«

»Zum Beispiel.«

»Oder fliegen Sie vorher raus?«

»Wie bitte?«

»Ich spreche von Ihrer Entlassung.«

Die dunklen Augenbrauen zogen sich für einen kurzen Moment zusammen. Dann lehnte Alberto Cruz-Schneider sich wieder zurück, verschränkte lächelnd die Hände am Hinterkopf, so dass zwei kleine Schweißflecken unter seinen Achseln zu erkennen waren, und sagte: »Ich weiß nicht, wovon Sie sprechen.«

»Also gut.« Sebastian schaute zum Fenster hinaus. In der Ferne sah er den Hafen, Kräne, die Container auf einem riesigen Schiff stapelten. Sebastian drehte sich um und schaute Cruz-Schneider in die Augen. »Wir wollen nicht lange drum herumreden. Ich habe hier im Haus einige Gespräche geführt und den Eindruck gewonnen, dass Ihre Tage in der Reederei Köhn gezählt sind.«

»Interessant.« Cruz-Schneider lächelte nicht mehr. »Mir ist allerdings schleierhaft, wie Sie zu diesem Eindruck gekommen sind.«

Sebastian wartete, ob Cruz-Schneider fragen würde, wer denn die Behauptung aufgestellt hatte.

»Ich wüsste nicht, warum ich hier nicht mehr arbeiten sollte«, sagte Cruz-Schneider.

Warum fragte der Manager nicht, wer so ein Gerücht in die Welt setzte? »Wo waren Sie am vergangenen Dienstagabend nach 23 Uhr?«, fragte Sebastian.

»Dienstagabend«, wiederholte Cruz-Schneider und versuchte sich zu erinnern. »Da war ich mit einer Freundin zum Essen.«

»Wie heißt das Restaurant, und wie heißt die Freundin?«

»Paula von Wedel. Wir waren den ganzen Abend im *Austernkeller*.«

»Bis wann genau?«

Er warf einen Blick auf seine schmale, goldene Armbanduhr. Es ergab zwar keinen Sinn, jetzt auf die Uhr zu schauen, aber Sebastian hatte oft beobachtet, dass Befragte auf ihre Uhr schauten, wenn sie über eine vergangene Uhrzeit nachdachten.

»Bis Mitternacht«, antwortete Cruz-Schneider. »Ja, ungefähr bis Mitternacht muss das gewesen sein.«

»Und danach?«

»Sind wir gegangen. Ich meine, nach Hause gegangen.«

»Schon klar. Zusammen?«

»Nein. Ich musste am nächsten Morgen früh raus.«

»Haben Sie eine Affäre mit der Frau?«

Cruz-Schneider drehte den Kopf und schaute zum Fenster hinaus. »Muss ich das beantworten?«

»Müssen Sie nicht, aber Sie können, wenn Sie wollen.«

Der Mann ruckelte jetzt mit dem Stuhl hin und her, was ihm nicht bewusst zu sein schien. »Ist ja kein Geheimnis«, sagte er. »Ich hätte nichts dagegen gehabt, wenn sie mit zu mir gekommen wäre, aber sie wollte nicht. Sie war müde und wollte nach Hause.«

»Vielen Dank, Herr Cruz-Schneider.« Sebastian ging zur Tür. »Das war's schon.«

Der Mann hatte die Hände auf die Armlehnen gelegt und schaute Sebastian misstrauisch an.

»Wie kommt eigentlich Ihr Name zustande?«, fragte Sebastian.

Die Antwort kam schnell und geübt: »Vater Spanier, Mutter Deutsche.« Sein Blick ging wie automatisch kurz zu den beiden Fahnen. Dann schaute der Mann auf seine gepflegten Hände. Er wirkte plötzlich niedergeschlagen. »Soll ich Sie zum Ausgang begleiten?«, fragte er und blieb sitzen.

»Nicht nötig«, antwortete Sebastian. »Aber die Adresse und Telefonnummer von Paula von Wedel hätte ich noch gerne.«

32

Am Freitagnachmittag um um kurz nach fünf kamen Sebastian und die Kollegen im Besprechungsraum zusammen. Vier Stellwände waren bestückt mit Fotos vom Tatort, Namenslisten, Kartenausschnitten und Kommentaren. Am ovalen Tisch saßen die Kollegen Janssen, Heitmann und Sörensen und auch Pia, die gerade ihre Notizblätter ordnete. Jens ging an der Wand entlang und öffnete Fenster. Der Raum war von der Nachmittagsonne unangenehm aufgeheizt. »Verdammt heiß für Mai«, brummte Jens und setzte sich. »Scheiß Klimaerwärmung.« Als sie komplett waren, bat Sebastian zuerst Jens, Bericht zu erstatten.

»Tja«, sagte Jens und lehnte sich zurück, »dann kommt hier die schlechte Nachricht zuerst: Unseren Kollegen ist es leider nicht gelungen, das Nummernschild des Wagens kenntlich zu machen, und was das Gesicht des Fahrers angeht, gucken wir auch in die Röhre.«

»Wieso?«, fragte Sebastian.

»Die Videobilder sind einfach zu dunkel.«

»Verstehe ich nicht«, sagte Sörensen. »Die Auflösung bekommt man doch inzwischen so hoch hin, dass fast alles zu sehen ist.«

»Eben«, sagte Jens, »nur fast alles. Unser Auto bewegt sich aber nur am Rande des Bildes und ist außerdem sehr weit weg.«

»Gibt es eine Chance, dass die Kollegen es doch noch hinbekommen?«, fragte Sebastian.

Jens pfiff kurz durch die Zähne, was wohl so viel wie »höchstwahrscheinlich nicht« heißen sollte. Dann übergab er das Wort den Kollegen Janssen und Sörensen, die damit beauftragt waren, die Halter sämtlicher dunkelblauer Peugeots 206 zu überprüfen.

»Wir beschränken uns da zunächst einmal auf den Kreis Hamburg, da haben wir nämlich erst einmal genug mit zu tun«, sagte Sörensen. »287 Wagen, davon sind 120 Halter bereits kontrolliert. Leider ohne Ergebnis.«

»Was heißt das?«, fragte Pia.

Sörensen erklärte, dass die meisten Fahrzeughalter nicht in das Profil passten, das schon grob gehalten war. Auch hätte keiner der Wagen ein kaputtes Licht, wobei dieses natürlich inzwischen repariert sein könnte. Sollten die restlichen zu überprüfenden Wagen ebenfalls ausscheiden, würde der Kreis auf Schleswig-Holstein und Niedersachsen ausgeweitet werden.

Sebastian bedankte sich und übergab Pia das Wort. Es ging um das mögliche Mordmotiv. Pia hatte herausgefunden, dass Maik Keilenweger ein Vermögen von über vier Millionen Euro besaß, Gutshaus exklusive. Laut Testament würde Constanze Keilenweger den Hauptteil bekommen, die Kinder Henning und Gesa ihren Pflichtteil. Das war wenig überraschend.

»Was ist mit dieser Isabelle Seidel?«, fragte Sebastian.

Pia schüttelte den Kopf. »Sie wird in dem Testament nicht erwähnt.«

»Von wann ist das Testament?«

Pia guckte in ihre Unterlagen. »Genau drei Jahre alt.«

Da hatte Keilenweger die Frau gerade kennengelernt. Dass er das Testament seither nicht aktualisiert hatte, war nicht weiter verwunderlich. Aber mit jedem Tag, den die Geburt des Kindes näher rückte, hätte sich die Wahrscheinlichkeit vergrößert, dass Keilenweger doch noch sein uneheliches Kind bedenken würde.

»Nächster Punkt: Björn ...« – beim schwedischen Nachnamen verhaspelte sich Sebastian. Die Kollegen lachten, und Sebastian sagte: »Björn aus Stockholm.« Was wusste der Mann von den finanziellen Verhältnissen der Keilenwegers? Wusste er von der Geliebten des Hausherrn? Wusste er womöglich, dass die Frau schwanger war? Mit dem Geld, das Constanze Keilenweger nun gehören würde, hatte nicht nur sie ausgesorgt, gegebenenfalls profitierte auch ihr Geliebter.

»Und wenn die beiden heiraten und später Constanze umkommt, hat Björn den ganzen Zaster für sich allein«, lästerte Jens.

Pia nutzte die kurze Gesprächspause, die entstanden war, und erinnerte daran, dass Björn Nyströms Alibi auf einer Aussage von Constanze Keilenweger beruhte.

»Und andersherum auch«, sagte Sebastian. »Sie saßen angeblich den ganzen Abend zusammen auf der Terrasse. Ansonsten keine Zeugen. Wir müssen uns Björn noch einmal genauer ansehen, eventuell auch die Kollegen in Stockholm bitten, ein paar Infos über ihn einzuholen.«

»Und was ist mit Madame Keilenweger?«, fragte Jens.

Sebastian dachte noch einmal an den Besuch in Bönningstedt, als Pia und er der Ehefrau die Nachricht vom Tod ihres Mannes überbracht hatten. Constanze Keilenwegers Reaktion – die Ungläubigkeit, die leichte Verwirrtheit – sei ihm echt vorgekommen, teilte er der Runde mit. Dann schaute er zu Pia, die ihm genau gegenüber saß.

Sie nickte. »Für mich sah es auch aus, als ob sie von der Nachricht echt geschockt gewesen wäre. Andererseits passt ihr sein Tod zu diesem Zeitpunkt merkwürdig perfekt in den Kram: In sechs Monaten wäre die Erbschaftssituation vielleicht eine komplett andere gewesen, und vor sechs Monaten hatte sie noch keinen Nachteil befürchten müssen, weil die Schwangerschaft noch kein Thema war.«

Jens meldete sich noch mal zu Wort. »Wenn wir bei Mutter Keilenweger und den Kindern über finanzielle Vorteile als Motiv reden, dürfen wir eines nicht übersehen: Als Tochter des schwerreichen Reeders Herbert von Köhn ist Constanze Keilenweger finanziell wahrscheinlich unabhängig vom Geld ihres Ehemanns, und das Gleiche gilt sicher auch für die Enkel des Reeders, Henning und Gesa. Die müssen ihren Vater nicht umbringen, um an Geld zu kommen.«

Alle in der Runde nickten.

»Moment«, sagte Pia. »Ich war ja nicht fertig. Es gibt noch eine Information …«

Plötzlich ging die Tür auf. Eva Weiß, die Chefin, schaute sich im Raum um, bis ihr Blick Sebastian fand. »Kommen Sie nachher bei mir vorbei, Herr Fink?« Ohne die Antwort abzuwarten, schloss sie die Tür wieder.

Mit einem Nicken bedeutete Sebastian seiner Kollegin fortzufahren. Pia berichtete, dass sie auch die finanziellen Verhältnisse der Familie von Köhn überprüft habe. »Es gibt eine Stiftung Herbert von Köhn, in die schon jetzt ein Großteil seines Geldes geflossen ist. Das bedeutet, dass für die Kinder und die Enkel wenig rüberwächst und nach seinem Tod wenig übrigbleibt.«

»Kommt dann auch wieder darauf an, wie viele Töchter und Enkel Herbert von Köhn hat«, warf einer der Beamten ein.

»Es sind zwei Töchter«, erklärte Sebastian. »Neben Constanze gibt es noch eine, die in Südafrika lebt und einen Sohn hat, das macht zusammen mit Henning und Gesa Keilenweger drei Enkelkinder.«

»Und bedeutet, dass – aufgeteilt auf die Familie – für jeden Einzelnen wohl nicht allzu viel übrigbleiben wird«, schlussfolgerte Jens. »Also würde ihnen eine dicke Finanzspritze guttun. In meinen Augen bleiben Constanze Keilenweger und ihre beiden Kinder verdächtig.« Er schaute in die Runde. Niemand widersprach.

»Also alle auf die Liste und überprüfen«, sagte Sebastian.

Janssen berichtete nun von den Nachbarn der Keilenwegers in Bönningstedt, einer sektenähnlichen Vereinigung mit dem Namen *Universelles Licht*, die sich schon oft bei der Polizei wegen angeblicher Ruhestörungen von Seiten aller Nachbarn beklagt hatten. Die Kollegen in Schleswig-Holstein meinten, man könne das nicht wirklich ernst nehmen. Mit dem Farbbeutelanschlag auf das Haus der Keilenwegers hatten sie höchstwahrscheinlich nichts zu tun. Logischer erschien die Variante, dass Mitglieder der Gruppe Ökopolis hinter der Aktion stecken könnten.

Sebastian erzählte von den Leuten bei der Ökopolis-Versammlung. Sie wirkten alle harmlos und vernünftig. Nur der Frau mit dem Namen Elisabeth, die Gewalt gegen Konzerne für legitim hielt, sei möglicherweise mehr zuzutrauen.

Letzter Punkt: Alberto Cruz-Schneider. Auch er hatte ein Motiv. Er wäre von Maik Keilenweger entlassen worden; bei einem neuen Chef hätte er dagegen seinen Arbeitsplatz behalten können. Es war nicht auszuschließen, dass Cruz-Schneider, auf welche Weise auch immer, von dem geplanten Rausschmiss erfahren hatte. Jens wollte das überprüfen. Bislang hatten sie Paula von Wedel, die Frau, mit der Cruz-Schneider im *Austernkeller* gewesen war, nicht erreicht.

Am Ende der Sitzung, die Aufgaben waren verteilt, wünschte Sebastian allen einen erholsamen Abend. Nacheinander verließen die Kollegen schwatzend den Raum. Nur Sebastian blieb allein zurück, klappte sein Notizbuch zu, stützte die Ellbogen auf und rieb sich mit beiden Händen langsam das Gesicht. Wie sollte er das alles schaffen?

33

Hugo war es mulmig zumute. Man müsse radikaler agieren. Das hatte Elisabeth nicht nur einmal gesagt. Man solle nicht immer auch die andere Seite verstehen wollen, sondern handeln. Ihre Worte klangen in seinen Ohren jetzt anders als damals.

Als er ihre Schritte im Treppenhaus hörte, begann sein Herz zu klopfen. Aber er tat cool und blieb auf dem Sofa sitzen, als sie zur Tür hereinkam. Ihr Führerschein lag vor ihm auf dem Tisch.

»Hallo!«, rief Elisabeth vom Flur aus. »Fast wäre ich unten den Nachbarn in die Arme gelaufen, aber ich bin schnell die Treppe rauf und –« Elisabeth schaute zur Tür herein, ihr Lächeln erstarb. »Ist etwas?«

»Setz dich, bitte«, sagte Hugo, und es klang in seinen Ohren sehr streng. So hatte er bisher noch nicht mit Elisabeth gesprochen.

Sie blieb im Türrahmen stehen, blickte ihn an, als wäre er ein Fremder. Er stand auf. Sie kam ihm entgegen. »Was ist denn los, Hugo?«

Er schaute auf den Tisch. Ihr Blick folgte seinem. »Ist das mein Führerschein?«, fragte sie. Sie nahm den Ausweis in die Hand, betrachtete ihn und sagte: »Das Foto ist ja furchtbar.«

Wie konnte sie so gleichgültig tun? Wie schaffte sie es, so überzeugend zu spielen? Er spürte zum ersten Mal eine leichte Abscheu gegen seine Freundin. »Ich habe den Lappen zufällig gefunden«, sagte er.

Elisabeth schaute an ihm vorbei zum Regal. »Du hast in meinen Sachen gestöbert.«

»Dein Führerschein ist aus dem Karton gefallen.«

Sie blickte ihm ins Gesicht. »Was ist los?«

Er bemerkte, dass ihm Tränen in den Augen standen.

Sie umarmte ihn. »Hugo, was ist los?«

Sie setzten sich nebeneinander auf das Sofa.

»Hast du etwas mit dem Unfall zu tun?«, fragte er.

»Welchem Unfall?«

»Du kannst mir alles sagen.«

Elisabeth machte ein Gesicht, als würde sie kein Wort verstehen. Er hoffte so sehr, dass es stimmte. Er konnte es nur leise herausbringen: »Du hast mir erzählt, du hättest keinen Führerschein. Warum hast du mich angelogen?«

Sie lehnte sich ein wenig zurück, damit sie ihn besser ansehen konnte. »Das habe ich nie gesagt.«

Hugo wurde es schwindelig. Sie hatte es gesagt. Genau das hatte sie gesagt.

Sie zog die Augenbrauen hoch. »Wann soll ich das gesagt haben?«

»Elisabeth!« Er stöhnte und schaute zur Decke. »Als wir an der Elbe saßen.«

Sie schüttelte den Kopf. »Wie bitte? Das stimmt nicht.«

»Aber ich erinnere mich ganz genau!«

»Nein, Hugo. Ich habe nicht gesagt, dass ich keinen

Führerschein hätte. Ich habe gesagt, dass ich den Führerschein nicht brauche, weil ich immer mit den Öffentlichen fahre.« Sie drehte den Führerschein in der Hand, klappte ihn auf und betrachtete ihn. »Nachdem ich die Prüfung bestanden hatte, bin ich nie wieder Auto gefahren. Ich werde auch nie wieder Auto fahren. Das ist ein Prinzip. Mal abgesehen davon, dass ich mich gar nicht mehr trauen würde.« Sie legte das Dokument zurück auf den Tisch. »Und von welchem Unfall sprichst du eigentlich?«

»Maik Keilenweger.«

Sie richtete sich auf. »Du glaubst, dass ich den umgefahren hätte?«

Sie musterte ihn. In ihrem Blick war etwas, das er noch nicht kannte. Aber er konnte es nicht lesen.

Sie stand auf, blieb vor dem Regal stehen, das er noch, wie in Trance, eingeräumt hatte, zeigte auf das obere Regal. »Der arme Dostojewski! Der arme Steinbeck. Der arme Goethe!«

Jetzt sah er es auch. In seiner Verwirrung hatte er die Bücher verkehrt herum ins Regal gestellt.

Sie lachten zusammen. Aber als sie sich wieder beruhigt hatten, bemerkte er, dass sein Vertrauen einen Riss bekommen hatte.

34

Haste mal ’n Euro?«

Sebastian kramte in seiner Hosentasche. Während er nach einer Münze suchte, schaute er dem Mann in die Augen. Er tippte: obdachlos, drogenabhängig, selbst Dealer und in kleine Delikte, die typische Beschaffungskriminalität, verwickelt. Armer Kerl. Sebastian gab ihm zwei Münzen.

»Danke. Echt nett. Schönen Tag noch.«

»Ihnen auch.« Sebastian nickte.

Dann ging er durch die Schiebetüren des Supermarkts, stand vor den Einkaufswagen und fluchte leise. Keine Münze. Wo bekam er jetzt den Schein gewechselt? Verärgert fuhr er sich durchs Haar, als sein Telefon klingelte.

Mürrisch nahm er ab. »Hi, Jens. Was gibt’s?«

»Cruz-Soundso, der Schönling«, sagte Jens.

»Was ist mit ihm?«

»Sein Alibi stimmt nicht.«

Sebastian trat einen Schritt zur Seite, bevor der Opa ihm mit seinem Einkaufswagen auf die Hacken fuhr.

Jens sagte: »Cruz-Dingsda war tatsächlich mit der Schnecke im *Austernkeller*. Aber die Bedienung hat gesagt, sie hätten sich gestritten und seien schon um 21 Uhr wieder raus. Diese Paula von Wedel ist gleich nach Hause, das hab ich überprüft. Was Cruz-Schneider gemacht hat, weiß niemand.«

»Ich rufe dich gleich zurück«, sagte Sebastian.

Sebastian rief bei der Reederei an und brachte bei der Sekretärin am Empfang in Erfahrung, dass Cruz-Schneider noch im Büro war, aber im Begriff, nach Hause zu gehen. Sebastian bedankte sich, legte auf, rief Jens wieder an und verabredete sich mit ihm vor dem Astra-Turm, um Cruz-Schneider am Ausgang abzufangen.

Als Sebastian zwölf Minuten später mit schnellen Schritten über den Vorplatz kam, stand Jens schon da und bedeutete ihm mit einer Geste: keine Panik. In diesem Moment kam der Manager durch die Tür. Er war dabei, seinen Seidenschal zu knoten, und wollte zur Seite weggehen, als er überrascht aufschaute. Er blieb stehen, sah Sebastian und Jens misstrauisch an: »Kann ich Ihnen helfen?«

»Sicher«, antwortete Jens fröhlich. »Und sich selbst können Sie auch helfen, Sie haben nämlich ein Problem.«

»Aha?« Der Manager fuhr sich mit der Hand über das glattrasierte Gesicht, und es war schwer zu sagen, ob er nervös oder belustigt war.

»Wir machen es kurz«, sagte Jens. »Was haben Sie am Dienstagabend in der Zeit von 22 Uhr bis Mitternacht gemacht?«

Der Mann schaute irritiert von einem zum anderen. »Das haben wir doch alles schon besprochen?«

»Richtig«, sagte Sebastian. »Aber da wussten Sie offenbar nicht, dass Sie besser bei der Wahrheit bleiben. Also?«

»Wie ich Ihnen gesagt habe, war ich mit meiner Bekannten im *Austernkeller.*«

»Bekannte? Neulich war Ihre Bekannte noch eine Affäre«, sagte Sebastian.

»*Austernkeller*«, wiederholte Jens. »Wie lange?«

»Den ganzen Abend.«

»Und – war's lecker?«

»Bitte?«

»Ob es geschmeckt hat!«

»Die Austern?«, fragte Cruz-Schneider irritiert.

»Zum Beispiel.«

»Warum fragen Sie das?«

»Haben Sie vielleicht einen Gang ausgelassen?«, fragte Jens. »Und sind früher gegangen?«

»Was soll das?«

»Was gab's zum Nachtisch?«, fragte Sebastian.

Cruz-Schneider standen die Schweißperlen auf der Stirn. »Ich möchte jetzt bitte meinen Anwalt anrufen.« Der Manager bemühte sich, bestimmt zu klingen.

»Sie werden ihn vermutlich brauchen«, sagte Sebastian. »Bitte kommen Sie mit ins Präsidium.«

Außer einem Tisch und drei Stühlen standen keine Möbel in dem Raum. Jens lehnte an der Wand, die Hände in den Hosentaschen. Sebastian saß gegenüber von Cruz-Schneider und dessen Anwalt, einem dünnen Mann im dreiteiligen Anzug, mit schief geknoteter Krawatte und mit einer kleinen Nickelbrille im fleischigen Gesicht. Der Mann war dabei, darzulegen, was Sebastian in diesen Situationen immer zu hören bekam:

wie unverschämt, um nicht zu sagen rüpelhaft sein Vorgehen und das Vorgehen des Herrn Jens Santer gewesen sei, seinen Mandanten Herrn Cruz-Schneider vor seinem Arbeitsplatz abzufangen und vom Fleck weg ins Präsidium zu verfrachten.

Sebastian kannte das. Aber es war nicht nur fair, dem Anwalt seinen Auftritt vor seinem Mandanten zu lassen, sondern taktisch auch richtig. Wenn der Anwalt dann bei den üblichen Drohungen, dem juristischen Nachspiel und so weiter ankam, würde Sebastian ihn unterbrechen.

Noch während der Anwalt seiner Empörung Ausdruck verschaffte, sagte Alberto Cruz-Schneider plötzlich: »Ich möchte eine Aussage machen.«

Der Anwalt und Sebastian schauten den Manager überrascht an. Jens wechselte das Standbein.

»Ja«, sagte er, ohne jemanden direkt anzusehen, »ich möchte eine Aussage machen.«

Sebastian schaltete das Diktiergerät ein, nannte Datum und Uhrzeit. »Bitte«, sagte er.

Cruz-Schneider sog die Luft einmal tief ein und pustete sie wieder aus. »Ich habe nicht die Wahrheit gesagt«, begann er. »Das Abendessen mit Paula von Wedel im *Austernkeller* endete ziemlich abrupt, das muss so gegen neun Uhr gewesen sein. Wir haben uns gestritten. Spielt es eine Rolle, worüber wir gestritten haben? – Nicht? – Okay. Ich bin dann heimgefahren. Gegen halb zehn war ich zu Hause und bin nicht mehr rausgegangen. Ich hab mir eine Flasche Wein aufgemacht, den Fernseher eingeschaltet und bin dann irgendwann betrunken ins Bett. Allein.«

Cruz-Schneider lehnte sich zurück. Er wirkte entspannt. Im Raum war es still.

Sebastian ließ den Manager nicht aus den Augen. Er wusste nicht, was es war, aber der Mann hatte etwas an sich, das alles, was er sagte, unglaubhaft erscheinen ließ.

»Danke«, sagte Sebastian schließlich. »Sie können gehen.«

35

Samstag, 7.20 Uhr. Sebastian öffnete die Vorhänge. Strahlender Sonnenschein. Er ging in die Küche, fand auf dem Tisch einen Zettel: »Bin spazieren.«

In einem kleinen Topf wärmte er Milch und etwas Wasser, schüttete Müsli, Rosinen und Banane hinein und ließ die Mixtur aufwärmen. Ein Frühstücksgericht, das gut schmeckte, leicht war und lange vorhielt. Sebastian hatte es von Anna übernommen.

Es war still. Nur das Gezwitscher eines Vogels drang durch das halbgeöffnete Fenster. Sebastian aß und dachte an Leo, der morgens auf seinem Stuhl kippelte, mit Nutella herumschmierte und sich unter der Woche tausend Gründe ausdachte, warum er heute auf keinen Fall in die Schule gehen konnte. Und an Anna, die sich kaputtlachte und Leo dennoch zur Eile antrieb. Sebastian hielt inne. Ja, es war wirklich verdammt still hier.

Er stellte das Geschirr auf die Spüle, nahm einen Lappen, hielt ihn unters Wasser, spülte ihn aus und begann, den Tisch abzuwischen. Die Vernehmung von Alberto Cruz-Schneider ging ihm durch den Kopf. Warum traute er dem Mann nicht? Vielleicht war es die Attitüde, die Ironie, zusammen mit einer ordentlichen Portion Zynismus, hinter der sich Männer wie

Cruz-Schneider, Geschäftsmänner, häufig versteckten. Das konnte sich in die Gesichter hineinfressen. So wie sich jahrzehntelange Traurigkeit in Gesichter einfressen konnte und die betroffenen Menschen dann sogar im Zustand der vollkommenen Zufriedenheit traurig aussahen.

Oder hatte der Halbspanier tatsächlich etwas ganz anderes zu verbergen?

Sebastian packte seine Sachen zusammen, suchte sein Handy, fand es nicht, als es plötzlich ganz leise irgendwo in der Wohnung klingelte. Er lauschte, lief ins Schlafzimmer und fand das Gerät umgedreht neben seinem Bett.

»Wir haben den Wagen!«, sagte Jens, und Sebastian holte tief Luft.

»Der Besitzer heißt Knuth Bender«, erklärte Jens atemlos, »das Auto steht vor seiner Tür. Kelchweg 83a, das ist in Hamburg-Lurup. Kollegen von der Zivilstreife haben das Auto entdeckt. Alle Merkmale stimmen.«

»Super!«, sagte Sebastian. »Ist der Mann zu Hause?«

»Das wissen die Kollegen nicht. Die Jalousien sind unten, aber ein Fenster ist auf. Schläft vielleicht noch.«

»Wir fahren sofort hin«, sagte Sebastian. »Wo ist Pia?«

»Die sammelt schon Infos über den Kerl. Die Kollegen sind noch vor Ort.«

Sebastian hastete los. Sein Herz klopfte stark, als er das Blaulicht auf dem Dach seines Wagens befestigte. Er raste über die Stresemannstraße, die von Altona Richtung Lurup führte. Gleichzeitig mit Jens traf er an der verabredeten Stelle am oberen Ende des Kelchwegs ein. Dort standen zwei weitere Fahrzeuge mit Beamten, unter ihnen auch Sörensen und Janssen. Jens hatte, wie verabredet, vorsorglich einen Haftbefehl mitgebracht.

Während sie im Schutz der Polizeiautos warteten, verlas Pia über Sebastians lautgestelltes Telefon die ersten Infos über Knuth Bender. Der Mann war sechsundvierzig Jahre alt, alleinstehend, Computerfachmann, bezog seit zwei Jahren Hartz IV. Seit drei Jahren wohnte er am Kelchweg, nachdem er zuvor fünfzehn Jahre am Eppendorfer Baum gelebt hatte, was den sozialen Abstieg deutlich machte. Polizeilich war der Mann bislang nicht aufgefallen.

»Gibt es eine Verbindung zu Maik Keilenweger?«, fragte Sebastian.

»Hab noch keine gefunden«, antwortete Pia. »Ich suche weiter.«

Sebastian, Jens und zwei weitere Beamte stiegen in ein Polizeifahrzeug. »Check bitte auch den weiteren Kreis um Keilenweger«, sagte Sebastian ins Telefon, »Frau, Kinder, Büromitarbeiter, vielleicht hatte einer von denen Kontakt zu Knuth Bender.«

In zwei Autos fuhren sie langsam den Kelchweg herunter, vorbei an niedrigen Mehrfamilienhäusern mit kleinen Vorgärten. Mit einem Spezialwerkzeug öffnete Sörensen die Tür zum Wohnhaus, in dem mehrere Parteien lebten. Das Treppenhaus war kühl und eng, die Briefkästen teilweise demoliert. Benders Wohnung lag im zweiten Stock. Sie horchten, ob aus der Wohnung irgendein Geräusch zu vernehmen war, aber da war nichts.

Plötzlich ging die gegenüberliegende Tür auf, eine ältere Frau auf Strümpfen kam heraus. »Was ist denn los?«, fragte sie, wurde aber sogleich von Jens höflich, aber bestimmt in ihre Wohnung zurückgewiesen.

Ein paar Sekunden warteten sie. Sebastian vergewisserte sich, dass alle auf ihren Plätzen waren. Dann klingelte er an Knuth Benders Tür. Ein leises Quietschen war zu hören. Dann undeutliche, dumpfe Töne. Das Guckloch verdunkelte sich.

»Kriminalpolizei«, sagte Sebastian laut. »Machen Sie bitte auf!«

Das Guckloch wurde wieder hell. Sekunden vergingen. Lange Sekunden. Nichts passierte. Sebastian und Jens wechselten einen Blick. Alle waren bis aufs höchste gespannt. Jetzt konnte alles passieren.

»Herr Bender?«, rief Sebastian. »Machen Sie bitte auf!«

Weitere Sekunden vergingen. Es quietschte, als die Tür sich öffnete. In dem schmalen Spalt erschien ein langes, schlecht rasiertes Gesicht. Die Augen, die in dunklen Höhlen lagen, verrieten Alarmbereitschaft. Einen Moment lang, vielleicht war es nicht mal eine Sekunde, schauten Sebastian und der Mann sich in die Augen, und Sebastian raste durch den Kopf, dass diese Augen höchstwahrscheinlich den Tod eines anderen Menschen bezeugt hatten, dass dieser Mensch möglicherweise ein Mörder war.

Der Ausweis, den der Mann nach kurzer Zeit herausgab, bestätigte, dass es sich tatsächlich um Knuth Bender handelte. Die Polizei drängte in die Wohnung, der

Mann wurde abgetastet und ins Wohnzimmer gebracht. Dort roch es nach billigem Fusel und nach Schweiß. Die braune Sitzgruppe war viel zu groß für den kleinen Raum. Gegenüber standen ein Fernseher und mehrere Stapel DVDs.

»Wo waren Sie am Dienstagabend zwischen 22 Uhr und Mitternacht?«, fragte Sebastian.

Der Mann versuchte sich zu erinnern, oder er tat nur so. Sein Mund stand offen und zeigte eine Zahnlücke. »DVD-Abend«, sagte er, aber es klang weniger wie eine Antwort als wie eine Frage. Interessanterweise fragte er aber nicht, warum die Polizei überhaupt zu ihm gekommen war.

»DVD-Abend«, wiederholte Sebastian und schaute Jens an.

Knuth Bender grinste jetzt unsicher, und Sebastian insistierte: »Wo fand der DVD-Abend statt?«

»Na ja, hier.«

»Waren Sie allein?«

»Ist das nicht meine Privatsache?«

»Waren Sie allein?«, wiederholte Sebastian.

»Mit einem Freund.«

»Name?«

»Peter Baumgartner.«

»Telefonnummer?«

Der Mann kratzte sich am Kopf und nannte die Nummer, die Jens in sein Handy tippte, bevor er den Raum verließ.

»Was haben Sie sich denn angeschaut?«, fragte Sebastian.

Knuth Bender guckte im Raum umher, als würde das seiner Erinnerung auf die Sprünge helfen. »Ich glaube, *Der Englische Patient* und *Terminator Drei.*«

»Herr Bender«, sagte Sebastian. »Mit Ihrem Auto wurde am Dienstagabend in der Buttstraße gegen 23.40 Uhr ein Mann angefahren, der an den Folgen des Unfalls gestorben ist.«

Sein Gegenüber sah Sebastian auf dümmliche Art entgeistert an, und Sebastian spürte den dunklen Drang, ihm einen Schlag zu versetzen. »Saßen Sie am Steuer?«, fragte er.

»Ich saß hier vorm Fernseher. Hab ich doch schon gesagt!«

»Wer ist mit Ihrem Auto gefahren?«

»Weiß nicht. Habe neulich erst meinen Schlüssel verloren.«

»Wo?«

»Hier. Also – auf der Straße.«

»Woher wissen Sie das?«

Verblüfft schaute der Mann Sebastian an. »Weil er weg ist, der Schlüssel. Muss mir irgendwie aus der Tasche gefallen sein, nachdem ich geparkt hatte. Hab's erst am nächsten Tag gemerkt.«

»Und jetzt haben Sie keinen Schlüssel?«

»Ich habe einen Zweitschlüssel.«

Sebastian nickte. »Ich muss Sie bitten mitzukommen«, sagte er.

Beunruhigt schaute Bender von Sebastian zu den Beamten in Uniform und wieder zurück und fragte: »Wohin?«

36

Die Untersuchungshaftanstalt befand sich in einem über hundert Jahre alten massiven Bau nahe dem Sievekingplatz in der Holstenglacis, mit Blick auf den Park *Planten un Blomen.* Sebastian und Jens saßen im Untergeschoss in der Kantine. Sebastian kämpfte mit einer Portion Spaghetti Bolognese, während Jens bereits beim Blaubeerpudding angelangt war. Es war kurz vor zwei, als Sebastians Mobiltelefon auf dem Tisch aufleuchtete. Er schaute aufs Display. Paul Pinkwart.

Der Chef der Spurensicherung berichtete, dass auf dem Fahrer- und dem Beifahrersitz des Peugeots Fasern der Kleidung von Knuth Bender wie auch von Peter Baumgartner gefunden worden waren. Da die beiden miteinander befreundet waren, war das Ergebnis allerdings noch keine Überraschung.

»Wie sieht es auf der Rückbank aus?«, fragte Sebastian. Er dachte daran, dass die Zeugin mit dem Dackel von zwei Personen gesprochen hatte, die in dem Auto gewesen waren.

»Auf der Rückbank haben wir ausschließlich Spuren von Herrn Bender gefunden.«

»Also keine von Herrn Baumgartner?«, wollte Sebastian noch mal bestätigt wissen.

Der Spurensicherer verneinte. Sebastian und Jens sahen sich an. Was bedeutete das? Sebastian wischte sich mit der Serviette den Mund ab und sagte: »Erzähl mal von Peter Baumgartner.«

Jens erzählte, was er in Erfahrung gebracht hatte: vierundvierzig Jahre alt, ehemals Außendienstmitarbeiter einer Versicherungsagentur. Mit der Insolvenz verlor Baumgartner seinen Job, bezog Arbeitslosengeld, dann Hartz IV. Trennung von der Freundin, Umzug von Winterhude in ein Zweizimmerappartement am Kelchweg – die gleiche Entwicklung wie sein Kumpel. Benders Alibi hatte er bestätigt. Er habe den ganzen Dienstagabend in Knuths Wohnung verbracht und mit ihm zusammen DVDs geguckt.

»Praktisch«, sagte Sebastian. »So hat Baumgartner sich selbst auch gleich ein Alibi verschafft.«

Jens nahm sein Tablett und erhob sich, Sebastian folgte ihm und stellte seinen noch halb vollen Teller auf den Geschirrwagen. Zusammen warfen sie einen Blick in Peter Baumgartners Zelle: Der Mann war klein und schmal, mit zarten Gesichtszügen und großen Augen. Nur wenige Zellen davon entfernt wartete Knuth Bender darauf, vernommen zu werden. Wie man die beiden zu einem Geständnis bringen sollte, wusste Sebastian noch nicht.

Um 14.30 Uhr traf Pia in der Untersuchungshaftanstalt ein. Sie sah müde aus.

»Gute oder schlechte Nachrichten?«, fragte Sebastian.

»Wie man's nimmt. Gibt es Kaffee?«

Jens brachte ihr einen aus der Kantine. Sie setzten sich in einen der Vernehmungsräume, Sebastian schloss die Tür. Pia trank einen Schluck, runzelte die Stirn und sagte: »Es gibt definitiv keine Verbindung von Knuth Bender zu Maik Keilenweger.«

Sebastian und Jens wechselten einen Blick.

»Tut mir echt leid, Jungs«, sagte Pia. »Da ist nichts, überhaupt gar nichts.«

»Was ist mit Peter Baumgartner?«, fragte Sebastian.

»Fast dasselbe ...«

»Fast?«

Pia stellte den Becher auf den Tisch zurück, nahm ihre Brille ab und begann, die Gläser mit ihrem Sweatshirt zu putzen. »Bei Baumgartner gibt es eine winzig kleine Verbindung zu Maik Keilenweger.« Sie hauchte die Gläser an. »Verbindung ist vielleicht nicht das richtige Wort. Eher eine Überschneidung.«

»Mach's nicht so spannend«, stöhnte Jens.

Pia erklärte: »Es geht um den Mann, mit dem ihr gesprochen habt: Alberto Cruz-Schneider. Er und Baumgartner waren im selben Fitnessstudio, dem *Meridian*. Allerdings ist Baumgartner dort vor einem Jahr wieder ausgetreten.«

»Nicht schlecht!«, meinte Jens. »Da können sie sich damals unauffällig und oft getroffen haben.«

»Andererseits«, sagte Pia, »habe ich für die vergangenen zwölf Monate keine Verbindung zwischen den beiden gefunden. Nicht mal ein Telefonat.« Sie schaute Sebastian an. »Was meinst du?«

Er dachte nach. Natürlich konnten Cruz-Schneider und Baumgartner sich tatsächlich im Fitnessstudio kennengelernt und später, als der Club in der Innenstadt für Baumgartner zu teuer wurde, woanders getroffen haben. Andererseits gab es im *Meridian* Tausende Mitglieder. Die beiden konnten sich genauso gut niemals begegnet sein, geschweige denn gesprochen haben.

Sebastian ging aus dem Raum, den Gang entlang zum Fenster und schaute hinaus. Er musste jetzt die beiden Männer zum Reden bringen. Irgendwie. Einer von ihnen musste erzählen, was wirklich passiert war. Sebastian ging zunächst zu Knuth Bender in die Zelle und sagte: »Ich wollte Sie über etwas informieren.«

»Ja?«, sagte Bender abwartend.

»Ich möchte zuerst mit Ihrem Kumpel Peter Baumgartner sprechen, bevor wir uns dann in Ruhe unterhalten.«

»Ist der Peter auch hier?«

»Na selbstverständlich!«

Als Sebastian die Zelle verließ, bemerkte er, dass Knuth Bender ihm sorgenvoll hinterherblickte. Jens zog dasselbe Schauspiel vor Peter Baumgartner ab und ließ ebenfalls einen verunsicherten Mann in seiner Zelle zurück. Jetzt bekamen die beiden erst einmal Zeit, um ihre Nervosität zu steigern.

Sebastian ging zu Fuß durch *Planten un Blomen*, der sich vom Millerntor in St. Pauli an der Untersuchungshaftanstalt vorbei bis hinunter zum Dammtorbahnhof hinzog. Am Kino kaufte er zwei Karten für die Abendvorstellung.

Als er wieder in Knuth Benders Zelle trat, sagte er: »Das Gespräch mit Ihrem Freund dauert länger als erwartet.«

Knuth Bender schaute ihn verunsichert und fragend an. Er versuchte einzuschätzen, ob diese Information von Vor- oder von Nachteil war. Sebastian antwortete mit einem neutralen, nichtssagenden Blick, drehte sich um und verließ die Zelle wieder.

Dasselbe Spiel trieb Jens mit Peter Baumgartner.

18.30 Uhr. Sebastian schaute wieder bei Knuth Bender rein, mimte leichte Gereiztheit: »Herr Baumgartner hört gar nicht mehr auf zu erzählen. Ein bisschen dauert es noch.«

Eine Dreiviertelstunde später war es dann so weit. Sebastian ließ Knuth Bender in den Vernehmungsraum holen. Jens und Pia hatten sich in den Nebenraum verzogen und konnten durch ein als Spiegel getarntes Fenster über Lautsprecher das Verhör verfolgen.

Sebastian bat Bender, Platz zu nehmen, setzte sich ihm seufzend gegenüber und sagte: »Ich nehme an, Sie wissen, dass Ihr Kumpel endlos quatscht, wenn er erst mal angefangen hat.«

»Gar nichts weiß ich.« Bender schaute ihn misstrauisch an.

Sebastian gab vor, seine Unterlagen zu studieren.

»Was hat er denn erzählt?«, fragte Bender.

»Die ganze Geschichte«, murmelte Sebastian zerstreut. »Und mehr.«

»Aha.« Bender nickte. Sebastian blätterte in seinen Papieren vor, las und blätterte wieder zurück.

»Was denn genau?«, fragte Bender.

»Wie bitte?« Sebastian schaute hoch. »Ach, fragen Sie mich nicht. Ich habe von den ganzen Geschichten so einen Kopf. Aber wir haben alles auf Band, er wollte das so.«

»Er wollte das?«

»Ja.«

»Wieso das denn?«

»War ihm lieber als Video.«

»Aha.«

Sebastian rieb sich das Gesicht und tat, als wäre er kurz davor, einzuschlafen.

»Und nun?«, fragte Bender.

Sebastian antwortete nicht. Bender rutschte auf seinem Stuhl herum.

»Ich warte«, sagte Sebastian. »Ich warte, bis auch Sie gestanden haben, sonst müssen wir alle bis zum Winter hierbleiben. Vorher darf ich Sie nicht entlassen.« Das war natürlich Unsinn, aber Sebastian ließ es darauf ankommen.

»Was soll ich zugeben?«, fragte Bender.

»Alles. Erzählen Sie einfach, wie es war. Ist doch gar nicht so schlimm.«

»Was hat denn der Peter gesagt, verdammte Scheiße?«

»Da müsste ich in den Protokollen nachsehen, aber die müssen erst mal getippt werden, und das passiert erst morgen. Haben Sie Hunger?«

»Und ob.«

»Sehen Sie. Haben Sie wenigstens gut gefrühstückt?«

»Nein.«

»Mensch, Sie haben aber ein Pech.«

»Gibt es hier denn gar nichts zu essen?«

»Leider nicht.«

»Ist da nicht ein Automat?«, fragte Knuth Bender und versuchte, seine Gereiztheit zu unterdrücken.

»Leider nicht.«

»Ich dachte, ich hätte beim Reinkommen einen gesehen, in dem Gang irgendwo da unten.«

Das hatte er ganz richtig gesehen, aber Sebastian antwortete: »Nein, da ist kein Automat. Tut mir sehr leid.«

»Scheiße, Mann.« Knuth Bender schwankte unzufrieden mit dem Oberkörper vor und zurück.

In die Stille hinein sagte Sebastian: »Ich verstehe das Problem nicht. Es ist doch, wie es ist, das können Sie nicht ändern. Sie können es nur schlimmer machen.«

»Bitte?«

»Sie könnten gleich im Anschluss etwas Schönes essen, und danach geht es ins Kino, falls Sie nichts Besseres vorhaben.«

»Hä?«

Sebastian legte die Kinokarte auf den Tisch. »Die Vorstellung fängt in dreißig Minuten an. Vorher können Sie sich am Dammtor noch etwas zu essen holen. Bei dem Asiaten zum Beispiel, mögen Sie gebratene Nudeln? Sushis kann man dort auch bekommen. Daneben ist so ein Laden, der Deftigeres anbietet. Bratkartoffeln mit Zwiebeln, Schweinshaxe –«

»Hören Sie auf, Mann!«

»Sie sind Vegetarier?«

»Quatsch.«

»Cheeseburger können Sie natürlich auch haben, die gibt es gleich daneben. Moment, was haben die noch?«

»Ist mir egal, was die haben!«

»Es kann alles nur noch besser werden«, sagte Sebastian.

»Hm«, machte Bender missmutig.

Sebastian rückte mit seinem Stuhl etwas ab, schaute zur Decke und sagte nichts mehr. Benders steigende Aggressivität war im Raum gut zu spüren.

Ein paar Minuten vergingen, dann zog Sebastian seinen Stuhl wieder an den Tisch heran und beugte sich über die Platte zu Knuth Bender hinüber. Der schaute ihn misstrauisch an. »Sie sitzen in Ihrem Peugeot«, sagte Sebastian. »Was passiert dann?«

Bender machte ein Gesicht wie ein ertapptes Kind, das nicht sprechen mochte.

»Ich gebe Ihnen noch eine Chance«, sagte Sebastian leise. »Wenn Sie die jetzt vergeigen, treffen wir uns« – er schaute demonstrativ auf die Uhr – »in vierzehn Stunden wieder hier und machen ganz genau an derselben Stelle weiter. Haben Sie das verstanden?«

Keine Antwort.

»Also«, sagte Sebastian zu Bender. »Sie sind ja gar nicht gefahren, sondern Sie saßen auf der Rückbank.« Es war heikel, eine Mutmaßung als Feststellung zu äußern, aber er musste Bender irgendwie aus der Reserve locken.

Der Mann zuckte kaum merklich zusammen.

»Das hat Ihr Kumpel Peter verraten«, behauptete Sebastian.

Knuth Bender schaute mit einem lauten Seufzer zur

Decke. Es war nicht einzuschätzen, was der Mann als Nächstes tun würde.

In Benders Gesicht, das vom Neonlicht hell beschienen war, bewegte sich lange nichts. Dann presste er auf einmal die Lippen zusammen, und Tränen kullerten über seine Backen. Knuth Bender holte ganz tief Luft und ließ sie wieder heraus, bevor er sich Sebastian wieder zuwandte.

Knuth Bender erzählte vom Abend in der Kneipe *Schellfischposten*, wo Bier und Schnaps erst mäßig, dann irgendwann reichlich geflossen war. Sturzbetrunken habe er sich auf die Rückbank seines Wagens geschmissen, Peter Baumgartner habe sich hinters Steuer geklemmt. »Peter ist irgendwie aus der Parklücke raus und nach ein paar Metern in die Buttstraße rein. Ich habe noch gesagt: ›Pass auf, da ist einer.‹ Dann war da ein dumpfes Geräusch. Ich habe gedacht, der Typ wäre nur hingefallen …« Knuth Bender begann zu schluchzen.

»Wie weit sind Sie gefahren?«, fragte Sebastian.

»Bis nach Hause. Keine Kontrolle. Nichts.«

»Wie haben Sie vom Tod Maik Keilenwegers erfahren?«, fragte Sebastian.

»Von Peter. Aber erst zwei Tage später. Er hat darüber im Internet gelesen. Hat er Ihnen das nicht erzählt?«

»Nein«, sagte Sebastian. »Das hat er nicht erzählt.«

Sebastian schaute zur Glasscheibe, hinter der sich Jens und Pia befanden, und nickte über sein Spiegelbild hinweg. Endlich hatten sie das Geständnis.

Anschließend ging Sebastian zu Peter Baumgartner und konfrontierte ihn damit, was Knuth Bender gerade erzählt hatte. Nach knapp zehn Minuten hatte er es geschafft. Peter Baumgartner nickte langsam und sagte mit leiser Stimme: »Genau so war es.«

Als Sebastian aus der Untersuchungshaftanstalt trat, wollte keine Hochstimmung aufkommen, vielmehr machte sich Unzufriedenheit in ihm breit. Dabei war alles ganz normal: Die meisten Kriminalfälle lösten sich ähnlich unspektakulär auf wie dieser. In der Millionenstadt Hamburg waren drei Menschen in denselben unheilvollen Sekunden am selben Ort gewesen – ein dummer Zufall, ein tragischer Unfall, ein bitteres Ende.

Und trotzdem, ohne dass Sebastian es orten konnte, vernahm er irgendwo tief in seinem Innern eine warnende Stimme, die rief: Achtung! Da kommt noch was.

Im Schatten eines riesigen Baums liegt der Junge eingewickelt in einer großen Decke auf einem Liegestuhl. Auf dem Schoß hat er ein Tablett, und darauf steht ein bunter Eisbecher. Die Kamera schwenkt hoch, wo weiße Wölkchen an einem strahlend blauen Himmel stehen. Dann schwenkt die Kamera wieder auf den Jungen, der eben gekleckert hat und verwundert auf das Schlamassel blickt. Eine ältere Frau kommt hinzu, wechselt das Lätzchen und streicht dem Jungen über die Stirn.

37

Ein Schrei, ein fürchterlicher Schrei hatte ihn geweckt. Etwas zwischen dem Kreischen einer Säge und dem hohen Schrei eines Kindes. Es kam Sebastian vor, als hätte jemand nach ihm gerufen. Doch es war ein Traum. In der Stille wirkte der Schreck in ihm nach.

Sebastian suchte nach seinem Handy und fluchte. Es war kurz nach Mitternacht, und er war doch mit Jens und Pia im Club verabredet, zur Feier des gelösten Falls. Sebastian schaute an sich herunter. Er hatte sich angezogen aufs Bett gelegt und musste eingeschlafen sein. Rasch tauschte er den Pullover gegen ein T-Shirt und zog sich eine andere Hose an. Wenn er schnell ging, waren es bis zum Club in St. Pauli nur zwölf Minuten.

Touristen schlenderten mit großen Augen auf dem Bürgersteig entlang. Polizisten zeigten an beinahe jeder Querstraße Präsenz – in der vergangenen Nacht war es an der Reeperbahn wieder zu einer Messerstecherei gekommen. Trotzdem war St. Pauli beliebt. Neben dem großen Musicaltheater, in dem Sebastian einmal ermittelt hatte, gab es kleinere Theater, Restaurants, Kneipen und Clubs. Im *Lagerhaus* legte heute eine Frau aus Berlin auf, eine der angesagtesten D-Janes Europas, wie Jens behauptet hatte.

Der Club war voll, Sebastian kam nur langsam durch. Doch er mochte die stickige Luft und die Enge solcher Lokale. Die Gesichter, an denen er sich in den Gängen und am Rand der Tanzfläche vorbeidrängelte, waren offen für einen Gruß, ein Augenzwinkern, ein Weg- und wieder Hingucken. Er wollte sich einfach nur bewegen, immer weiter bewegen.

An der Tanzfläche schlug die Musik mit hartem Rhythmus aus riesigen Lautsprechern. Silhouetten zuckten im flackernden Licht. Sebastian stieg ein. Der sanftdumpfe Bass durchdrang seinen Körper, löste die Gedanken. Es war befreiend.

Er schaute hinauf zum DJ-Pult, hinter der die Frau aus Berlin mit den Kopfhörern stand. Es hatte etwas Erotisches, fand er, wenn es eine Frau war, die die Bässe durch den Raum jagte.

Irgendwann ging er die Treppe hinauf in den oberen Teil des Clubs. Hier war es ruhiger, der Rhythmus weicher. Ähnlich wie im Wohnzimmer von Constanze Keilenweger, dachte Sebastian. Und sofort war das Bild wieder da: die Leiche auf dem Kopfsteinpflaster. Sebastians Gedanken begannen wie automatisch die Menschen zu umkreisen, die mit dem Fall Keilenweger in sein Leben getreten waren: Constanze Keilenweger, Tochter Gesa, Sohn Henning, die Leute in der Reederei, die unsichtbaren Öko-Aktivisten. Sebastian fühlte es auf einmal ganz deutlich: Bei den Ermittlungen war irgendetwas im Verborgenen geblieben.

Der Raum führte zu einer großen Terrasse. Am Geländer stand Jens und unterhielt sich mit einer Frau. Sie trug eine Bluse, die aussehen sollte, als wäre sie gedankenlos übergestreift worden, aber der Stoff glitzerte dafür zu sehr. Ihre Jeans war frisch gebügelt, die Schuhe geputzt. Beides war in einem Club nach Mitternacht selten zu sehen. Jetzt erkannte Sebastian, wer es war: Pia. Ohne Nickelbrille sah sie fast nackt aus.

»Auf den gelösten Fall!«, rief Jens.

Bevor sie anstießen, sagte Sebastian: »Auf unser Team.« Er mochte nicht auf einen gelösten Fall anstoßen.

»Prost!«, antwortete Pia. Sie stießen an, lächelten sich zu, Sebastian versuchte es wenigstens. Die Kollegen waren aber auch nicht gerade in Hochstimmung, dachte er. Vielleicht ahnten auch sie, dass ihre Arbeit noch nicht wirklich abgeschlossen war?

Pia begrüßte plötzlich eine Frau mit Lockenmähne, offenbar eine Bekannte, Jens kam mit einem Typen ins Gespräch, der ein weißes Unterhemd trug und seine Muskeln zur Schau stellte. Sebastian ging zur Toilette und verließ dann kurzentschlossen den Club.

Mit schnellen Schritten lief er durch die menschenleeren Straßen. Es war still, seine Absätze hallten. Im Gehen holte er sein Telefon hervor, schrieb eine SMS an Jens, wünschte ihm im doppelten Sinne eine gute Nacht und schickte dieselbe Nachricht auch an Pia. Dann steckte er das Telefon zurück in die Hosentasche. Er wusste nicht, warum er schnell ging, warum er sich so beeilte, fast rannte. Er bog in seine Straße ein und blieb keuchend vor seinem Haus stehen.

Der Scheinwerfer eines Autos streifte ihn. Sebastian

schaute hoch in den Himmel, sah ein tiefes Schwarz, in dem nichts zu erkennen war – und doch alles. Plötzlich wurde er ganz ruhig, und mit der Ruhe kam die Sicherheit zurück. Sebastian schloss die Haustür auf. Er würde sich noch einmal die Akten vornehmen. Er würde nicht lockerlassen. Er würde an dem Fall Maik Keilenweger dranbleiben, bis er tatsächlich gelöst war.

38

Elisabeth trat einen Schritt vor und wartete, bis die Türen des Busses sich zischend öffneten. Sie legte dem Fahrer die abgezählten Münzen hin und nahm den Fahrschein entgegen, der ratternd aus dem Automaten kam. Sie hielt sich rechts und links an den Stangen fest, während sie durch den leeren Bus ging, und rutschte auf die letzte Bank. Sie schob ihre Hände unter die Achseln und rückte näher ans Fenster.

Es war Sonntagvormittag, ihr Ziel war Winterhude, der ehemalige Arbeiterbezirk, der inzwischen gerne auch »Schickihude« genannt wurde. Elisabeth mochte Schickihude nicht, aber wenn sie Julia, ihre alte Freundin aus Karlsruher Zeiten treffen wollte, musste sie hierher fahren. Julia war mit den Jahren immer langweiliger geworden, und Elisabeth zog es vor, selbst die Besucherin zu sein und jederzeit entscheiden zu können, wann sie wieder ging. Außerdem hatte sie das Gefühl gehabt, dass Hugo heute seine Ruhe haben wollte. Beim Frühstück war er dann auch sehr wortkarg gewesen.

Sie dachte an Hugos Auftritt vor zwei Tagen und seinen Verdacht, sie hätte den Keilenweger umgefahren. Nur, weil Hugo nicht mitgekriegt hatte, dass sie sehr wohl im Besitz eines Führerscheins war. Völlig durchgeknallt! Da gab es doch weniger brachiale Möglichkeiten, wenn man so einen Typen umbringen wollte. Fast fühlte sie sich gekränkt, dass Hugo ihr so wenig Phantasie zutraute. Und es erstaunte sie, dass ausgerechnet Hugo solche Schlüsse zog, wo er selbst doch seine Geheimnisse hatte.

Es waren die ersten Dissonanzen in ihrer Beziehung. Eine Liebesbeziehung gab Energie, aber sie raubte auch Kraft. Und Elisabeth musste überlegen, ob sie ihre Kraft nicht besser in die politische Auseinandersetzung investierte statt in eine private Angelegenheit. Ob ihr Platz an der Seite eines Mannes war oder in der Mitte einer Bewegung. War beides gleichzeitig vielleicht gar nicht möglich? Liebe war eben nicht alles. Mit Liebe war die Umweltzerstörung jedenfalls nicht aufzuhalten.

Sie dachte an die Podiumsdiskussion bei Ökopolis. Warum kapierten die Leute nicht, dass man mit weichgespülter Politik keine klaren Ziele erreichte? Wenn man Fortschritte erzielen wollte, musste man zu drastischen Maßnahmen greifen. Die Forderung, sich im Rahmen der Gesetze zu bewegen, war lächerlich: Die Gesetze mussten verändert werden, und bis das passierte, musste man an ihren Rändern agieren, Übertretungen riskieren! Die Gegenseite schlief nicht! Natürlich hatte das LKA längst einen Spitzel in ihre Gruppe eingeschleust. Anders war es nicht zu erklären, dass in letzter Zeit so viel schiefgegangen war.

Der Bus hielt an der Ampel, und Elisabeth durchfuhr ein Schreck. Sie wusste, dass sie etwas sah, das sie nicht sehen durfte: Hugo. Sie sah seinen Rücken, gekrümmt neben dem Bus, wie ein Radrennfahrer vor dem Start. Er trug die dünne Regenjacke, die vorhin noch über dem Stuhl neben dem Bett gehangen hatte. Elisabeth lehnte sich etwas zur Seite, sie hatte Angst, er könnte hochschauen und sie hier oben, hinter dem Busfenster, erspähen.

Warum war er nicht zu Hause? Er wollte doch die Füße hochlegen, sich die neue Staffel irgendeiner seiner vielen Lieblingsserien reinziehen, eventuell den Duschvorhang reparieren. Was tat er ausgerechnet hier, in Winterhude? Die Viertel, in denen er sich bewegte, waren doch andere: die Innenstadt, St. Pauli, die Schanze und Altona. Winterhude war da noch nie vorgekommen.

Die Ampel schaltete auf Grün, Hugo trat in die Pedale und fuhr vor dem Bus. Durch die Vorderscheibe konnte Elisabeth ihn sehen, den einsamen Radler. Der Bus erhöhte die Geschwindigkeit, sie näherten sich Hugo. Ein eigenartiges Bild: Hugo strampelte, und als würde er rückwärts fahren, kam er ihnen näher. Plötzlich bremste Hugo – sie fuhren gefährlich dicht auf. Was machte er? Er bog nach rechts in eine kleine Straße. Hastig drehte Elisabeth sich um und schaute an den Köpfen zweier Fahrgäste vorbei, sah den Radler zwischen großen Bäumen verschwinden. Ohne nachzudenken, drückte sie den Halteknopf, als wäre es ein Notknopf. Der Bus drosselte das Tempo und fuhr die Haltestelle an.

Elisabeth war die Einzige, die ausstieg. Der Bus war weg, und sie stand starr und allein auf dem Gehweg wie eine Puppe, die jemand hier abgestellt hatte.

Sie sollte einfach hier stehen bleiben, warten, in den nächsten Bus steigen und vergessen, was sie gesehen hatte.

Elisabeth ging los und blieb erst wieder stehen, als sie an der Straßenecke angekommen war, wo Hugo abgebogen war. Sie wusste, jetzt war die letzte Chance umzukehren. Zwischen Hugo und ihr war doch alles in Ordnung!

Elisabeth ging weiter. Die Villen wirkten selbstbewusst und alt, vertraut mit den riesigen Bäumen und Hecken, die sie umgaben. Elisabeth kam sich seltsam klein und verloren vor. Sogar ihre Schritte waren zu kurz, zu verängstigt, und das Tempo stimmte nicht.

Links ging eine kleine Straße ab, schmal, frisch geteert, die Oberfläche glatt und glänzend, und an den Rändern parkten große Autos. Elisabeth versuchte abzuwägen: War Hugo in diesen Bonzenweg verschwunden, oder war er auf seinem Rad geradeaus gefahren? Dann würde sie ihn vielleicht gar nicht mehr aufspüren. Elisabeth schaute noch mal in den Bonzenweg. Sie zählte sieben Grundstücke, dann war Schluss, Sackgasse.

Elisabeth bog in den Weg ein. Nach wenigen Schritten blieb sie stehen. Hugos Fahrrad lehnte angekettet an einem schwarz gestrichenen Eisenzaun. Ihr erster Gedanke: umdrehen, wegrennen. Über diesen Kiesweg, der den frisch gemähten Rasen sauber durchschnitt, musste Hugo gegangen sein, vorbei an dem zierlichen Springbrunnen und den hübschen Blumenbeeten. Der Weg endete vor einer dunklen Haustür, die aus Panzerstahl zu sein schien und deren kleines Fenster vergittert war. Elisabeth trat von einem Fuß auf den anderen und suchte am Tor nach einem Klingelschild oder irgendeinem Hinweis auf die Bewohner dieser fremden Burg, die Hugo verschluckt hatte.

Ein Namensschild war nirgends zu entdecken, aber ein Umschlag, der zwischen zwei Eisenstreben klemmte. Sie zog das Kuvert hervor. Der Absender war eine Arztpraxis. Elisabeth zögerte, ihre Finger zitterten, als sie den Umschlag umdrehte. Als sie auf der Vorderseite den Namen des Adressaten las, der hier wohnte, wurde es ihr eiskalt. »Hugo!«, flüsterte sie. »Du Verräter!«

39

Sebastian hatte schlecht geschlafen, war am Vormittag zwei Stunden im Fitnessstudio gewesen, hatte mittags noch einmal eine Stunde Schlaf nachgeholt und war jetzt etwas ruhiger.

Er hatte Zeit, keine Pläne, und machte einen Spaziergang durch sein Viertel. Am Springbrunnen, in der Nähe seines Hauses, saßen zwei junge Frauen mit übereinandergeschlagenen Beinen und unterhielten sich. Eine Obdachlose schob einen alten Einkaufswagen, gefüllt mit Tüten, über den Bürgersteig. In dem Wellblechhäuschen vor der jüdischen Schule schauten die beiden wachhabenden Polizisten aus dem Fenster, einer von ihnen gähnte. Der Blumenladen am oberen Ende der Straße hatte, wie immer, am Feiertag für ein paar Stunden geöffnet. Es roch bis auf den Gehweg hinaus nach frischen Iris, Rosen, Lilien. Sebastian blieb stehen und sog den Duft ein.

Natürlich blieb ein Täter oder eine Täterin manchmal unentdeckt. Und doch fiel im Moment des Verbrechens der Startschuss für die Wahrheit, die nur ein Ziel kannte: hervorzukommen und sich zu zeigen. Der Täter musste sich für den Rest seines Lebens im Verdunkeln üben. Wer das Leben eines anderen Menschen auslöschte, beendete in gewisser Weise damit auch immer sein eigenes.

Sebastian überquerte die Straße und schlenderte an den Leuten vorbei, die draußen vor den Cafés saßen und ihre Gesichter in die Sonne hielten. Wie glücklich sie aussahen, sorglos und gesund, dachte er. Nein, die Reihenfolge war eigentlich umgekehrt: Sie waren gesund und daher glücklich und sorglos. Abrupt blieb Sebastian stehen.

Das Gespräch mit dem Professor schoss ihm in den Kopf. Was hatte der Mann gesagt? Er kam nicht darauf. Sebastian zog sein Handy aus der Tasche und wählte die Nummer.

Nur die Mailbox. Er legte auf. Und wählte die Nummer nervös noch einmal. Wieder Mailbox. Während er draufsprach, kam schon der Rückruf. Er nahm das Gespräch an. Ohne einen Gruß sagte Professor Szepeck: »Merkwürdig, ich wollte Sie auch gerade anrufen, Herr Fink.«

»Tatsächlich?« fragte Sebastian aufgeregt.

»Ich vermute, wir haben dasselbe Anliegen«, sagte Szepeck.

»Maik Keilenweger?«

»So ist es.«

»Wenn Sie wollen – wir könnten uns sofort treffen«, sagte Sebastian.

»Ich bitte darum. Sie finden mich in dem kleinen Park in der Martini Straße, gegenüber vom Haupteingang zum UKE, da haben wir Ruhe.«

In einem abgewetzten Sakko und einer dünnen Cordhose stand der Mann neben einer Parkbank. Es war das erste Mal, dass Sebastian den Professor in Alltagskleidung, ohne seinen weißen Kittel, sah. Wäre er ihm zufällig auf der Straße begegnet, er hätte Szepeck vermutlich gar nicht erkannt.

Der Professor bot ihm einen Platz auf der gusseisernen Bank an und setzte sich dann selbst.

»Sie haben mich neulich kontaktiert«, begann Sebastian, »erinnern Sie sich? Nachdem Sie im Körper von Maik Keilenweger die Metastasen gefunden hatten.«

Der Professor nickte. »Genau darum geht es. Deswegen habe ich Sie vorhin angerufen.« Er schaute sich kurz um, bevor er weitersprach: »Ich habe weitere Untersuchungen getätigt und dabei etwas festgestellt.« Er senkte die Stimme. »Im Blut von Herrn Keilenweger befinden sich Rückstände einer chemischen Substanz.«

Ohne die Zusammenhänge zu verstehen, wusste Sebastian sofort, dass sich hinter dieser Information etwas Großes verbarg.

In einem für ihn untypischen ruhigen Tonfall erklärte der Professor, er habe mit dem Kollegen aus der Toxikologie, Dr. Rettenbach, gesprochen und erfahren, dass es sich bei den Rückständen um das Medikament Perapholllintex handelte.

»Nie gehört«, sagte Sebastian.

»Es wird zur Bekämpfung von Krebs eingesetzt«, erklärte Szepeck.

Sebastian lehnte sich zurück. Schon sehr seltsam. Nicht nur, dass Ehefrau, Tochter und Sohn nichts von

Keilenwegers Krebserkrankung wussten. Der Mann war auch nirgends in Behandlung gewesen, Kollege Sörensen hatte das gecheckt. Sebastian war daher immer davon ausgegangen, dass Keilenweger nicht wusste, dass seine Tage gezählt waren. Aber wie war die Substanz in seine Blutbahn geraten?

»Das ist aber noch nicht alles«, sagte Szepeck und schaute nach links, wo Kinder auf einem Spielplatz schreiend die Rutschbahn enterten. »Die Rückstände im Blut deuten auf eine ungewöhnlich hohe Dosis hin.«

Sebastian fiel ein, dass er davon gelesen hatte, dass ein Medikament gegen Krebs unter Umständen auch das Gegenteil auslösen und krebsfördernd wirken könnte.

Szepeck bestätigte: »Ein Medikament, das über längere Zeit zu hoch dosiert wird, kann Krebs erzeugen, das ist richtig. Ein Arzt weiß das, deshalb würde er es auf keinen Fall in solchen Mengen verschreiben.«

Sebastian merkte, wie ihn eine leise, eigenartige Euphorie erfasste. Was der Professor erzählte, bestätigte seinen Verdacht, dass da etwas nicht stimmte.

»Wie wird so etwas verabreicht?«, fragte er. »Könnte es sein, dass jemand anderes als ein Arzt dieses Medikament verabreicht hat? Und wie kommt man an das Mittel?«

»Ich wüsste nicht, wie man sich als Nichtmediziner Zugang dazu verschaffen kann, aber es ist sicherlich nicht auszuschließen. Man kann es unterschiedlich verabreichen.«

»Weiß man ungefähr, wann Keilenweger das Medikament eingenommen hat?«, fragte Sebastian.

»Seit etwa sechs Monaten. In regelmäßigen Abständen.«

An der Rutsche stritten zwei Kinder, wer sie zuerst benutzen durfte.

»Hätte nach Ihrer Einschätzung der Krebs zu Keilenwegers Tod geführt?«, fragte Sebastian.

Der Professor nickte vorsichtig: »Selbst wenn er jetzt ins Krankenhaus gekommen wäre, hätte man nicht mehr viel machen können. Ich habe mich schon gefragt...« Der Professor brach ab.

An der Rutsche begann ein Kind laut zu weinen.

»Was haben Sie sich gefragt?«

»Na, ob Herr Keilenweger das Zeug vielleicht selber eingenommen hat?«

»Um sich umzubringen?« Sebastian schüttelte den Kopf. »Nein. Wenn er sich hätte umbringen wollen, hätte er das anders gemacht.«

Nach allem, was Sebastian inzwischen über Maik Keilenweger wusste, wollte der Mann nicht sterben. Nichts deutete darauf hin. Sebastian war sich fast hundertprozentig sicher.

Der Professor und er schauten einen Moment schweigend ins leuchtende Grün des Parks. Es war klar, was sie dachten, sie brauchten es nicht auszusprechen: Irgendjemand hatte versucht, Maik Keilenweger zu vergiften.

Weil jeder Parkplatz besetzt war, stellte Sebastian sein Auto ins Halteverbot. Er hatte nicht bedacht, dass an einem Sonntagnachmittag bei Sonnenschein halb Hamburg unterwegs war und um die Außenalster rannte. Im ersten Moment wollte er gleich wieder umkehren, aber dann fiel ihm der Holzsteg ein. Er marschierte über den breiten Rasen, vorbei an Liebespaaren, die engumschlungen auf ihren Decken lagen, an kleinen Gruppen, die im Kreis saßen, rauchten und lachten, an einzelnen Personen, die ihr Gesicht der Sonne entgegenstreckten, ihre Nase ins Buch steckten oder schliefen. Die Atmosphäre war so mild wie der warme Wind, der in das frische Frühlingslaub der Kastanien, Linden und Eichen fuhr.

Am Ende des Stegs hatte man den besten Blick auf das Wasser. Natürlich war der Platz besetzt. Ein Paar saß dort, händchenhaltend. Trotzdem ging Sebastian den Steg bis zum Ende. Die zwei gaben sich gerade einen langen Kuss. Auf dem Holz lag eine Tasche, darauf ein Autoschlüssel. Als sie die Lippen voneinander lösten, sagte Sebastian: »Ihr wollt nicht zufällig gerade gehen?«

Die beiden Köpfe drehten sich zu ihm um. »Doch«, sagten sie wie aus einem Mund. Sie schauten sich nach ihren Sachen um. Sebastian lächelte und sagte: »Danke schön.«

Er setzte sich an den äußeren Rand des Stegs und ließ die Beine baumeln. Er zog sein Hemd aus, legte sich nach hinten, streckte die Arme, spürte das warme Holz am Rücken und schaute in den Himmel. Irgendwann richtete er sich wieder auf, reckte sich, atmete tief durch und nahm sein Notizbuch aus der Tasche.

Nach dem Gespräch mit Professor Szepeck im Park

hatte Sebastian mit dem Toxikologen Dr. Rettenbach Rücksprache gehalten, um mehr über das Krebsmedikament zu erfahren. Der Mann meinte, dass man die flüssige und bitter schmeckende Lösung zum Beispiel in mehreren kleinen Dosen von jeweils einem Tropfen verabreichen könne. In einem Longdrink zum Beispiel, in einem starken Kaffee mit Cognac oder auch in einem süßen Milchgetränk wie Kakao würde der bittere Geschmack nicht auffallen.

Vom Wasser wehte eine kühle Brise. Sebastian überlegte. Eine Krankheit hätte gerade bei dem Manager mit seinem stressigen Beruf nicht wirklich verwundert. Und schon gar nicht einen Verdacht auf Mord aufkommen lassen. Der Mann wäre vorzeitig gestorben, einige hätten ihn furchtbar betrauert, und niemand hätte jemals erfahren, was wirklich passiert war. Es war ein perfider, ein sehr geschickter Plan, den sich jemand ausgedacht hatte. Aber wie so oft passierte dann etwas Unvorhergesehenes, und der Plan war durchkreuzt: Zwei Betrunkene fuhren Maik Keilenweger an, er fiel unglücklich und starb – bevor das Gift seine tödliche Kraft entfalten konnte. Nur weil die Leiche aufgrund des Unfalls in der Gerichtsmedizin untersucht worden war, kam nun die Wahrheit ans Licht.

Maik Keilenweger war tot, und eine Person, die einen Mordanschlag auf ihn verübt hatte, lebte unbehelligt weiter. Vermutlich sogar in der Nähe, irgendwo hier in der Stadt oder in der Umgebung.

Die möglichen Mordmotive blieben auch unter den neuen Umständen dieselben. Neu war nur die Frage, wer von den Verdächtigen die Möglichkeit gehabt hatte, so nah an Keilenweger heranzukommen, dass er ihm über einen längeren Zeitraum Tropfen in irgendwelchen Getränken verabreichen konnte, ohne dass er es merkte.

40

Wanda stand am Eingang zur Küche und schaute zur Eingangstür. »Was ist denn passiert?«

Sebastian hängte seine Jacke an den Garderobenständer. »Hast du schon gegessen?«

Wanda sah ihn an. »Stimmt etwas nicht?«

»Später.« Sebastian lächelte. »Ich wollte eine Zucchinipfanne machen.«

»Klingt spannend«, sagte Wanda.

Sebastian schaute sie an. Sie meinte es offenbar ernst. »Ich finde, es klingt eher langweilig«, erwiderte er, »aber es schmeckt gut und ist leicht.«

»Und hält schlank«, sagte Wanda. »Obwohl du nicht aussiehst, als müsstest du dir über dein Gewicht Gedanken machen. Das liegt wohl in der Familie. Außer meiner Cousine Erika musste eigentlich nie jemand Diät halten. Und trotzdem ist sie immer dicker geworden.«

Sebastian begann, die Zucchini zu waschen, Wanda legte ein Schneidbrett auf die Küchentheke und erzählte: »Erst wurde sie dünn, dann wieder dick. Dann wieder dünn, danach noch dicker. Man sollte mit so einem Mist gar nicht erst anfangen.«

Sebastian legte ihr die Zucchini hin: »Bitte in Scheiben schneiden.«

»Dick, dünn, mittel?«

Sebastian nahm Wanda das Messer ab, schnitt zwei Scheiben und sagte: »So ist es perfekt.«

»Also dünn.«

»Ich finde, sie sind mittel«, antwortete Sebastian, schüttete Reis in eine große Tasse, gab Wasser dazu und rührte mit dem Finger um.

Wanda schnitt das Gemüse. »Du nimmst braunen Reis?«

»Passt besser.« Er schüttete das Wasser wieder ab, gab den Reis in einen Topf und zwei Tassen frisches Wasser dazu.

»Wie deine Mutter«, lachte Wanda.

Als das Öl in der Pfanne heiß war, warf er die geschnittenen Zwiebeln hinein.

»Was kann ich tun?«, fragte Wanda.

Sebastian reichte ihr Parmesankäse und Reibe, schob die Zucchini vom Schneidbrett in die Pfanne und legte den Deckel drauf. In der Stille war nur der Käse auf der Reibe zu hören. Sebastian sagte: »Ich habe mich übrigens entschieden.«

Sie rieb weiter.

»Ich werde Mama und Papa nicht darauf ansprechen.«

Eine Sekunde war es still, dann war die Reibe wieder in Betrieb. »Was hat dich zu der Entscheidung gebracht?«, fragte Wanda.

»Die Dinge sollen bleiben, wie sie sind. Und Klara würde ja nicht wieder lebendig.«

Wanda lächelte. »Ich glaube, deine Entscheidung ist richtig.«

Als sie sich mit dem Essen und einer Flasche Weißwein an den kleinen Tisch auf den Balkon setzten, zündete Wanda eine Kerze an.

»Auf Klara«, sagte Sebastian und hob sein Glas.

»Auf Klara«, wiederholte Wanda. »Wo immer sie jetzt sein mag.«

41

Am Montagmorgen kamen Sebastian, Jens und Pia nacheinander in den Besprechungsraum. Es war kurz nach acht Uhr, als die Chefin Eva Weiß die Tür schloss, in Richtung der leeren Stellwände nickte und sie Sebastian fragte: »Warum sind wir hier?«

Knuth Bender und Peter Baumgartner hatten gestanden, Fotos und Notizblätter waren längst abgehängt. Bevor Sebastian etwas antworten konnte, fuhr Eva Weiß fort: »Maik Keilenweger ist durch einen Unfall gestorben, die Akten sind geschlossen, wir haben genug zu tun.«

»Aber es gab einen Mordversuch«, warf Jens ein.

Eva Weiß sah ihn an, als hätte ein eigenartiges Wesen etwas vollkommen Unverständliches gesagt. Dann fragte sie: »So?«

Sebastian wusste, dies war die letzte Gelegenheit. Er sagte: »Frau Weiß, Sie haben mehr Erfahrung als wir alle zusammen und wissen, was langfristig am besten ist.«

Eva Weiß sah ihn mit ihren kleinen Augen scharf an. »Was wollen Sie damit sagen, Herr Fink?«

»Es ist so: Wir haben in Erfahrung gebracht, dass ein Mordversuch stattgefunden hat.«

»Sie vermuten es«, korrigierte sie.

»Wir alle arbeiten doch hier, weil wir aufklären wollen. Und warum wollen wir das?« Er schaute sie direkt an. »Warum wollen Sie Morde aufklären, Frau Weiß?«

Irritiert schüttelte sie den Kopf. »Kommen Sie zum Punkt, Herr Fink.«

»Wollen wir jetzt einen Menschen, der auf perfide, heimtückische Weise versucht hat, einen anderen Menschen umzubringen, frei herumlaufen lassen, nur weil das Opfer zuvor auf andere Weise tragisch ums Leben gekommen ist? Soll das Pech des Opfers das Glück des Mörders sein?«

Frau Weiß schaute auf ihre Hände. Bevor sie noch einmal unterbrechen konnte, zählte Sebastian drei Gruppen auf, in die man die verdächtigen Personen und ihre Motive einteilen konnte: die Familie Keilenweger, die Reederei Köhn und die Umweltorganisation Ökopolis. Hier war der Täter zu suchen.

Zum Beispiel der Manager Alberto Cruz-Schneider, zuständig für das Südeuropa-Geschäft der Reederei Köhn. Durch den Tod des Chefs konnte er seinen Job behalten, während seine Karriere unter Keilenweger beendet gewesen wäre. Cruz-Schneider hätte die Möglichkeit gehabt, Keilenweger täglich das Medikament zu verabreichen. Ob es in der Firma weitere Personen gab, die ebenfalls ein so deutliches Motiv hatten, wäre noch zu überprüfen.

Zum Beispiel Constanze Keilenweger. Sie versicherte, mit ihrem Mann in Harmonie gelebt zu haben, obwohl sie von seiner Geliebten wusste. Der Tod ihres Mannes bescherte ihr auf einen Schlag ein reiches Erbe – mit erst neunundvierzig Jahren hatte sie für den Rest ihres Lebens ausgesorgt. Die Frau hatte nicht nur ein Motiv, sondern auch ausreichend Möglichkeiten, das Gift in kleinen Dosen zu verabreichen.

Von Constanze Keilenweger war es nicht weit zu ihrem Geliebten Björn Nyström. Er profitierte finanziell auf indirekte Weise und konnte – wie Jens schon angemerkt hatte – langfristig noch ganz andere Ziele erreichen: Sollte er Constanze heiraten und ihr irgendwann etwas zustoßen, würde der ganze Zaster mit großer Wahrscheinlichkeit ihm zufallen. Vom Kellner zum Millionär sozusagen. Aber hatte Björn Nyström die Möglichkeit, Keilenweger das Gift einzuträufeln? Auf den ersten Blick war die Antwort nein. Doch wenn man bedachte, wie oft der Mann sich im Wohnhaus des Ehepaars aufhielt, sah die Sache schon anders aus. Der Schwede gehörte nach wie vor auf die Liste der Verdächtigen.

Ebenso Keilenwegers Kinder Henning und Gesa. Ihr Motiv könnte Habgier sein. Der Zeitpunkt des Todes des Vaters war für sie günstig. Ihre Erbschaft war jetzt höher, als es vermutlich später der Fall gewesen wäre, wenn die neue Frau und das zu erwartende Kind berücksichtigt worden wären. Allerdings war zu bedenken, dass die Geliebte zum Zeitpunkt der Giftabgabe noch nicht schwanger gewesen war. Gleichwohl hätte man da vielleicht schon mit einer Schwangerschaft rechnen können. Aber ob das für ein Motiv reichte, schien vorerst noch unklar. Der Sohn war jedenfalls schwer zu durchschauen. Und ganz sicher hatte er Zugang zu seinem Vater und durch seinen Medizinerberuf auch Zugang zum Medikament. Seine Schwester Gesa war ebenfalls schwer einzuschätzen. Die Goldschmiedin wirkte freundlich und sensibel. Sie könnte ein verkapptes Problem damit gehabt haben, dass ihr Vater eine Geliebte hatte, die jünger war als sie selbst. Auch sie hatte die Möglichkeit, regelmäßig ein Medikament einzuschmuggeln.

Der Organisation Ökopolis, dem dritten Kreis der Verdächtigen, war Maik Keilenweger ein Dorn im Auge. Hier gab es zahlreiche Motive, den Reederei-Chef zu beseitigen, auch wenn dabei klar war, dass sein Tod auf die Umweltproblematik kaum eine Auswirkung haben würde. Trotzdem könnte hier ein Motiv liegen, nämlich: ein Exempel zu statuieren. Keiner der Reeder – allesamt für die Umweltverschmutzung mitverantwortlich – sollte sich mehr sicher fühlen, solange die Schiffsemissionen das Leben von unschuldigen Menschen bedrohte. So könnten einige radikale Aktivisten denken. Blieb die Frage: Hatten die Aktivisten überhaupt einen direkten Zugang zu Keilenweger? Wohl kaum. Es sei denn, es gäbe eine bislang unbekannte Verbindung zwischen ihm und einem Mitglied der Organisation. Immerhin hatte es einmal ein Treffen zwischen Maik Keilenweger und den Ökopolis-Leuten gegeben, das hatten Roswitha Bischof, die Sekretärin, und Henning Keilenweger, der Sohn, erzählt.

Sebastian hatte all das vorgebracht, ohne dass Eva Weiß ihn unterbrochen hätte. Jetzt legte er eine Kunstpause ein, schaute die Chefin an und sagte: »Wir sind so nahe dran, einen Menschen zu fassen, der wegen versuchten Mordes verurteilt werden müsste. Alles, was wir brauchen, sind ein paar Tage Zeit.«

»Zeit?« Die Stimme von Eva Weiß schlitterte in eine höhere Tonlage. »Ich muss mich gegenüber dem Polizeipräsidenten verantworten, das wissen Sie.« Sie schaute Sebastian an, dann Jens, dann Pia, als hoffte sie, dass einer von ihnen einlenken würde. Aber alle drei blieben stumm wie die Fische.

»Also gut«, sagte sie. »Drei Tage.« Sie stand auf. »Ich schenke Ihnen drei volle Tage. Dann wissen Sie, wer es war.«

»Fünf?«, fragte Sebastian.

Frau Weiß bewegte ihre Schultern. »Ich sagte: drei.«

Sebastian wagte noch einen Versuch und sagte: »Vier?«

»Herr Fink! Also gut. Vier volle Tage und keine Sekunde länger.«

42

Der Regen peitschte gegen die Fensterwände. Von der Außenwelt war nichts mehr zu sehen. Und Roswitha Bischof sackte auf ihren Stuhl. »Vergiftet?« Sie schaute Sebastian ungläubig an. »Das ist ja entsetzlich.«

Er fragte die Chefsekretärin, wann das Treffen zwischen Maik Keilenweger und den Aktivisten von Ökopolis, welches sie neulich erwähnt hatte, stattgefunden habe. Frau Bischof stand wie mechanisch auf, fuhr mit dem Finger an einer Reihe von Ordnern entlang, zog einen hervor, schob ihn wieder zurück, zog einen anderen hervor, öffnete ihn halb, nickte und legte ihn mit einem Seufzen vor Sebastian auf den Schreibtisch. »Gleich obenauf ist die Aktennotiz über das Treffen«, sagte sie und zeigte auf das Datum. »Das war im letzten Oktober, also vor etwas über einem halben Jahr. Und wenn Sie hier einmal schauen wollen …« – sie blätterte zwei Seiten um – »… da ist sogar eine Liste mit den Namen der Teilnehmer.«

Die Notizen waren handschriftlich verfasst, und Keilenweger hatte eine Sauklaue. Als Sebastian hilfesuchend Frau Bischof anschaute, sah er, dass sie Tränen in den Augen hatte.

»Was für ein Alptraum«, sagte sie leise. »Warum machen Menschen so etwas?« Dann räusperte sie sich, entschuldigte sich und fragte: »Soll ich es Ihnen abtippen?«

»Das wäre sehr freundlich. Und vielleicht könnten Sie es mir eben einmal vorlesen, bitte.«

Roswitha Bischof fingerte nach ihrer Lesebrille, die an einer Kette um ihren Hals hing, und beugte sich neben Sebastian über den Ordner. Er roch ihr leichtes, unaufdringliches Parfüm. Während der Regen unvermindert gegen die Fenster prasselte, als würde er nach jemandem klopfen, der hier nicht mehr anzutreffen war, las Frau Bischof: *»2. Oktober, Café Namenlos, 17.00 bis 18.20 Uhr. Treffen mit Umweltaktivisten. Hab zunächst sie sprechen lassen. Leider nur das Übliche. Auf meine Argumente, obwohl freundlich verpackt: keine Reaktion. Aktivisten verblendet, aber nicht dumm. Teilweise nicht mal unreizvoll.«*

Sebastian unterbrach: »Was soll das heißen: ›Teilweise nicht mal unreizvoll‹?«

»Das weiß ich leider auch nicht«, antwortete Roswitha Bischof nach einem kurzen Zögern, das verriet, dass sie dasselbe dachte wie Sebastian. Sie schaute wieder auf das Notizblatt. »Es könnte sich sowohl auf das geistige Potential als auch auf äußere Reize beziehen.«

»Würde es zu Herrn Keilenweger passen, Dinge wie äußere Reize in einer Notiz festzuhalten?«

»Nein«, versicherte Frau Bischof.

»Aber Sie schließen es auch nicht aus?«

Ihr Blick sagte, dass sie es wohl nicht ausschließen konnte.

Am Ende der Notiz folgte eine Reihe von Namen. Die Sekretärin las sie vor: »*Stefan Knaup, Thomas Wesselflicker, Elisabeth Reetz, Gernod Hitzacker, Manuela Kern, Atze Braun, in Klammern: Besitzer der Kneipe.*«

»Kennen Sie jemanden von diesen Leuten?«, fragte Sebastian.

Während die Sekretärin den Kopf schüttelte, erinnerte Sebastian sich an die Frau auf dem Podium, die mit Vornamen Elisabeth hieß. Eine attraktive und intelligente Person. Sebastian notierte sich den Namen Elisabeth Reetz und erkundigte sich bei Frau Bischof, ob Herr Keilenweger sich vielleicht noch einmal mit den Aktivisten oder auch nur mit einzelnen von ihnen getroffen haben könnte.

Die Sekretärin sah ihn erstaunt an. »Warum sollte er?«

»Vielleicht weil er eine der teilnehmenden Frauen nicht ganz unreizvoll fand?«

Roswitha Bischof machte ein Gesicht, als glaubte sie, nicht richtig gehört zu haben. »Das halte ich für unwahrscheinlich.« Sie schaute aus dem Fenster. Ohne Sebastian anzusehen, sagte sie: »Ihr Bild von Herrn Keilenweger ist nicht ganz korrekt. Sie wissen, er war kein perfekter Ehemann. Aber er war kein Frauenheld. Er lebte für die Firma. Er hätte nichts vermischt. Für die Firma tat er alles, da war er kompromisslos. Entschuldigung.« Frau Bischof wandte sich ab und schneuzte sich.

Der Regen ließ nach, in Umrissen tauchte das Hafenpanorama wieder auf. Sebastian entschuldigte sich und ging hinüber in den gläsernen Sitzungsraum, um zu telefonieren.

Die Büros waren nur zur Hälfte besetzt. Unmittelbar nach der Besprechung mit Eva Weiß hatten Sebastian und sein Team jeden einzelnen Mitarbeiter der Reederei Köhn aufgefordert, sich zu einer Anhörung im Polizeipräsidium zu melden, und einige hatten es offenbar bevorzugt, gleich von zu Hause aus hinzufahren. Jens und Pia waren sicher noch dabei, die Befragungen im Präsidium mit den Kollegen zu koordinieren und durchzuführen.

Sebastian rief im Präsidium an, bekam Jens an den Apparat und erkundigte sich nach dem Stand der Ermittlungen. Das bislang einzig Erwähnenswerte war offenbar eine Andeutung, die ein Reedereimitarbeiter über die Praktikantin Penelope Heister gemacht hatte. Angeblich hätte sie jede Gelegenheit genutzt, um den Chef anzubaggern. Sie sei mehrmals allein bei ihm im Büro gewesen. Die Praktikantin war auf der Liste der zu Vernehmenden für den Nachmittag vorgesehen, daher war sie vermutlich im Moment noch im Büro der Reederei.

Sebastian ging wieder zu Frau Bischof, die an ihrem Platz saß und auf den Computerbildschirm starrte.

»Was die Kollegen so reden«, antwortete sie und schüttelte den Kopf. »Bei einem so hübschen, jungen Ding wie Frau Heister entstehen solche Gerüchte doch von selbst. Aber ich kann bestätigen: Herr Keilenweger hat Frau Heister zweimal zu einer Tasse Kaffee in sein Büro gebeten. Dass er sich mit Mitarbeitern gelegentlich alleine unterhielt, war bei ihm normal. Ein guter Chef macht das so.« Sie sah zu Sebastian hoch. »Soll ich schauen, ob Frau Heister im Hause ist?«

Während Frau Bischof telefonierte, dachte Sebastian, dass jetzt ein guter Moment war für eine Frage, die er bisher zu stellen versäumt hatte. Nachdem die Chefsekretärin aufgelegt und die Anwesenheit der Praktikantin bestätigt hatte, sagte er: »Wie war eigentlich Ihr Verhältnis zu Herrn Keilenweger, Frau Bischof?«

Sie überlegte. Dann lächelte sie. »Wenn Sie mir diese Frage vor ein paar Jahren gestellt hätten, hätte ich Ihnen eine andere Antwort gegeben, als ich es jetzt tue. Als Herr Keilenweger die Position des Seniors übernahm, mussten wir beide uns erst einmal aufeinander einstellen. Das hat etwas gedauert. Ich war nun mal die Arbeitsweise des Herrn von Köhn gewohnt, und Herr Keilenweger hatte eine andere Art. Aber das ist auch normal. Die letzten Jahre sind völlig reibungslos verlaufen.« Sie betrachtete ihre Fingernägel, auf denen ein Schimmer lag. »Wissen Sie«, sagte sie, »in weniger als drei Jahren gehe ich in Rente, da kann ich mir wahrlich Besseres vorstellen, als mich noch einmal auf einen neuen Chef einzustellen. Ich wäre sehr froh, wenn Herr Keilenweger noch lebte.« Wieder traten ihr die Tränen in die Augen. Sie presste die Lippen aufeinander und nickte ihren Worten hinterher. »Frau Heister ist übrigens auf der Raucherterrasse.«

Sebastian nahm die Treppe in den nächsten Stock und öffnete eine Eisentür. Die langgezogene Terrasse führte um den Aufbau herum, war teilweise überdacht und menschenleer. Sebastian ging nach links, ging weiter, gelangte um die nächste Ecke: wieder niemand. Er schaute über das Geländer in die Tiefe. Viele Leute waren mit Schirm unterwegs, von hier oben sah man nur schwarze und ein paar bunte Tupfer im trüben Tageslicht, manche Autos hatten ihre Scheinwerfer angeschaltet. Sebastian ging weiter. Als er um die nächste Ecke bog, sah er sie. Vollkommen reglos, ihm den schmalen Rücken zugekehrt, stand sie am Geländer.

»Frau Heister?«, sagte Sebastian.

Die Frau reagierte nicht. Vielleicht hatte das Rauschen der Stadt oder der Wind, der hier oben wehte, seine Stimme übertönt. Langsam kam er näher, aber sie schien ihn nicht zu bemerken. Sie schaute in die Ferne, wo die Landschaft hinter Elbe und Hafen in einem tiefen Grau versank.

»Frau Heister?«, wiederholte Sebastian, als er nur noch zwei Meter von ihr entfernt war. Sie trug eine Wollmütze, unter der ihr langes, schwarzes Haar hervorschaute, das seidig glänzend über den braunen, eng geschnittenen Sommermantel fiel.

»Entschuldigung, sind Sie Penelope Heister?«

Langsam drehte sie den Kopf und sah Sebastian an. Ihre großen, dunklen Augen waren von langen Wimpern umrahmt und drückten eine tiefe Traurigkeit aus. Die Nase war ein wenig zu klein, und die Lippen sehr rot, ohne dass sie geschminkt aussahen. Natürlich hatte der Chef es auf sie abgesehen, dachte Sebastian.

Er stellte sich vor, und Penelope Heister schien nichts Besonderes daran zu finden, hier oben einen Kriminalkommissar anzutreffen. »Wahrscheinlich können Sie sich denken, warum ich mit Ihnen sprechen will?«, sagte Sebastian.

Sie wandte sich wieder ab und schaute melancholisch in die Ferne. Sebastian lehnte sich neben sie ans Geländer und schaute in dieselbe Richtung. Vielleicht verging eine ganze Minute, bis die Frau plötzlich sagte: »Ja.« Eine schwarze Strähne hatte sich aus ihrer Frisur befreit, flatterte im Wind, wurde wieder eingefangen und hinters Ohr gelegt. »Ich habe ihn sehr gemocht«, sagte sie.

»Kannten Sie ihn schon, bevor Sie hier arbeiteten?«, fragte Sebastian.

Die Frau zog die Augenbrauen ein wenig zusammen. »Wie kommen Sie darauf?« Sie zog eine Packung Zigaretten aus der Manteltasche, hielt Sebastian beiläufig die Schachtel hin und zündete sich, nachdem er abgelehnt hatte, eine an. »Ich habe Herrn Keilenweger auf einem Betriebsfest kennengelernt«, sagte sie und pustete den Rauch aus. »Ich habe dort als Kellnerin gejobbt.«

Wie Isabelle Seidel, dachte Sebastian. Penelope Heister lehnte sich an das Geländer und schaute ihn an. »Herr Keilenweger hat mich gefragt, was ich so mache, wenn ich nicht kellnere. Ich habe ihm gesagt, dass ich einen Praktikumsplatz suche. Da hat er mir die Stelle in der Reederei angeboten.« Sie schaute auf die Zigarette in ihrer Hand, dann wieder zu Sebastian. »Nein, ich habe nicht mit ihm geschlafen. Ich habe mich ganz normal beworben und die Zusage bekommen.«

»Wann haben Sie angefangen?«

»Vor fast einem Jahr.«

»So lange läuft ein Praktikum?«

»Ich habe es verlängert bekommen.«

Logisch, dachte Sebastian. »Wie hat sich in dieser Zeit Ihr Verhältnis zu Herrn Keilenweger entwickelt?«

Sie schnippte die Asche von ihrer Zigarette. »Sie können denken, was Sie wollen.«

»Ich denke gar nichts. Also?«

Sie schwieg.

»Ihre Kollegen sagen, Sie hätten sich an den Chef rangeschmissen.« Sebastian war gespannt, wie sie auf diese Provokation reagieren würde.

Sie verzog das Gesicht, aber nur ein wenig. »Sollen sie doch.«

»Wäre ja auch völlig vernünftig, das zu tun«, sagte Sebastian.

»Das meinen Sie nicht ernst.« Die Praktikantin sah ihn ungläubig an.

»Die Leute da unten in den Büros, die tun alles, um beruflich weiterzukommen. Man spricht nur nicht darüber.«

Die Frau hielt die Glut ihrer Zigarette in eine kleine Wasserlache auf dem Geländer. Es zischte. Dann holte sie aus ihrer Manteltasche eine kleine Dose, öffnete den Deckel, legte die Kippe zu den anderen Kippen, schloss die Dose wieder, prüfte, ob sie wirklich zu war, und ließ sie wortlos verschwinden.

»Umweltfreundlich«, sagte Sebastian.

»Eben.«

»Sie wissen, dass die Frachtschiffe jede Menge Dreck in die Luft pusten.«

»Ja, und leider tun das nicht nur Schiffe.«

»Aber eben auch die Schiffe der Reederei Köhn.«

»Was wollen Sie damit sagen?«

»Ist es nicht ein Widerspruch, sich um die Umwelt zu sorgen und gleichzeitig bei einer Reederei zu arbeiten?«

»In der heutigen Zeit zu existieren und gleichzeitig die Natur zu lieben ist überhaupt ein Widerspruch.«

Sebastian dachte an die Frau von Ökopolis auf dem Podium. Sie hätte jetzt einen flammenden Vortrag gehalten. »Wie oft waren Sie mit Herrn Keilenweger allein?«, fragte Sebastian.

»Wie bitte?«

»Nur eine Frage.«

»Fast nie.«

»Wie oft genau? Antworten Sie bitte.«

»Privat – nie. Im Büro – ein einziges Mal.« Nach einer Pause fügte sie hinzu: »Wir haben zusammen eine Tasse Kaffee getrunken. – Na, geht jetzt die Phantasie mit Ihnen durch?«

»Sie brauchen mir nur zu erzählen, was war.«

»Das war: ein Kaffee. Er hat gefragt, ob mir das Praktikum Spaß macht. Ich habe ›ja‹ gesagt.«

»War Frau Bischof dabei?«

»Nein. Sie war gar nicht im Hause. Ich habe den Kaffee selbst gemacht.«

»Sie bleiben dabei: nur ein Mal?«

»Mir ist kalt.« Sie sog die Luft tief ein. »Ein Mal. Darf ich jetzt runter?«

Als Sebastian ihr hinterhersah, dachte er: Sie lügt.

43

Sebastian zog das Blatt hervor, faltete es auseinander und las noch einmal die Notiz von Maik Keilenweger zum Treffen mit den Umweltaktivisten in der Kneipe *Namenlos* in Eimsbüttel. Dann schaute er durch die Windschutzscheibe über die Kreuzung auf die gegenüberliegende Straßenseite. Das fünfstöckige Wohnhaus war ein sanierter Altbau mit Erkern und stuckverzierter Fassade. Die alternative Kneipe im Erdgeschoss kam ihm vor wie ein altmodisches Überbleibsel, ein zurückgebliebenes Individuum in einer frisch renovierten Umgebung. Jetzt, zur Nachmittagszeit, war das *Namenlos* noch geschlossen. Aber die Tür war angelehnt, Sebastian hatte sich angemeldet und wurde erwartet.

Er drückte die Tür auf. Es roch nach Bier und abgestandenem Zigarettenqualm. Niemand war zu sehen. Er stellte sich an die Theke und schaute sich um. An den Wänden hingen vergilbte Plakate, Erinnerungsstücke an Protestkundgebungen und Friedensdemonstrationen. Auf einer Tafel neben dem Durchgang zu den Toiletten waren mit weißer Kreide die Fußballergebnisse vom vergangenen Samstag notiert. Sebastian ging um die Theke herum, um sich die Flaschen im Regal anzusehen. Liköre, Whiskey, Wodka, Rum – alles da. Am späten Nachmittag des zweiten Oktober könnte Keilenweger etwas davon gekippt haben, ohne zu wissen, dass der Alkohol von einem Unbekannten mit einer giftigen Substanz angereichert worden war. Das wäre dann vielleicht die erste Dosis gewesen. Leider hatte Keilenweger nichts über die von ihm konsumierten Getränke notiert.

Ein kurzer, dumpfer Ton war zu hören. Sebastian drehte sich um. Es klang, als wäre im Nachbarraum etwas auf den Boden gefallen. Sebastian bewegte sich lautlos durch den Kneipenraum und blieb an einer breiten Schiebetür stehen, die geschlossen war. Er horchte. Alles still. Vorsichtig fasste er an das dunkle Holz und schob einen der beiden Flügel auf.

Der quadratische Raum war von einem diffusen Licht erfüllt, was daran lag, dass die Fenster über und über mit Flugblättern beklebt waren. Die Holztische waren in einem großen U angeordnet, drum herum Stühle gruppiert. Hinten rechts in der Ecke befand sich ein hohes Regal, das mit Büchern und Ordnern so vollgestopft war, dass sich die Bretter bogen. Die Frau davor war großgewachsen, schmal, trug ein enganliegendes Kleid mit Streublümchen, eine Hochsteckfrisur und wandte ihm den Rücken zu. Sie war dabei, ein Buch ins Regal hineinzupressen, vermutlich jenes Exemplar, das eben auf den Boden gefallen war und den Lärm verursacht hatte. Als sie es geschafft hatte, wanderte ihr Zeigefinger ein paar Zentimeter weiter, stoppte, und ihre Hand zog ein anderes Buch heraus. Sie musterte den

Buchrücken, pustete über die geschlossenen Seiten und sagte: »Treten Sie ruhig näher.«

»Guten Tag, Frau Reetz«, sagte Sebastian.

Die Frau schaute ihn ausdruckslos über ihre Schulter hinweg an und stellte fest: »Sie sind Sebastian Fink.«

Er nickte. »Schön, dass Sie Zeit für mich gefunden haben.«

Sie wandte sich wieder den Büchern zu. »Worum geht es?«

Das fängt ja gut an, dachte Sebastian und schob die Hände in die Hosentaschen. »Haben Sie irgendetwas mit der Kneipe zu tun?«, fragte er, um wenigstens ein paar Worte gewechselt zu haben, bevor er zur Sache kam.

»Sind Sie gekommen, um das zu fragen?«, gab Elisabeth Reetz nach einer Pause zurück.

»Es sieht aus, als wären Sie hier für die Bücher zuständig«, sagte er und dachte, dass es etwas patzig geklungen haben könnte.

Sie schob das Buch an seinen Platz zurück, musterte das nächste, schien sich aber nicht entscheiden zu können, ob es sie interessierte.

»Es geht um Maik Keilenweger«, sagte er.

Mit dem Finger wanderte sie eine Buchreihe tiefer.

»Sie wissen, dass Herr Keilenweger tot ist?«, insistierte er.

»Klar. Stand ja vor ein paar Tagen in der Zeitung. Und heute habe ich gelesen, dass inzwischen die Kripo ermittelt.«

Das stimmte leider. Das Abendblatt hatte eine neue

Meldung gebracht. Er sagte: »Am zweiten Oktober fand hier, im *Namenlos,* zwischen Ihnen, Herrn Keilenweger und anderen Mitgliedern Ihrer Gruppe ein Treffen statt. Erinnern Sie sich?«

»Leider. Ich habe selten mit einem bornierteren Menschen gesprochen.«

»Worum ging es?«

Elisabeth Reetz drehte sich zu ihm um und schaute ihn mit wachen braunen Augen an. »Ich bin Ihnen gegenüber zu keiner Auskunft verpflichtet.«

Jurastudentin, dachte er. Pia hatte es Sebastian kurz vor seinem Treffen gesteckt. Jurastudenten waren meist unverbesserlich und wollten ihr gerade erworbenes Wissen ausprobieren – »kann nervig sein«, hatte Pia gesagt.

Er trat zu Elisabeth Reetz ans Regal, legte den Kopf schief und betrachtete die Buchrücken. »Warum sind die eigentlich so verstaubt?«

Die Frage schien die Frau zu irritieren, aber sie gab keine Antwort.

»Liest die außer Ihnen niemand mehr?« Er konnte der Versuchung nicht widerstehen, diese eingebildete Frau auf ihrem hohen Ross zu piksen.

Ihre Augen musterten ihn. Ob sie sich jetzt erinnerte, dass sie ihn bei der Versammlung am Holstenwall gesehen hatte?

Ohne ihn aus dem Blick zu lassen, sagte sie: »Herr Keilenweger wollte uns weismachen, dass seine fetten Schiffe harmlos wie Segelboote wären.« Dann wandte sie sich wieder ab und betrachtete die Bücher.

Sebastian merkte, dass er langsam ärgerlich wurde,

aber er beherrschte sich. Er würde dieser Frau keine Angriffsfläche bieten. Eher würde er seine Gereiztheit dazu nutzen, sie noch ein bisschen mehr zu provozieren: Vielleicht war auf diesem Weg eine Verbindung herzustellen. »Hat Herr Keilenweger Sie beeindruckt?«, fragte Sebastian Frau Reetz. »Hat er Sie überzeugt?«

Sie sah ihn ungläubig an. »Das meinen Sie doch nicht im Ernst?«

Sebastian zuckte die Achseln. »Schiffe sind im weltweiten Handelsverkehr nun mal die saubersten Transportmittel – das weiß jeder.«

Die Frau wandte sich ab und starrte auf die Bücherwand. Sebastian begann innerlich zu zählen: Zehn, neun, acht, sieben … und dann sagte Elisabeth Reetz: »Haben Sie eigentlich eine Ahnung, wie viele Schiffe in diesem Moment auf den Weltmeeren unterwegs sind?«

»Lassen Sie mich raten…«

»Ich bitte darum.« Sie sah ihn herausfordernd an.

»Fünftausend? Sechstausend?«

Sie verdrehte die Augen.

Er hatte tatsächlich überhaupt keine Ahnung. Er sagte: »Zehntausend?«

»Wie die meisten Menschen wissen Sie gar nichts, und das ist das Problem.«

»Okay, wie viele sind es denn nun?«

»Fast einhunderttausend! Containerschiffe, Stückgutfrachter, Schwergutfrachter, Fähren, Kühlschiffe, Kreuzfahrtschiffe, Chemikalien- und Öltanker, Zementtanker, Gastanker, Feederschiffe, Massengutschiffe. Das ganze Meer bis zum Horizont voll mit Schiffen, Schornsteine und Rauchsäulen bis zum Horizont: Das ist kein Höllengemälde, das ist die Realität, in diesem Moment, den Rest des Tages, heute Nacht, morgen, übermorgen und so weiter, immer weiter und weiter. Das Schweröl, das da draußen verbrannt wird, ist der reinste Sondermüll, der giftige Rauch wäre an Land, wo man ihn sehen und riechen würde, niemals so erlaubt.« Elisabeth Reetz schnaubte verächtlich: »Das sauberste Transportmittel. Dass ich nicht lache.«

Sebastian dachte an die Argumente, die Roswitha Bischof genannt hatte: Gemessen pro Handelsgut, produzierten Schiffe weniger giftige Abgase als Flugzeuge oder Laster, und die negative Bilanz der Umweltschützer kam nur in der Gesamtsumme zustande, weil der Schiffsverkehr fünfundneunzig Prozent des globalen Handels ausmachte.

Elisabeth Reetz wandte sich mit verschränkten Armen zu ihm um. »Es ist ganz einfach, Herr Fink: Für die Schifffahrt müssen umweltsichernde Gesetze eingeführt und ihre Einhaltung streng kontrolliert werden.«

»Und warum wird das nicht gemacht?«

»Geld.«

»Das ist wohl leider wahr.«

»Aber wem nützt das Geld, wenn das Klima zerstört ist, wenn die Menschen gestorben sind?«

»Nun – bevor sie sterben, brauchen sie das Geld, um zu leben«, sagte Sebastian.

Elisabeth Reetz starrte ihn an. »Typen wie Keilenweger sind für die Menschheit eine Gefahr und müssen beseitigt werden – entschuldigen Sie die Formulierung.«

Das war tatsächlich eine gewagte Formulierung, dachte Sebastian. »Sie wollen die Natur schützen, aber ein Menschenleben ist nicht so wichtig?«

Die Frau schaute in den Raum hinein, als prüfte sie jedes einzelne seiner Worte. Dann sagte sie: »Ja, darüber sollte man tatsächlich mal nachdenken. – War es das?«

»Nicht ganz.« Sebastian machte einen Schritt zum Fenster. »Ich würde gerne wissen, ob Sie Herrn Keilenweger nur das eine Mal getroffen haben.«

»Wie?«

»Ob Sie sich vielleicht mehrere Male zusammengesetzt haben.«

»Natürlich nicht!«, stieß sie hervor. Ohne eine Erklärung ging sie um Sebastian herum und verließ den Raum. Sebastian überlegte, ob er ihr hinterhergehen sollte, doch noch bevor er zu einem Entschluss gekommen war, stand sie wieder da. Über ihrem Kleid trug sie jetzt eine Jeansjacke. Sie sagte: »Sind Sie nicht eigentlich aus einem ganz anderen Grund hierhergekommen, Herr Fink?«

Die Frage überraschte ihn. »Was meinen Sie?«, fragte er.

»Die Polizei interessiert sich doch für ganz andere Dinge in unserer Gruppe.«

Sebastian verstand immer noch nicht, worauf die Frau hinauswollte.

Sie schüttelte den Kopf: »Tun Sie doch nicht so unschuldig. Wie teuer ist denn ein Spitzel vom LKA?«

»Keine Ahnung«, antwortete er spontan und kapierte dann, was sie meinte. »Wenn Sie einen Spitzel in Ihrer

Gruppe vermuten, warum glauben Sie dann, dass es jemand vom Landeskriminalamt ist?«, fragte er.

»Woher denn sonst?«

»Von den Reedereien, zum Beispiel.«

Elisabeth Reetz erstarrte, und Sebastian dachte: Treffer.

»Unsinn«, antwortete sie. »Kompletter Unsinn.«

»Wirklich?«

»Natürlich. Es ist bekannt, dass das LKA Spitzel in linke Gruppierungen einschleust.«

Sebastian hielt den Ton vage, als er sagte: »Vermutlich haben Sie recht.«

Ihre Augen starrten für Sekunden ins Leere. Dann fragte sie ruppig: »War es das nun endlich?«

Er antwortete bewusst nicht. Er zog einen Stuhl heran und setzte sich. »Wo haben Sie damals mit Herrn Keilenweger gesessen?«, fragte er.

Elisabeth Reetz stöhnte. »Dort am Fenster. Ich muss los.« Sie ging zur Schiebetür.

»Was gab es zu trinken?«

Sie blieb stehen, drehte sich aber nicht um.

»Frau Reetz«, sagte er laut. »Sie sind Juristin und wissen sehr gut, dass ich Sie ohne weiteres vorladen kann, wenn Sie meine Fragen nicht beantworten.«

Sie drehte sich um, und wenn er ihre Miene richtig deutete, hätte sie ihm jetzt am liebsten irgendetwas ins Gesicht geschleudert.

»Überlegen Sie«, sagte Sebastian und fügte dann noch ein »bitte« hinzu.

Sie schob ihre Daumen in die Jackentaschen. »Keilenweger hat, wenn ich mich recht erinnere, Weißwein getrunken.«

»Welche Sorte?«

»Fragen Sie Atze, den Chef. Ich habe keine Ahnung, ich trinke überhaupt keinen Alkohol.«

»Sondern?«

»Immer ein großes Glas Milch!« Ohne sich zu verabschieden, verließ sie den Raum. Ihre Absätze waren zu hören, kurz darauf fiel die Eingangstür zu.

44

Als Elisabeth am Stadtpark aus dem Bus stieg, war sie nervös. Sie blieb auf dem Gehweg stehen und ließ die Fahrgäste an sich vorbeigehen. Der Bus fuhr ab und machte die Sicht frei auf das Waldstück, das auf der gegenüberliegenden Seite der Straße begann. Elisabeth überquerte die Straße, als würde sie mühsam durch Wasser waten.

Sie wollte nicht hier sein. Vor wenigen Tagen war alles noch in Ordnung gewesen. Es war ihr gutgegangen, und jetzt war alles durcheinander, undurchschaubar und nicht zu verstehen. Sie konnte nur hoffen, dass dieser Sebastian Fink nicht bemerkt hatte, wie sehr das Gespräch sie mitgenommen hatte. Speiübel war ihr gewesen, als sie aus dem *Namenlos* kam, kopflos war sie in irgendeine Richtung losgerannt. Obwohl ihr kalt war, hatte sie zu schwitzen begonnen.

Und dann hatte sie Hugo einfach angerufen, mit harmloser Stimme – soweit ihr das möglich war -, und ein Treffen im Stadtpark vorgeschlagen. Sie brauche ein bisschen frische Luft, hatte sie gesagt, aber die Wahrheit war, dass sie es mit ihm nicht in einem Raum aushalten würde. Wahrscheinlich nie mehr. Elisabeth kämpfte mit den Tränen.

Hugo hatte gestutzt, jedenfalls war es ihr am Telefon so vorgekommen, dann hatte er zugestimmt, ganz plötzlich, und sogar erleichtert geklungen. Nachdem sie das Gespräch beendet hatten, schickte er noch eine SMS hinterher: »Ich habe eine herrliche Überraschung für dich. Mach dich auf etwas gefasst.« Auch das noch. Elisabeth hätte schreien mögen.

Sie nahm den Fußweg durch das Wäldchen, das die Stadtparkwiese umrahmte. Das dichte Grün der hohen Büsche, an denen sie vorbeikam, hatte etwas Bedrohliches. Elisabeth zwang sich, langsamer zu gehen, in einem ganz normalen Tempo, und dabei ruhig zu atmen. Sie musste besonnen sein, klar denken, sie hatte eine schwere Aufgabe vor sich.

Als sie aus dem Wäldchen heraustrat und sich der weite, blaue Himmel über der Wiese wölbte, blieb sie stehen. Tränen rannen ihr über das Gesicht. Sie wollte umkehren, den Kontakt zu Hugo abbrechen – sofort. Sie wollte sich nicht einwickeln lassen von seinem Charme, seiner Liebe, seiner Zärtlichkeit. Sie wollte den radikalen Schnitt. Aber erst musste sie wissen, was in den letzten Wochen passiert war. Sie musste die Wahrheit wissen.

Sie wischte die Tränen weg, aber es kamen immer mehr, und nirgendwo hatte sie Taschentücher. Durch den Schleier sah sie, dass ihr jemand zuwinkte. Es war Hugo. Er stand mitten auf der Wiese, ruderte mit den Armen, als könnte er die ganze Luft in Bewegung bringen. Elisabeth wischte sich noch einmal die Tränen von den Wangen, atmete tief durch und marschierte los.

Er präsentierte mit großer Geste, was er im Gras vorbereitet hatte: Zwei Kissen lagen auf einer Picknickdecke, und aus einem großem Korb ragte ein Flaschenhals. Gläser funkelten in der Sonne, und verschiedene Dinge, eingewickelt in feines Papier, lugten unter einem Tuch hervor. Elisabeth starrte auf all diese Dinge, um Hugo nicht in die Augen schauen zu müssen.

»Und?«, fragte er, setzte sich und klopfte lächelnd auf das freie Kissen neben sich. »Was sagst du?«

Jetzt oder nie, dachte Elisabeth. »Hugo …«, brachte sie mit schwacher Stimme hervor.

Er schaute zu ihr hinauf. Seine dunklen Augenbrauen zogen sich zusammen.

»Ich weiß es.«

Hugo schaute auf seine Hände, dann wieder hoch zu ihr. »Ich will nur wissen, warum«, sagte Elisabeth.

Er nickte stumm.

»Warum hast du für ihn gearbeitet?«

Hugo schaute wieder auf seine Hände. Warum schaute er immerzu auf seine Hände?

»Du hast die Gruppe verraten«, sagte Elisabeth. Ihre Stimme klang jetzt fest.

Hugo verharrte bewegungslos wie eine Skulptur.

»Du hast mich verraten«, sagte sie. »Was hat er dir dafür bezahlt, dass du uns ausspionierst?«

Die Stille, die Wortlosigkeit, das Schweigen wurde von einem Lachen durchbrochen, von lauten Rufen von Frisbeespielern und einer schrillen Kinderstimme.

Hugo saß bewegungslos da. »Ich muss dir etwas erzählen«, sagte er.

45

Sebastian stand in Winterhude vor dem schwarzen schmiedeeisernen Tor und fand keine Klingel. Er schaute durch die Gitterstäbe hindurch auf die weiße Villa mit der großen Tür, die, würde man die Augen zu einem Schlitz zusammenkneifen, wie ein dunkles Loch in dem Gebäude aussah. Neben dem Loch war ein kleines Fenster, in dem sich sachte ein Vorhang bewegte. Im nächsten Moment öffnete sich das Tor leise.

Sebastian ging über den Kiesweg, der über eine grüne Wiese direkt auf das schwarze Loch hinführte. Plötzlich erschien dort ein Streifen Licht, und eine Frau trat hervor, schwarz gekleidet, mit einer weißen Schürze. Ohne nach seinem Namen zu fragen, bat sie Sebastian herein. »Sie werden schon erwartet«, sagte sie und schloss hinter ihm sanft die schwere Tür.

Sebastian folgte ihr, und seine Sohlen quietschten auf dem Marmorboden, während ihre Schritte hallten. Die Eingangshalle verengte sich zu einem Gang, der nach etwa fünfzehn Metern vor einer dunklen Holztür endete. Die Haushälterin klopfte und öffnete, ohne eine Antwort abzuwarten. Eine Duftwolke von Feuerholz und Zigarrenrauch drang aus dem warm beleuchteten Raum und zog in den kühlen Gang hinaus.

Der alte Mann, der zusammengekauert im ledernen Ohrensessel vor dem Kamin saß, schaute Sebastian neugierig an, nickte und wies wortlos auf einen zweiten, kleineren Sessel, etwa einen Meter von seinem entfernt. Sebastian setzte sich, und Herbert von Köhn sagte: »Sie müssen entschuldigen, dass ich nicht aufstehe, es würde lange dauern, und dann würde es wieder lange dauern, bis ich mich wieder hingesetzt hätte, und ich möchte doch Ihre kostbare Zeit nicht unnötig verschwenden.« Er langte zu einer kleinen Holzkiste hinüber, die auf einem Tischchen stand, und bot Sebastian eine Zigarre an. Sebastian lehnte dankend ab. Er hatte noch nie Zigarre geraucht, und ausgerechnet im Dienst würde er besser nicht damit anfangen.

Der 82-jährige Besitzer der Reederei Köhn schien über die Ermittlungen, soweit man im Büro unterrichtet war, informiert zu sein. Er wusste aber nicht, dass inzwischen wegen versuchten Mordes ermittelt wurde. Er schüttelte fassungslos den Kopf. »Das mag ich gar nicht glauben.«

»Es tut mir sehr leid«, sagte Sebastian. »Ich möchte in dem Zusammenhang wissen, ob Ihr Schwiegersohn innerhalb der Firma oder in der Branche Feinde gehabt hat.«

Herbert von Köhn schaute in den Kamin, als müsste er die neue Ausgangslage erst verarbeiten. Er sog an seiner Zigarre und blies eine kleine Wolke in den Raum. Dann wandte er sich wieder Sebastian zu: »Wenn ein Manager erfolgreich ist, dann liegt es in der Natur der Sache, dass es Leute gibt, die ihm nicht nur Gutes wollen. Vielleicht aus Neid. Vielleicht auch aus Rache, aber nein – das wäre übertrieben.«

»Aber Sie haben das Wort ›Rache‹ benutzt«, sagte Sebastian.

»Ach, wissen Sie, ›Rache‹ ist ein großes Wort. Das ist wie ›Lüge‹. Es gibt die kleine, unbedeutende Lüge, die keinen Schaden anrichtet, und es gibt die große und die grausame Lüge. Und genauso verhält es sich doch mit der Rache. Ich meinte natürlich die kleine Rache, die dem Unterlegenen den Sieg des Gewinners ein wenig erträglicher macht, ohne dass irgendwer zu Schaden kommt.« Der Reeder setzte sich im Sessel zurecht und ächzte leise. »Mir kommt niemand in den Sinn, der sich an meinem Schwiegersohn so sehr hätte rächen wollen, dass er ihm nach dem Leben getrachtet hätte, nein. Aber andersherum betrachtet, hat sich unser Maik natürlich nicht immer nur Freunde gemacht.«

»Spielen Sie auf etwas Bestimmtes an?«

Der Reeder drehte bedächtig die Zigarre zwischen seinen Fingern. »Diplomatie war nicht seine Stärke. Er hat sicherlich einige Leute verletzt, wenn er ihnen seine – sicherlich gut begründete – Meinung gegeigt hat.«

»Wie ging er mit seinen Gegnern um, zum Beispiel mit den Leuten von jener Umweltschutzorganisation?«

»Ökopolis? Oh, da sprechen Sie etwas an. Mein Schwiegersohn war für die Belange des Umweltschutzes nahezu blind. Leider.«

»Sie waren da unterschiedlicher Meinung?«

»Aber erst seit neuster Zeit, wobei Sie bedenken müssen, dass, wenn ein alter Mann wie ich von neuster

Zeit spricht, er wohl einen deutlich größeren Zeitraum meint als ein junger Mann wie Sie.«

»Was waren die Differenzen, wenn ich fragen darf?«

Köhn beugte sich mühsam vor und ließ etwas von der Asche in einen großen Aschenbecher fallen. Als er sich wieder zurückgelehnt hatte, nahm er einen Zug und schaute ins Kaminfeuer. »Ich muss gestehen, dass ich mich über Jahrzehnte an der Verschmutzung der Natur mitschuldig gemacht habe. Natürlich kann man das schönreden: man hätte die Wirtschaft unterstützt, Arbeitsplätze geschaffen und erhalten, den Wohlstand des Landes vermehrt – das ist auch alles richtig. Aber der Preis dafür ist die schleichende Vernichtung der Natur. Die Reedereien haben die Umwelt viel mehr belastet, als es notwendig gewesen wäre, und das habe auch ich mir heute vorzuwerfen. Natürlich haben wir Reeder schon aus Kostengründen versucht, den Verbrauch von Treibstoff zu senken. Wir haben effizientere Motoren entwickelt, aerodynamische Schiffsrümpfe, spezielle reibungsarme Unterwasseranstriche. Und natürlich kann man durch langsamere Fahrt auch Treibstoff sparen. Aber für die Umwelt wäre es am besten, wenn die Reedereien alle ihre Schiffe umrüsten und Filteranlagen einbauen, vor allem aber gänzlich auf das Schweröl verzichten würden. Das ist allen Reedern klar, und nicht wenige würden ihre Schiffe wirklich gerne mit *Marine Diesel Oil* fahren lassen, das ist ein schwefelarmer Schiffsdiesel. Aber sie argumentieren nicht zu Unrecht mit dem ungeheuren Wettbewerbsnachteil, dem eine Reederei ausgesetzt wäre. – Verzeihen Sie, ich möchte Ihnen nicht die Zeit stehlen, vermutlich wollen Sie all das gar nicht so genau wissen.«

»Doch, doch, das interessiert mich«, antwortete Sebastian.

»Wissen Sie, ich denke: Wir haben keine andere Wahl. Zwar ist die Wahrscheinlichkeit groß, dass diejenigen Reedereien, die ihre Schiffe als Erste umbauen und gleichzeitig mit teurerem Treibstoff fahren, bankrottgehen werden. Ich mache mir da nichts vor. Aber einer muss anfangen. Ich persönlich hoffe, dass gewisse Handelspartner diesen Weg unterstützen. Es gibt ja Gott sei Dank auch in der Wirtschaft vernünftige Menschen. Ich habe jedenfalls entschieden, diesen Weg zu gehen. Wir werden unsere Schiffe im Laufe der nächsten drei Jahre umrüsten und im selben Zeitraum nach und nach auf umweltfreundlicheren Treibstoff umsteigen.«

Der Senior hatte die meiste Zeit Richtung Kaminfeuer gesprochen. Jetzt sah er Sebastian an: »Was sagen Sie dazu?«

»Das finde ich toll«, antwortete Sebastian beeindruckt. »Glauben Sie, dass andere Reedereien sich bald anschließen werden?«

»Irgendwann werden sie uns folgen.«

»Was hat Ihr Schwiegersohn, Herr Keilenweger, zu Ihren Plänen gesagt?«

»Wir haben nicht darüber gesprochen.« Der Senior schaute zum Kaminfeuer. »Meine Pläne sind noch relativ frisch, und gute Ideen müssen reifen, verstehen Sie? Ich kannte ja Maiks Einstellung.«

»Und wenn Ihr Schwiegersohn sich gesträubt hätte?

Wenn er gegen diese Maßnahmen gewesen wäre?« Sebastian beugte sich etwas vor, um dem alten Mann ins Gesicht sehen zu können. Es kam ihm vor, als ob für einen Moment ein Lächeln über das Gesicht des Seniors huschte.

»Er hätte nur schwer etwas dagegen machen können.«

Sebastian fragte: »Wie war das Verhältnis zu Ihrem Schwiegersohn, wenn es nicht um die Firma ging, also rein privat?«

»Maik war immer Manager, das war einfach so.« Der Reeder schaute auf die gerahmten Fotos, die auf einem kleinen Beistelltisch standen. Sebastian folgte seinem Blick und erkannte Constanze Keilenweger, seine Tochter, noch ganz jung, ein Teenager, aber doch leicht zu erkennen. Auf einer anderen, größeren Aufnahme war die gesamte Familie Keilenweger zu sehen: Maik, Constanze, Gesa und Henning. Das Gruppenbild mochte ein paar Jahre alt sein. Auf einem dritten Foto war ein dunkelhäutiger Mann abgebildet, der ein Kleinkind – vermutlich seinen Sohn – auf den Schultern trug. Seinen Arm hatte er um eine blonde Frau gelegt, die aus vollem Herzen in die Kamera lachte. Daneben stand das Porträt eines jungen farbigen Mannes mit großen schwarzen Locken. Herbert von Köhn folgte Sebastians Blick. Er lächelte: »Das ist Hugo, mein Enkel. Ein feiner Kerl.« Der Alte beugte sich vor und nahm den Rahmen in die Hand. »Sie wundern sich, dass mein Enkel so gar nicht norddeutsch aussieht?« Der Reeder schaute Sebastian erwartungsvoll an.

Sebastian überlegte und sagte: »Ich nehme an, dass er auch der kleine Junge auf dem anderen Bild ist, und die Frau ist wahrscheinlich Ihre Tochter?«

Der Alte nickte lächelnd: »Anke ist vor langer Zeit zum Studieren in die USA gegangen. Und da hat sie sich verliebt, in Nathaniel Walker, den Sie hier auf dem Bild sehen. Inzwischen leben sie in Südafrika. Ist das nicht alles verrückt?«

Sebastian sagte: »Hugo ist das einzige Ihrer Enkelkinder, von dem es ein Einzelfoto gibt. Darf ich fragen, warum?«

Der Reeder drehte die Zigarre zwischen seinen Fingern. »Mit Gesa und Henning habe ich kaum Kontakt, obwohl wir in derselben Stadt leben. Und Hugo habe ich überhaupt erst im vergangenen Jahr kennengelernt.«

»Weil er in den USA lebt?«

»Er kam nach Europa, um ein Praktikum zu absolvieren. Bei der Umweltschutzorganisation Ökopolis – ausgerechnet. Er hat mir zuerst nichts davon erzählt. Auch seiner Mutter nicht. Er wollte unabhängig sein. Reedereien und Umweltaktivisten sind ja in der Regel nicht gerade gut aufeinander zu sprechen.« Herbert von Köhn lächelte verschmitzt und betrachtete das Foto zärtlich. »Der Junge hat neuerdings eine Freundin.« Der Reeder schmunzelte. »Eine Elisabeth. Schöner Name, nicht wahr?«

»Elisabeth?« Sebastian horchte auf.

»Er hat sie mir leider noch nicht vorgestellt.« Der Reeder setzte sich noch mal zurecht. »Immer wenn Hugo kommt, sitzt er in dem Sessel, in dem Sie jetzt sitzen, und ich sitze immer hier. Wir unterhalten uns, meistens über Umweltthemen, und wir verstehen uns gut. Das war auf Anhieb so. Hugo ist ein sehr aufmerksamer, guter Zuhörer und ein feiner Beobachter.«

»Und wie kam es zum Kontakt mit Ihrem Enkel?«, fragte Sebastian.

»Es hat sich einfach so ergeben«, antwortete der Reeder. »Er kam hier vorbei und hat mich dann regelmäßig besucht.«

»Kann es sein«, fragte Sebastian, »dass die Gespräche mit Ihrem Enkel Sie überhaupt erst darin bestärkt haben, etwas für den Umweltschutz zu tun und Ihre Flotte umzubauen?«

Der Senior griff nach einem Stock, stützte sich auf den silbernen Knauf und stemmte sich aus dem Sessel. Mit Sebastian fast auf Augenhöhe, sagte er: »Ich bin es Hugos Generation schuldig.«

46

Es war kein Bikerpark, wie es ihn in ländlichen Gegenden gab, mit BMX-Tracks, Downhill- und Free-Ride-Strecke, mit Corner Jumps und Wallride. Aber die Magellan-Terrassen mitten in der modernen Hafencity hatten ihren eigenen Charme. Die Typen, die mit ihren Rädern Kunststücke auf den Treppen vollführten, trugen Fullface-Helm, Knie- und Armschutz, Handschuhe und sahen alle gleich aus. Auch das gefiel Hugo. Hier konnte er abschalten.

Er spürte, wie sein Körper vibrierte, als er die Treppen hinunterjagte, die Beinmuskeln, als er das Rad die Holzrampe hochzog, sich in der Luft drehte, das Glück, den harten Druck beim Aufprall der dicken Gummiräder auf dem Beton. Er lenkte scharf, um nicht die Balance zu verlieren.

Drei Durchgänge machte er, dann zog er keuchend den Helm vom Kopf, streifte die Handschuhe ab, stellte sich an den Rand der Terrassen und atmete durch. Er fühlte sich wieder etwas besser.

Er dachte an das Treffen mit Elisabeth im Stadtpark zurück. Er hatte ein Picknick vorbereitet und mit einem entspannten Nachmittag im Grünen gerechnet, aber nicht damit, dass sie ihn so gezielt auf die Sache ansprechen würde. Obwohl er es seit Wochen hatte kommen sehen, war er nicht vorbereitet gewesen. Doch wie konnte er wissen, dass sie ihn zufällig in Winterhude gesehen und ihn heimlich bis zur weißen Villa verfolgt hatte? Es blieb ihm im Stadtpark nichts anderes übrig, als ihr einfach zu sagen: »Ich bin der Enkel von Herbert von Köhn, dem Besitzer der Reederei Köhn, das ist die Wahrheit, die kann ich nicht ändern. Im Übrigen schätze ich meinen Großvater sehr. Er ist ganz anders, als viele sich einen Reeder vorstellen.« Elisabeth hatte ihn angeschaut, als würde er Chinesisch reden. Dann hatte sie ihn auf der Picknickdecke sitzenlassen und war ohne ein Wort gegangen. Fand sie ihn abscheulich? Glaubte sie ihm die Geschichte überhaupt? War jetzt alles aus? Er hatte noch immer keine Ahnung, weil er seither nichts von ihr gehört hatte. Er konnte nur abwarten. Er zog seinen Helm und die Handschuhe wieder an, setzte sich auf sein Rad und fuhr Richtung Rampe.

47

Der bewölkte Himmel bestand aus einer Palette von Grautönen, aber noch regnete es nicht. Sebastian stieg die breite Treppe zum Eingang des Präsidiums hinauf. Der Reedereibesitzer Herbert von Köhn und sein Enkel Hugo Walker gingen ihm nicht aus dem Kopf. Konnten sie etwas mit dem Tod von Maik Keilenweger zu tun haben? Die Idee des Alten, die gesamte Flotte umweltverträglich umzurüsten, war revolutionär und barg einigen Zündstoff, vor allem für den Manager Keilenweger, der die Bilanzen im Auge haben musste. Aber ein Motiv, den Schwiegersohn deshalb aus dem Weg zu räumen, konnte Sebastian beim besten Willen nicht erkennen. Auch nicht bei Hugo Walker. Der Enkel hatte den Großvater auf seiner Seite, und Keilenweger hätte keine andere Wahl gehabt, als die Entscheidung des Seniors mitzutragen.

Auf dem Treppenabsatz, vor den Türen zur Eingangshalle, blieb Sebastian stehen und schaute noch einmal in den aufgewühlten Himmel. Es hieß, Giftmorde würden meistens von Frauen verübt, Männer dagegen griffen eher zu einer Waffe. Aber was nutzte diese Erkenntnis, wenn es Ausnahmen gab.

In der Kantine waren nur zwei Tische besetzt. Sebastian schlenderte mit Pia durch den Raum, grüßte die Kollegen von der Streife, ging zur Theke, nahm sich einen Schwarztee, aus der Vitrine eine Rosinenschnecke und – wegen des klebrigen Zuckergusses – aus dem Besteckkasten Messer und Gabel, während Pia sich am Automaten eine Cola light zog. Ohne sich miteinander abzusprechen, gingen sie zu einem Tisch am Fenster.

»Wie geht es eigentlich mit deiner Oma?«, fragte Pia, als sie sich setzten.

»Eigentlich ganz gut.« Sebastian nahm das Besteck in die Hand. »Fast so, als würden wir schon immer zusammen wohnen.« Und nach einer Pause: »Hast du deine Großmutter inzwischen angerufen?«

Bevor Pia antworten konnte, rief Jens quer durch den Raum: »Hier seid ihr!« Mit großen Schritten kam er auf ihren Tisch zu und zog einen Stuhl heran. Als er sich setzte, sagte er kopfschüttelnd – mit Blick auf Sebastian: »Pia, was sagst du? Ist der Typ spießig? Isst 'ne Rosinenschnecke mit Messer und Gabel – wo sind wir denn?«

Pia lächelte.

»Was gibt's?«, fragte Sebastian kauend.

»Dreimal dürft ihr raten.« Jens beugte sich über den Tisch. »Um wen geht es, wenn ich sage: attraktiv, kontrolliert, sportlich.«

»Constanze Keilenweger.« Sebastian drückte mit den Zinken der Gabel den Teebeutel aus.

Jens nickte anerkennend. »Nicht schlecht. Gar nicht schlecht. Ziemlich nahe dran.«

»Alle unsere Verdächtigen sind so«, bemerkte Pia.

»Aber die Person, die ich meine, ist ganz besonders nahe dran, wenn ihr versteht, was ich meine.«

»Der Schwede«, sagte Sebastian.

»Bingo! Ich habe ihn zwar noch nicht mit eigenen Augen gesehen, aber ich habe einfach mal angenommen, dass der Geliebte von Frau Keilenweger attraktiv ist.« Jens rückte seinen Stuhl zurecht. »Björn Nyström hat den Kauf einer Wohnung in Stockholm eingeleitet.« Jens ließ die Worte wirken und betrachtete einen Moment zufrieden die fragenden Gesichter seiner Kollegen, bevor er fortfuhr: »Linnégatan – das ist eine Straße im superteuren Stadtteil Östermalm.«

»Und weiter?«, fragte Sebastian.

»Es handelt sich um eine Luxuswohnung für zwei Millionen Euro.«

»Aha«, meinte Pia.

Jens nickte ihr zu: »Allerdings. Und passt auf: Der Mann ist bei seiner Bank mit fast zehntausend in den Miesen.«

»Bumm«, machte Pia.

»Was glaubt ihr also, woher das Geld für diese nette, kleine Immobilie kommt?« Bevor die Kollegen irgendetwas antworten konnten, sagte Jens: »Die Anzahlung hat eine Frau aus Deutschland geleistet. Die vollständige Kaufsumme wird wohl ebenfalls von dieser Dame beglichen werden.« Er machte eine kleine Pause. Dann sagte er: »Und, richtig, ihr Name lautet: Keilenweger, Vorname: Constanze.«

»Und seit wann interessiert sich Björn Nyström für die Wohnung?«, fragte Sebastian.

»Der erste Besichtigungstermin war vor zwei Monaten, also noch zu Lebzeiten von Maik Keilenweger. Da stellt sich doch die Frage, warum sich die beiden überhaupt eine so teure Wohnung anschauen, wo doch unserer Madame Keilenweger die Kaufsumme damals noch gar nicht zur Verfügung stand.«

Pia stimmte zu: »Von ihrem Vater hat sie jedenfalls kein oder nur wenig Geld bekommen.« Bei weiteren Recherchen hatte Pia inzwischen herausgefunden, dass Herbert von Köhn sein Geld fast vollständig in die Herbert-von-Köhn-Stiftung steckte.

»Womit hätte Constanze Keilenweger also vor zwei Monaten eine superteure Luxuswohnung bezahlen wollen?«, fragte Jens und fuhr fort: »Plötzlich – Hokuspokus – stirbt der Ehemann, und die Summe ist rechtzeitig da. Glückwunsch!«

Sebastian legte sein Besteck in den Teller. Er war sich nicht sicher, ob er der Frau, der sie vor wenigen Tagen in ihrem Wohnzimmer in Bönningstedt die Nachricht vom Tod ihres Ehemannes überbracht hatten, ein solches Kalkül zutraute.

Nachdenklich fügte Pia hinzu: »Als Witwe und betrogene Ehefrau könnte sie ein neues Leben an der Seite eines neuen Mannes beginnen.« Sie verzog ihr Gesicht nur minimal, als dächte sie mit Unbehagen an den Besuch bei Constanze Keilenweger. Damals hatte ihnen die Frau leid getan. »Es kann eigentlich nur einen Grund dafür geben, dass die beiden den Geldregen vorhersagen konnten.«

»Stimmt«, sagte Jens und breitete die Arme aus. »Sie

wussten: Das Gift würde langsam, aber sicher wirken, der goldene Apfel würde reifen und reifen, bis er ihnen in den Schoß fiel. Aber dann plumpste er durch den Autounfall früher, und so ist der geheime Plan aufgeflogen.« Jens lehnte sich zurück, verschränkte die Hände hinter seinem Kopf und sagte: »Nun werden sie ihr Leben tatsächlich hinter schwedischen Gardinen verbringen, aber nicht hinter den Gardinen einer Stockholmer Luxuswohnung, darf ich mal lachen?«

Sebastian stand auf. »Komm mit.«

48

Fünfundvierzig Minuten später parkte Sebastian das Auto außerhalb des Geländes unter einer dicken Eiche, um die Bewohner des Gutshauses nicht frühzeitig zu warnen. Er schloss – im Gegensatz zu Jens – seine Autotür sanft, aber das Rauschen in den Baumkronen war wohl laut genug, um alles andere zu übertönen. Die Wolken türmten sich zu einem Gebilde, das immer höher in den Himmel wuchs.

Jens folgte Sebastian durch die Einfahrt. Auf dem Kies traten sie möglichst leise auf. Als sie an der kleinen, steinernen Treppe vorbeikamen, die zur hellblau gestrichenen Eingangstür führte, nickte Jens zum gusseisernen Klingelknopf: »Sollen wir nicht?«

Sebastian schüttelte den Kopf. Er hoffte, Constanze Keilenweger wieder hinter dem Haus zu überraschen. Schweigend gingen sie um das Gebäude herum. Sebastian zeigte wortlos hinauf zu den Farbklecksen auf den verwitterten Steinen der Wand, Jens nickte wissend. Der Rasen war frisch geschnitten, es roch nach Gras. Am Schwimmbad hing über einem Stuhl ein weißes Handtuch. Auf dem Beistelltisch zwischen den Liegen standen zwei leere Gläser und eine halbleere Flasche Campari.

Sebastian stieg die beiden Stufen zur Veranda hinauf. Am Lenker des Trimm-dich-Rades baumelte eine Schwimmbrille. Die Terrassentür war geschlossen. Sebastian klopfte gegen die Scheibe, wartete einen Moment und klopfte noch einmal. Die Tür war nur angelehnt und quietschte leise, als Sebastian sie aufdrückte. Sie traten in den Salon, in dem es – wie immer – nach abgestandenem Zigarettenrauch und Rosen roch. »Hallo?«, rief er. »Frau Keilenweger?«

Keine Antwort. Jens drückte die Tür zu, sie quietschte wieder, nur in umgekehrter Tonfolge.

Auf dem Wohnzimmertisch war ein Backgammonspiel aufgebaut. Weiß hatte gewonnen. Auf dem roten Sofa mit den goldenen Punkten hatte Sebastian mit Pia erst vor einigen Tagen gesessen und der Ehefrau die Nachricht vom Tod ihres Mannes überbracht. Nun war er hier, weil die Frau unter Verdacht stand, ihrem Ehemann den Tod gewünscht zu haben, und vielleicht bereit gewesen war, nachzuhelfen. Nur: Wo war die Frau?

Jens ging zum Kaminsims und betrachtete die Fotos der Familie Keilenweger. Glückliche Zeiten. Scheinbar.

Plötzlich drehte Jens sich um und schaute Sebastian an. Es klang, als hätte irgendwo eine Männerstimme gesummt. Sie bewegten sich nicht von der Stelle und horchten. Jetzt war es wieder still. Jens und Sebastian verständigten sich mit Blicken: Hatten sie sich beide verhört? Nein. Da war es wieder: Eine Männerstimme summte eine Melodie, ab und zu von einer kurzen Pause unterbrochen. Die Stimme kam aus dem Nachbarraum, dem Esszimmer, die Flügeltür war einen Spalt geöffnet. »Hallo!«, rief Sebastian noch einmal.

Wieder keine Antwort.

Jens stand hinter ihm, als Sebastian vorsichtig die Flügeltür öffnete. Alles war wie beim letzten Mal: An den hellblauen Wänden hingen die goldgerahmten Ölbilder mit Jagdszenen, auf der antiken Kommode stand das Modell eines Containerschiffes. Aber dieses Mal saß Björn Nyström am Esstisch, in T-Shirt und Shorts, an den Füßen Flipflops, vor sich ein aufgeklapptes Laptop, auf dem ein Musikvideo lief, und drehte ihnen den Rücken zu. Er trug große, schwarze Kopfhörer, wie sie nun wieder angesagt waren, und war so vertieft in die Musik, dass er sie nicht bemerkte. Sebastian und Jens wechselten einen Blick. Dann trat Jens an den Tisch und klopfte auf die Platte. Der Schwede schreckte hoch, riss sich die Kopfhörer herunter und schaute Jens entgeistert an.

»Entschuldigen Sie die Störung«, sagte Jens.

Björn Nyström fuhr herum und sah nun auch Sebastian. »Wie sind Sie hier reingekommen?«, fragte er. »Was wollen Sie?« Der weiche schwedische Akzent stand im Gegensatz zu seiner Empörung.

»Wir suchen Frau Keilenweger«, sagte Sebastian höflich. »Ist sie im Haus?«

Der Schwede zögerte einen Moment, bevor er antwortete: »Sie ist oben. Haben Sie angerufen?«

»Bleib du bitte hier«, sagte Sebastian zu Jens.

Der Schwede stand auf: »Warten Sie. Ich hole Constanze.«

»Danke, nicht nötig«, sagte Jens. »Bitte setzen Sie sich.«

Björn Nyström schaute ihn empört an, unschlüssig, ob er gehorchen sollte. »Was ist das eigentlich für ein Song, den Sie da gerade gehört haben?«, fragte Jens ihn.

Sebastian hatte den Raum schon durchquert. Er verließ ihn durch die andere Flügeltür und stieg lautlos die Treppe hinauf.

Oben angekommen, horchte er. Nur das Ticken der Standuhr war zu hören, und von unten gedämpft die Stimmen der Männer, die noch diskutierten. Sebastian bog in den Flur ein, der Teppich dämpfte seine Schritte. Vor dem Schlafzimmer, das er schon einmal inspiziert hatte, blieb er stehen. Die Tür war nur angelehnt.

»Björn?«, rief eine Stimme von drinnen. Es war Constanze Keilenweger.

Sebastian schob die Tür auf. Über das Doppelbett war eine Tagesdecke gebreitet, am Fußende lag achtlos ein Blazer. Auf einem der beiden Nachttische stapelten sich Bücher.

»Björn?« Die Stimme kam aus dem Ankleidezimmer. Sie klang jetzt besorgt.

Bevor Sebastian antworten konnte, erschien Constanze Keilenweger in der Tür und schrie auf. »Was machen Sie hier?«, rief sie mit einer hohen, grellen Stimme. Hektisch trat sie zwei Schritte in das Ankleidezimmer zurück, taumelte, stieß gegen einen aufgeklappten Koffer und verlor beinahe die Balance.

»Es tut mir leid, ich hatte gerufen, aber niemand hat geantwortet«, sagte Sebastian. »Sie verreisen?«

Sie schaute auf den blauen Stoff, den sie in den Armen hielt. Es sah nach einem Abendkleid aus. »Wieso dringen Sie hier ein, ohne sich anzukündigen?«, schimpfte sie. »Und wo ist Björn?« Ihr Blick verriet, dass sie Mühe hatte, ihre Gedanken zu ordnen. »Ich sortiere hier ein paar Sachen. Ist das verboten?«

»Und ich dachte, Sie würden vielleicht schon mal für Stockholm packen«, sagte Sebastian ruhig.

»Stockholm?« Das blaue Kleid glitt ihr aus den Händen. Als sie sich bückte, um es wieder aufzuheben, stützte sie sich an einem Regalbrett ab. »Warum sollte ich nach Stockholm reisen?«, fragte sie, hängte das Kleid an einen Bügel und zupfte den Stoff mit den Fingern zurecht.

»Haben Sie und Herr Nyström sich nicht in Stockholm nach einer gemeinsamen Wohnung umgesehen?«, fragte er.

Die Frau schaute ihn mit halbgeöffnetem Mund an. Dann wandte sie sich ab und zog hastig ein paar Blusen aus dem Schrank. »Wie kommen Sie darauf?« Die Kleiderbügel klirrten.

Sebastian entschied spontan. Er wollte ihr keine Zeit zum Nachdenken geben. »Frau Keilenweger«, sagte er scharf. »Ich muss Sie bitten, mit aufs Präsidium zu kommen.«

Verblüfft drehte sie sich zu ihm herum. »Was fällt Ihnen ein?«, fragte sie verärgert. »Erst kommen Sie unangemeldet in mein Haus, erschrecken mich, und jetzt wollen Sie, dass ich mit Ihnen ins Präsidium fahre? Ich denke nicht daran.« Demonstrativ wandte sie ihm den

Rücken zu und begann, die Anzüge zu zählen, die wahrscheinlich ihrem verstorbenen Ehemann gehört hatten. »Da kommen Sie mal schön wieder«, sagte sie, »mit Haftbefehl und allem, was dazugehört.«

»Einverstanden«, sagte Sebastian und verließ die Räumlichkeiten. Auf dem Flur ging er bewusst langsam. Vielleicht würde die Frau es sich doch noch anders überlegen und reden. Auf der ersten Stufe der Treppe wartete er. Das Ticken der Standuhr auf dem Gang kam ihm lauter vor als vorhin. Von Frau Keilenweger kam nichts mehr. Sebastian ging die Treppe hinunter zurück ins Esszimmer, wo Jens schweigend mit Björn am Tisch saß.

»Ist alles in Ordnung?«, fragte der Schwede und stand auf.

Sebastian und Jens verließen das Haus durch die Haustür, und Sebastian fiel auf, dass er bisher immer über die Terrasse ein und aus gegangen war. Als sie über den weißen Kiesweg gingen, öffnete sich oben plötzlich ein Fenster. »Warten Sie, bitte!«, rief Constanze Keilenweger und machte das Fenster gleich wieder zu.

»Es tut mir leid«, sagte sie, als sie die steinerne Treppe herunterkam. »Ich glaube, ich muss etwas erklären.« Sie blieb auf der ersten Stufe stehen.

Jens nickte Sebastian kurz zu und ging dann weiter den Weg hinunter Richtung Auto.

»Bitte«, sagte Sebastian und schaute Frau Keilenweger erwartungsvoll an. Sie zog eine Zigarette aus der Schachtel, die sie in der Hand hielt, und zündete sie sich an. »Ich habe Ihnen etwas verheimlicht, und das tut mir leid.« Sie musterte sein Gesicht nach einer Reaktion, aber er bemühte sich, keine zu zeigen. Constanze Keilenweger blieb auf der Treppe stehen und sprach mit gedämpfter Stimme: »Die Information, die Sie bezüglich der Wohnung in der Linnégatan haben, die ist richtig. Björn und ich wollen zusammen eine Wohnung in Stockholm beziehen, und das werden wir in naher Zukunft auch tun. Ich hätte Ihnen das gleich sagen sollen. Der Grund, warum ich ungern über die neue Wohnung in Stockholm spreche, ist, dass meine Kinder noch nichts davon wissen.«

»Warum wäre es für Ihre Kinder so schlimm, wenn Sie eine Wohnung in Stockholm kauften?«

»Es geht um mehr. Ich möchte ein ganz neues Leben beginnen. Und es gab noch keine Gelegenheit, mit meinen Kindern in Ruhe darüber zu sprechen.«

Das ging an der eigentlichen Frage vorbei, und vielleicht war genau das Frau Keilenwegers Absicht. Sebastian stellte einen Fuß auf die unterste Treppenstufe. »Wenn Ihr Mann nicht gestorben wäre, stünde Ihnen das Geld für die Wohnung in der Linnégatan nicht zur Verfügung, richtig?«

Sie sah Sebastian spöttisch an. »Woher wollen Sie wissen, dass ich die Wohnung nicht selber bezahlen kann?«

»Sie haben kein geregeltes Einkommen. Wie sollen da zwei Millionen zusammenkommen?«

Sie machte einen Schritt auf dem Kies, schnippte die Asche von der Zigarette und drehte sich zu ihm herum. »Es gibt eine Erklärung.«

Constanze Keilenweger offenbarte nun, dass ihr Ehemann sie schon früher als bislang zugegeben über die Schwangerschaft von Isabelle Seidel aufgeklärt hatte. Und auch, dass er in Zukunft mehr Zeit mit seiner Geliebten und dem neuen Kind verbringen wollte. »Aber er hatte eine Bitte an mich«, sagte Constanze Keilenweger. »Eine dringende Bitte.« Sie bückte sich, hob einen Stein auf, drückte ihre Zigarette an ihm aus, öffnete die Packung, zog die letzte Zigarette heraus und entsorgte die Kippe in der leeren Schachtel. »Er wollte keine Scheidung«, sagte sie.

Sebastian beobachtete, wie sie sich die neue Zigarette anzündete, den Rauch ein- und wieder ausatmete. Als sie weitersprach, klang ihre Stimme so leise, dass er einen halben Schritt auf sie zu machen musste, um sie zu verstehen: »Mein Mann war in manchen Dingen sehr eigen. Er hasste Veränderungen, die sein Zuhause betrafen. Andererseits wollte er immer Neues sehen und erleben und tun. Unsere Familie war sein Schutzwall, seine Festung, von der aus er seine gefürchteten Schüsse abgab. Aber ich hatte genug davon. Darum hat er mir ein Angebot gemacht: Er wollte mich und Isabelle Seidel, und dafür durfte ich mit Björn tun und lassen, was ich wollte.« Sie pustete den Rauch knapp an Sebastian vorbei. »Ich fand sein Angebot verlockend. Es gab mir Sicherheit und gleichzeitig Freiheit. Ja, bei Maik konnte ich mir sicher sein, dass er in der Not immer für mich da wäre, das ist doch was.«

»Aber Sie haben Bedingungen gestellt«, sagte Sebastian.

»Natürlich.«

»Dass er Ihnen die Wohnung in Stockholm kauft?«

Constanze Keilenweger wedelte mit dem Zeigefinger durch die Luft. »Nein, nein, so einfach habe ich es ihm nicht gemacht. Er musste schon etwas mehr in die Waagschale werfen.« Sie lächelte. »Die Bedingung für meine Zustimmung war, dass er mir genau die Summe Geld überträgt, die er mir bei einer Scheidung schuldig gewesen wäre. Auf diese Weise waren wir beide gleichberechtigt und frei.« Sie schnippte Asche von der Zigarette. »Da er ja schon mit der Gründung einer neuen Familie begonnen hatte, wäre es für mich ein Leichtes gewesen, die Scheidung erfolgreich durchzuziehen und genau den gleichen Betrag zu bekommen.«

»Mit anderen Worten: Er hatte keine andere Wahl?«

»Genau. Nur, dass es in Wahrheit eine Win-win-Situation für uns beide war. Denn er umging ja auch den ganzen Scheidungsärger. Und auch seine Isabelle hatte er besser im Griff, solange er noch mit mir verheiratet war: Die versteckte Drohung, jederzeit zur alten Familie zurückkehren zu können, ist sehr wirksam. Maik hat nicht lange überlegt und zugestimmt. Die Bankbelege sind alle da, ich weise sie Ihnen gerne vor. Dann haben Björn und ich uns vor etwa zwei Monaten in Stockholm auf die Suche nach einer schönen Wohnung gemacht. Das war's.«

Sebastian bedankte und verabschiedete sich. »Viel Glück für den Neuanfang«, sagte er, schüttelte ihr die Hand und ging über den knirschenden Kies zum Auto.

49

Der Student mit den verstrubbelten Haaren, dem das Hemd aus der Hose hing, schichtete Laptop, Schreibblock und Bücher übereinander, schob den Stuhl ordentlich an den Tisch und verließ den Bibliotheksraum, ohne sich noch einmal umzudrehen. Es war schon nach 23 Uhr. Elisabeth war nun die Letzte auf der Etage. Vielleicht waren in den unteren Geschossen noch Studenten, die lernten. Elisabeth versuchte sich wieder auf den Gesetzestext zu konzentrieren, der vor ihr lag. Seehandelsrecht. Sie hatte einige Seiten exzerpiert und ihre Kommentare dazu in eine gesonderte Spalte geschrieben. Es war ein Thema, das sie brennend interessierte. Normalerweise.

Heute Abend tanzten und verschwammen die Buchstaben immer wieder vor ihren Augen, als wäre sie seekrank. Und tatsächlich kam es ihr vor, als hätte sie den Boden unter den Füßen verloren. Sie wusste nicht, was sie denken sollte. Sie wusste nicht, was sie fühlte. Sie sollte noch einmal das Beck'sche Handelsgesetzbuch konsultieren.

Lautlos schob sie ihren Stuhl auf dem glatten Teppich zurück, stand auf, ging an den Tischreihen entlang zu den Regalen, bog zwischen dem dritten und vierten ein und fuhr mit dem Zeigefinger lustlos an den Buchrücken entlang. Wie riesig ihr Enthusiasmus gewesen war, als sie ihr Jura-Studium aufgenommen hatte. Ihr größter Antrieb dabei war, dass sie sich eine Waffe zum Kampf für die wehrlose Natur schmiedete. Aber bis sie die Waffe wirksam einsetzen konnte, brauchte es Zeit. Und ihre volle Konzentration. Sie hatte sich vorgenommen, sich nicht ablenken zu lassen. Jeden Tag etwas Sinnvolles zu tun. Von Emotionen unabhängig zu sein. Niemals an Tussentreffen teilzunehmen, um den Marktwert in der Männerwelt zu besprechen. Ihr war immer klar gewesen, dass sie mehr wollte. Sie zog das Buch aus dem Regal, trug es an ihren Platz und schlug das Inhaltsverzeichnis auf.

Unten auf der Rothenbaumchaussee fuhr ein einzelnes Auto, aus der Innenstadt kommend, die Straße hinauf Richtung Eppendorf. Der Fahrer oder die Fahrerin fuhr wahrscheinlich nach Hause. Elisabeth blätterte und blätterte, bis sie bemerkte, dass sie vergessen hatte, nach welcher Seitenzahl sie suchte. Sie blätterte zurück zum Inhaltsverzeichnis.

Die Eröffnung, die Hugo ihr im Stadtpark gemacht hatte, ging ihr nicht aus dem Kopf und raubte ihr immer wieder die Gedanken. Ausgerechnet ihr Hugo war der Enkel des Feindes, Nachkomme des Reeders Herbert von Köhn, des Besitzers einer ganzen Flotte zerstörerischer Schiffe. Natürlich konnte Hugo nichts für seine Herkunft, und dass er das den Leuten von Ökopolis nicht unter die Nase rieb, war ja zu verstehen. Aber dass Hugo sein Geheimnis in all den Wochen, die sie so eng und so glücklich miteinander verbracht hatten, gehütet und nicht mit ihr geteilt hatte – das schmerzte. Es schmerzte unendlich. »Hugo«, hatte sie ihn am Elbstrand gefragt, »hast du Geheimnisse vor mir?« Seine Antwort: »Hat nicht jeder ein kleines Geheimnis?«

Sie strich mit der Hand über die aufgeschlagene Seite. Außer- bzw. vorprozessuale Mandatsbearbeitung, Passivlegitimation des Anspruchsgegners. Die Buchstaben verschwammen. Elisabeth kämpfte mit den Tränen. Verräter. Wenn sie ihm nicht heimlich nach Winterhude gefolgt wäre und nicht sein Fahrrad vor der Villa und den Briefumschlag mit dem Namen »Herbert von Köhn« zwischen den Streben des Gitterzauns entdeckt hätte, wäre sie noch immer die ahnungslose Gans. Elisabeth seufzte. Sie musste sich konzentrieren. Sie musste sich Notizen machen.

Sie klappte den Wälzer zu, stand auf, trug das Buch zurück und schob es in die Lücke. Falsch. Sie zog es wieder heraus und platzierte es weiter links. Alles in Ordnung. Wenigstens hier war ihr kein Fehler passiert. Im Stadtpark, auf Hugos bunter Picknickdecke, nachdem er ihr sein Geheimnis offenbart hatte und sie zuerst glaubte, sich verhört zu haben, war sie wortlos aufgestanden und gegangen.

Sie setzte sich zurück auf ihren Stuhl, schaute geradeaus auf die Fensterwand ins Schwarz der Nacht. In letzter Zeit schlief sie schlecht. Sie nahm sich zu wichtig, wollte die Natur retten, aber saß doch nur allein in der Bibliothek, unfähig, irgendetwas Vernünftiges zu denken. Sie war in diesen lächerlichen Zustand geraten, nur, weil sie sich auf diesen Verräter, diesen Dummkopf, diese Beziehung eingelassen hatte.

Elisabeth atmete tief durch. Die Sache war entschieden. Selbst wenn Hugo seinen Großvater einfach nur mochte, selbst wenn er kein Maulwurf war, der sie nur kennenlernen wollte, um die Gruppe auszuspionieren – sie würde ihm nie wieder vertrauen können. Hugo hatte sie betrogen. So einfach war das.

Sie legte sich ihren Pullover um die Schultern, schaute nach rechts aus dem anderen Fenster, hinunter auf die Straße. Als hätte sie es geahnt, kam dort hinten ein Fahrradfahrer angestrampelt. Der Radler sah aus wie Hugo. Er wollte zu ihr. Er wusste, dass sie um diese Zeit nur in der Bibliothek sein konnte. Gleich würde er dort drüben an der Ecke zur Johnsallee anhalten und ihr wie schon so oft zuwinken. Würde hoffen, dass sie zu ihm herunterkam. Dass sie mit ihm nach Hause fuhr. Ihr Herz schlug schneller.

Elisabeth umklammerte ihren Stift. Sie würde ihn ignorieren, da konnte er wedeln und schreien, wie er wollte. Sie stützte ihren Kopf auf und tat, als würde sie etwas schreiben.

Der Radler fuhr einfach vorbei. Er trug keinen Helm. Es war nicht Hugo. Elisabeth schaute ihm hinterher, bis er im Dunkel verschwunden war, während ihr Stift über den Tisch rollte und zu Boden fiel.

Wie betäubt saß sie da. Dann nahm sie ihr Handy, löste die Tastensperre und begann, eine SMS zu tippen.

50

Sebastian stülpte den Warmhalter aus roter Wolle, den Anna vor Urzeiten einmal gestrickt hatte, über das Fünf-Minuten-Ei. Er hatte keine Ahnung, wann Wanda aus dem Bett kommen würde. Die Tassen und Teller vom Vorabend räumte er in die Geschirrspülmaschine, nachdem er drei Löffel Darjeeling ins Teesieb geschaufelt und mit heißem Wasser aufgegossen hatte. Dann nahm er das Vollkornbrot aus dem Kasten und begann, mit ruhiger Hand gleichmäßige Scheiben von dem Laib abzuschneiden. Von vier Tagen, die Eva Weiß ihm zur Klärung des Falles eingeräumt hatte, waren bereits zwei verstrichen. Einen ganzen Nachmittag hatten Jens und er mit der Aktion in Bönningstedt verschwendet und sich dabei sogar ein wenig blamiert.

Er nahm das Sieb aus der Kanne, füllte den Tee in den Thermosbehälter um und stellte den Brotkorb und zwei Gläser mit Konfitüre auf den Tisch. Er setzte sich, stand im nächsten Moment wieder auf, holte die Butterdose aus dem Kühlschrank und wünschte, er hätte früher daran gedacht, dann müsste er jetzt nicht mit der harten Butter auf dem frischen Brot kämpfen.

Wenigstens war es nicht dazu gekommen, dass er Constanze Keilenweger ins Präsidium abgeführt hatte.

Nicht auszudenken: Eva Weiß hinter der Scheibe des Verhörraums als Zeugin seiner ergebnislosen Befragung. Er streute Salz auf sein Brot.

Er musste Ergebnisse liefern. Er stand unter Beobachtung und durfte seiner Chefin keinen Anlass liefern, an ihm, dem noch wenig erfahrenen Hauptkommissar, zu zweifeln. Sein Vorgänger, der alte Lenz, hätte beim Hinweis auf einen Wohnungskauf wohl kaum gedacht, jetzt sei der Fall gelöst. Aber hatte Sebastian eine andere Wahl gehabt? Immerhin hätten die beiden Verdächtigen nach Stockholm abreisen können und wären dort nicht mehr zu erreichen gewesen.

Er köpfte das Ei. Zu weich. Er musste es eine Minute zu früh aus dem Wasser genommen haben. Er aß es trotzdem, trank seinen Tee und dachte darüber nach, wie geschäftsmäßig das Ehepaar Keilenweger seine Eheprobleme gelöst hatte. Seltsam – auf den ersten Blick. Aber warum eigentlich nicht? Wenn doch beide mit dem Ergebnis zufrieden waren. Zudem hatten sie sehr jung geheiratet, mit kaum zwanzig, da kannte man ja nicht mal sich selbst – wie sollte man dann den anderen richtig einschätzen können? Und jetzt war einer der beiden tot.

Sebastian stellte sein Geschirr in die Spülmaschine. Wer war von Maik Keilenweger derart geschädigt worden, dass er einen so perfiden Plan entwickelt und ihn eiskalt durchgezogen hatte?

Es war kurz vor neun Uhr, als die Kollegen im Besprechungsraum des Präsidiums eintrudelten. Jens stellte eine große Kanne Kaffee auf den Tisch, Pia ein Tablett mit Tassen. Sebastian wartete, bis alle sich bedient und versorgt hatten und Ruhe eingekehrt war. Dann begrüßte er die Runde und bat Pia, die ihm schräg gegenüber saß, über ihre Recherche zu Isabelle Seidel zu berichten.

Pia ließ den Notizblock, der vor ihr auf dem Tisch lag, zugeklappt. Sie räusperte sich und fing auf ihre ruhige Art an zu erzählen. Sebastian unterdrückte seine Nervosität. Zwei Tage noch, hämmerte es in seinem Kopf. Er brauchte handfeste Ergebnisse. Er beobachtete die Kollegen, die sich entspannt zurücklehnten, Heitmann schloss sogar die Augen. Isabelle Seidel, berichtete Pia, wurde vor etwa drei Jahren ihre Wohnung gekündigt, weil sie über einen längeren Zeitraum die Miete nicht gezahlt hatte. Sebastian horchte auf. Genau zu dem Zeitpunkt hatte Isabelle Seidel ihren Maik Keilenweger kennengelernt, der nicht nur die ausstehenden Mietzahlungen übernahm, sondern ihr auch gleich das Liebesnest in der Buttstraße einrichtete.

»Praktisch« entfuhr es Jens.

Sebastian bedankte sich bei Pia, die sich jetzt auch zurücklehnte. Als Nächstes referierte der Kollege Heitmann, der noch einmal die Daten aller Verdächtigen unter die Lupe genommen hatte. Ergebnis: Keiner der Verdächtigen war schon einmal aktenkundig geworden. Aber immerhin fand sich sogenannte »weiche Ware«: Der Manager Alberto Cruz-Schneider hatte vor Jahren eine wissenschaftliche Arbeit abgekupfert und war von der Managerschule in Saarbrücken geflogen. Henning Keilenweger, der Sohn, hatte einmal ein Auto zu Schrott gefahren, dabei ein Kind leicht verletzt, war aber selbst unverletzt und mit einem Bußgeld davongekommen. Die Praktikantin Penelope Heister hieß mit Vornamen eigentlich Britt und hatte einige wilde Fotos bei Facebook, die ganz und gar nicht dem Bild einer Businesswoman entsprachen und auch nicht einer Praktikantin der Reederei Köhn.

Sebastian schaute aus dem Fenster. Eine Wolke kam hinter dem Dach des Präsidiums hervor, schneeweiß und riesig. Er dachte an das Foto, das beim Senior im Kaminzimmer stand, das Bild, das seinen Enkel Hugo Walker zeigte. Der Junge, der seinen Großvater nur heimlich traf.

»Sitzung beendet«, sagte Sebastian. »Danke, meine Damen und Herren. An die Arbeit.«

Wieder in seinem Büro, öffnete Sebastian die unterste Schublade seines Schreibtisches. Ohne hingucken zu müssen, fanden seine Finger die Schokolade. Er brach einen Riegel ab und aß ihn schnell auf. Als das Telefon auf seinem Schreibtisch klingelte, nahm Sebastian den Hörer ab, noch bevor der erste Klingelton beendet war. Es war Henning Keilenweger. Seine Stimme klang leicht euphorisch.

»Ich will Ihnen etwas sagen«, begann er. »Es spielt jetzt zwar keine Rolle mehr, aber ich will es einfach loswerden.«

Ob es wirklich keine Rolle spielte, würde man noch sehen, dachte Sebastian. »Legen Sie los«, sagte er und schaltete das Aufnahmegerät an.

»Sie haben die Person gesucht, die mit meinem Vater

am Abend vor seinem Unfalltod in der Buttstraße gestritten hat. Erinnern Sie sich?«

»Allerdings.« Sebastian dachte an den alten Nachbarn Ortwin Weber, der den Streit gehört und zwei Männer gesehen hatte.

»Ich weiß, wer es war«, sagte Henning Keilenweger.

»Dann sagen Sie es bitte.« Sebastian wunderte sich, warum der Anrufer zögerte.

»Das war ich«, sagte Henning Keilenweger. »Ich habe mich mit meinem Vater gefetzt.« Er erzählte, wie er ihm vor Isabelle Seidels Wohnung aufgelauert und ihn zur Rede gestellt hatte. Vordergründig ging es um die Schwangerschaft, um die Geliebte, aber eigentlich ging es um alles andere: um das Verhältnis zwischen Vater und Sohn, zwischen Vater und Familie. Der Vater war aufbrausend und uneinsichtig wie immer gewesen, der Streit lautstark. Danach sei er nach Hause gefahren.

»Warum erzählen Sie mir das erst jetzt?«, fragte Sebastian.

»Als ich hörte, dass nach der Person gesucht wurde und man wegen Mordes ermittelte, habe ich Angst bekommen. Sorry.«

Dass die Geschichte so verlaufen war, wie der Sohn es beschrieb, bezweifelte Sebastian nicht. Aber er fragte sich, ob das der wahre Grund für den Anruf war.

In die Pause hinein fragte Henning Keilenweger: »Haben Sie eigentlich inzwischen herausgefunden, wer damals die Farbbeutel auf unser Haus geworfen hat? Waren es die Leute von Ökopolis?«

Sebastian erinnerte sich an das Gespräch mit Henning

Keilenweger am Gartenzaun des elterlichen Anwesens. Henning war von Anfang an davon ausgegangen, dass der Anschlag auf das Konto von Ökopolis ging. »Darauf kann ich Ihnen noch keine Antwort geben«, sagte Sebastian. »Wollten Sie mir sonst noch etwas sagen?«

»Nein. Das ist alles.«

Nachdem sie aufgelegt hatten, lehnte Sebastian sich zurück. Tatsächlich, wer für den Farbbeutelanschlag verantwortlich war, hatten sie noch nicht vollständig geklärt. Aber was hatte Henning damals noch mal genau gesagt? Sebastian versuchte sich zu erinnern. Sein Vater habe mit Ökopolis Zoff gehabt, hatte er erzählt – aber da war doch noch etwas gewesen … Sebastian kam nicht darauf.

51

Sein Enkel, sagte Herbert von Köhn am Telefon, sei um diese Zeit womöglich in der Hafencity bei den Magellan-Terrassen anzutreffen. Auf Sebastians Frage, was Hugo dort mache, antwortete der Senior: »Biken.« Sebastian musste noch einmal nachfragen, dann verstand er: Hugo Walker war auf einem BMX-Rad unterwegs und trainierte.

Erst als einer der jungen Männer, die alle gleich aussahen in ihrer Sicherheitsmontur mit Helm, Arm- und Beinschonern, sein Rad an die Wand lehnte, die Jacke auszog und die dunkle Hautfarbe zum Vorschein kam, erkannte er ihn.

Sebastian ging in einem kleinen Bogen um den Parcours herum, stellte sich vor und richtete einen Gruß von seinem Großvater aus. Durch das Visier des Helms sah Sebastian zwei wache Augen, die ihn musterten. Dann zog Hugo Walker den Helm vom Kopf, und die dicken schwarzen Locken kamen zum Vorschein. Sebastian schlug vor, sich oben auf die Stufen zu setzen.

Hugo redete ohne erkennbaren Akzent und antwortete auf Sebastians Fragen kurz angebunden. Das Verhältnis zu seinem Großvater sei »sehr gut«, sein Werdegang »normal«: Highschool in New York City, College in Boston und nun – okay, das sei etwas Besonderes – das Praktikum in Hamburg, das er schon einmal verlängert hätte. Für Umweltpolitik habe er sich einfach schon immer interessiert.

Wie bestellt, schob sich ein dicker Frachttanker durch den Hafen und überragte mit seinen Schornsteinen die modernen Häuserbauten der Hafencity. »Diese Monstren, die ihre Rußpartikel tonnenweise in die Atmosphäre blasen, sind ein echtes Problem«, erklärte Hugo Walker. »Die schlimmste Umweltverschmutzung passiert ja nicht hier in der Stadt, wo alle es mitkriegen würden, sondern draußen auf dem Meer. Vierzig Prozent der Erderwärmung in der Arktis werden von diesen Rußpartikeln verursacht, das müssen Sie sich mal vorstellen.« Er schaute dem Schiff hinterher. »Menschen, die an Küsten wohnen, haben meistens keine Ahnung von der Gefährdung.« Er wischte sich mit der Hand über die Stirn und sagte: »Aber auch hier in der Hafencity. Die Leute bezahlen viel Geld, um hier zu wohnen, und kriegen die volle Ladung Feinstaub und Ruß frei Haus geliefert. Im Hamburger Hafen gehen ja auch immer mehr Kreuzfahrtschiffe vor Anker. Die sind auch nicht gerade sauber. Im Jahr 2005 kamen zweiunddreißig Schiffe. 2012 waren es schon über fünfmal so viel. Inzwischen geht die Zahl auf die zweihundert Kreuzfahrtschiffe pro Jahr zu, die hier in die Stadt einfahren. Feinstaub und Ruß, Kohlendioxyd, Schwefeldioxyd und Stickoxyde – das wird hier in Hamburg alles tonnenweise in die Luft geblasen. Da möchte man gar nicht mehr atmen, was?« Er lachte kurz auf.

Sebastian stimmte zu. Dass Bewohner der Hafencity sich über Schmutz, Gestank und Lärm beschwerten, der von den riesigen Schiffsmotoren ausging, war bekannt.

»Ein Kreuzfahrtschiff verbraucht, auch wenn es nur im Hafen liegt, Unmengen an Treibstoff«, sagte Hugo Walker. »Die brauchen Strom für Licht und Heizung in Hunderten Zimmern, in Festsälen, Restaurants, Küchen, Frisörsalons und Wellness-Oasen, eben alles, was es in einem riesigen Luxushotel gibt. Das sind bis zu zehn Megawatt pro Tag.«

»Das sagt mir leider nichts«, meinte Sebastian.

Hugo Walker schaute ihn kurz von der Seite an, dann wieder hinaus Richtung Elbe. »Das entspricht dem Stromverbrauch einer Kleinstadt. Es gibt Pläne für sogenannte Landstromanlagen. Die würden mindestens die Hälfte der Schadstoffemissionen verhindern. Aber das kostet die Stadt eben ein paar Milliönchen. Und ob alle Schiffe eine solche dann auch wirklich benutzen können, steht noch in den Sternen. Besser wäre es, wenn die Kreuzfahrtschiffe mit einer zeitgemäßen Abgastechnik ausgestattet wären, mit SCR-Katalysatoren, Rußpartikelfiltern – das gibt es alles schon. Aber leider werden die meisten Schiffe auch heute noch ohne diese Vorrichtungen gebaut. Ist das nicht ätzend? Kostengründe, heißt es. Die Kunden wollen für ihre Kreuzfahrt nicht so viel zahlen.«

»Die Reederei Ihres Großvaters hat aber nie Kreuzfahrtschiffe betrieben, oder?«

»Nur Frachtschiffe, Containerschiffe, aber die sind ja nicht besser.«

»Ihr Großvater sagt, Sie hätten in Sachen Umweltschutz schon viel bei ihm bewegt.«

»Es würde mich freuen.«

»Er möchte seine Schiffe umrüsten.«

»Das ist doch bewundernswert, finden Sie nicht auch? Aber sein Umdenken hat schon angefangen, bevor wir uns kennengelernt haben.«

»Sie können sich das ruhig anheften. Manchmal braucht es nur den letzten Anstoß. Sie waren die Stimme, die Ihr Großvater hören musste.«

Hugo Walker sah in die Ferne und lächelte. Er ließ den Gedanken wirken.

»Sind Sie glücklich?«, fragte Sebastian.

Hugo Walker schaute ihn überrascht an. »Warum fragen Sie?«

»Einfach so«, antwortete Sebastian.

Der Mann überlegte einen Moment. »Na ja, da hätten Sie mich lieber vor ein paar Tagen fragen sollen.«

»Warum?«

»Da hatte ich noch keinen Streit mit meiner Freundin.«

»Elisabeth Reetz?«

Hugo Walker stutzte. »Woher wissen Sie das?«

»Auch von Ihrem Großvater. Es ist mein Beruf, die Menschen zum Reden zu bringen, da verraten sie mir manchmal auch Geheimnisse. – Ich habe mich übrigens vorgestern mit Frau Reetz unterhalten.«

»Hat sie mir gar nicht erzählt.«

»Und darf ich fragen, worum es bei Ihrem Streit mit Frau Reetz ging?«

»Es gab da ein paar Missverständnisse«, antwortete Hugo Walker vage.

»Privater oder politischer Natur?«

»Das ist bei uns schwer auseinanderzuhalten.« Er wischte mit den Handschuhen über seine Schuhe. »Also gut, ich kann es Ihnen ruhig verraten. Ich hatte ihr nichts von meinem Großvater erzählt, und als sie von unserer Verwandtschaft hörte, hat sie die falschen Schlüsse gezogen.«

»Nämlich?«

»Egal.«

»Dass Sie bei Ökopolis für die Reederei spionieren? Hat sie das gedacht?«

»Woher wissen Sie denn das jetzt schon wieder?«

»Stimmt es denn, spionieren Sie?«

»Natürlich nicht. Das ist kompletter Schwachsinn.«

»Ich sprach mit Frau Reetz über Maik Keilenweger, sie meinte, was den Umweltschutz betrifft, wäre der vollkommen uneinsichtig gewesen.«

»Dann wird es wohl so gewesen sein.«

»Warum trifft er sich dann mit Umweltaktivisten?«

Hugo zuckte die Schultern. »Taktik?«

»Was wissen Sie über den Farbbeutelanschlag auf das Privathaus von Herrn Keilenweger?«, fragte Sebastian.

»Nichts.«

»Aber Sie wissen, wer es war?«

»Bei der Sache ist niemand verletzt worden.«

»Wenn Sie den Namen kennen und nicht verraten, können Sie in Schwierigkeiten geraten, das ist Ihnen klar?«

»Ehrlich, ich hab keine Ahnung«, sagte Hugo Walker.

Sebastian wusste nicht, ob er ihm das glauben sollte. Aber er wusste plötzlich, was Henning Keilenweger an der Koppel nebenbei gesagt hatte, als sie über die Farbkleckse und die Umweltschützer gesprochen hatten. »Vergessen Sie den Farbanschlag«, sagte Sebastian zu Hugo Walker.

Der schaute ihn verblüfft an. Sebastian verabschiedete sich und stieg eilig die Treppen hinauf.

52

Auf dem Weg in die Kantine – Sebastian wollte sich nur rasch einen Espresso holen – begegnete ihm Frau Börnemann aus der Verkehrsabteilung. »Wir haben schon lange keinen Kaffee mehr zusammen getrunken«, sagte sie.

»Stimmt, das müssen wir unbedingt bald nachholen!«

Sie nickte und fügte mit Bedauern in der Stimme hinzu: »Leider habe ich im Moment keine Zeit.«

»Schade«, sagte Sebastian und hoffte im selben Moment, dass die Frau es sich jetzt nicht anders überlegte. Sie schien einen Moment lang zu zögern, flüsterte dann aber: »Ich muss weiter«, lächelte verschwörerisch und ging an ihm vorbei.

Um diese Zeit war jeder Tisch besetzt, aber die Kaffeemaschine – wie durch ein Wunder – frei. Sehr gut. Sebastian trat an den Tresen und entdeckte Eva Weiß, die am anderen Ende leicht vornübergebeugt stand und misstrauisch die Kuchenstücke in der Vitrine beäugte.

Unauffällig zog er sich zurück, ging um eine Säule herum und verließ rasch die Kantine. Eva Weiß war die Letzte, die er jetzt treffen wollte.

Aus den Augenwinkeln hatte er noch gesehen, dass sie sich vom Tresen wegbewegt hatte. Ob sie ihn erkannt hatte? Er war sich nicht sicher, ob sie zur Kasse gegangen war oder ebenfalls zum Ausgang strebte, aber er wagte nicht, sich noch einmal umzudrehen. Er ließ die Aufzüge links liegen und stieg die Treppe hinauf.

Im vierten Stock angelangt, schaute er zuerst bei Pia und Jens hinein. Pia saß auf ihrem Platz und starrte auf den Computerbildschirm, Jens hatte seine Füße auf den Tisch gelegt und las in irgendwelchen Unterlagen. »Gibt es was Neues?«, fragte Sebastian etwas atemlos.

Jens nahm seine Füße vom Tisch. »Leider nein.«

Ohne den Blick vom Computerschirm zu lösen, antwortete Pia: »Bei mir auch nicht. Und bei dir?«

Sebastian dachte an das Gespräch, das er gleich mit Henning Keilenweger führen wollte, und sagte: »Mal schauen. Vielleicht.« Er drehte sich um und sah Eva Weiß, die eben durch die Sicherheitstür in den langen Flur einbog. Fieberhaft überlegte Sebastian, wie er es der Chefin verkaufen könnte, dass sie mit ihren Ermittlungen auf der Stelle traten, er immer noch mit leeren Händen dastand und keine neuen Erkenntnisse vorzuweisen hatte.

»Guten Tag, Herr Fink«, sagte Eva Weiß, nickte und ging an ihm vorbei. Sebastian schaute ihr hinterher. In diesem Moment blieb sie stehen, drehte sich um und sagte: »Ach, Herr Fink! Kommen Sie gut voran?«

»Absolut«, antwortete Sebastian und wurde rot.

»Schön«, sagte Eva Weiß. »Sehr schön.« Dann drehte sie sich wieder um und ging weiter.

Das war ja noch mal gutgegangen. Sebastian hängte seine Jacke an den Haken, setzte sich an seinen Schreibtisch, öffnete die unterste Schublade und nahm sich ein Stück Schokolade aus der knisternden Folie, und gleich danach noch eines. Es war Viertel nach zwölf Uhr, als er Henning Keilenweger am Telefon hatte. Die Stimme des Mannes klang entfernt, und in der Leitung rauschte es. »Ich bin im Auto unterwegs«, sagte er.

Sebastian erklärte, dass ihm eingefallen war, was er in ihrem ersten Gespräch an der Koppel gesagt hatte. »Sie meinten, ein Journalist hätte etwas über Ihren Vater geschrieben, und das hätte ihn damals ziemlich aufgebracht. Erinnern Sie sich?«

»Ach, hatte ich das erwähnt? Ja, das stimmt, da gab es eine Geschichte. Aber, Gott, mein Vater hatte immer wieder Auseinandersetzungen mit Leuten, die sich angeblich für die Umwelt einsetzen.«

»Der Journalist war also Umweltschützer?«

»Jedenfalls hielt er sich für einen solchen.«

»Wissen Sie noch, worum es in dem Artikel ging?«

Das Rauschen trat in den Vordergrund. Dann antwortete Henning Keilenweger: »Ich glaube nicht, nein.«

»Und warum erinnern Sie sich überhaupt an die Sache?«

»Weil mein Vater dem Journalisten den Artikel abgekauft hat und ich mich gewundert habe, dass das so einfach geht.«

»Wissen Sie, wie der Journalist hieß und wann das war?«

»Keine Ahnung. Vielleicht kann meine Mutter Ihnen da weiterhelfen. Falls sie sich daran erinnert. Es ist ja schon etwas länger her.«

Nachdem Sebastian sich verabschiedet hatte, war weiter das Rauschen in der Leitung zu hören. Henning Keilenweger hatte nicht aufgelegt. Sebastian wartete noch einen Moment, ohne zu wissen, worauf. Er hörte den Blinker, schließlich eine Radiostimme. Sebastian legte auf. Mechanisch griff er wieder in die untere Schublade, nahm den letzten Riegel, aß ihn auf, knüllte das Papier zusammen und warf es in den Papierkorb. Dann rief er Constanze Keilenweger an. Sie klang, als wäre sie mit ihren Gedanken ganz weit weg. Im Hintergrund war das Plätschern von Wasser zu hören. »Störe ich?«, fragte Sebastian. »Ich hätte nur eine kurze Frage.«

»Bin wohl eingenickt.« Sie gähnte. »Ach, und Björn zieht immer noch seine Bahnen, dann kann ich ja so lange nicht geschlafen haben. Oder er ist heute besonders fleißig.«

»Es geht um einen Journalisten, dem Ihr Mann irgendwann einmal einen Text abgekauft haben soll. Die Sache hatte wahrscheinlich mit Umweltschutz zu tun. Sagt Ihnen das was?«

Frau Keilenweger gähnte wieder. »Entschuldigung. Wie kommen Sie denn jetzt auf die Geschichte?«

»Sie erinnern sich also?«

»Warten Sie, wie war das noch mal? Maik war damals wegen irgendetwas stinksauer. Der Journalist hatte ihn interviewt, und Maik gefiel das aufgeschriebene Interview nicht.«

»Wissen Sie noch, worum es ging?«

Stille am anderen Ende. »Um Schiffsemissionen, also dieses Umweltthema, da haben Sie schon ganz recht.

Maik wollte um jeden Preis verhindern, dass der Artikel erscheint.«

»Und?«

»Was?«

»Hat er es verhindert?«

Sie lachte. »Was dachten Sie denn? Maik hat den Mann gekauft.«

»Wie das?«

»Sie sind ja süß, Herr Fink: mit einem Umschlag. Da waren ein paar Scheine drin.«

»Wie viel?«

»Keine Ahnung, aber ein paar tausend Euro werden es schon gewesen sein.« Stille. Nur die Vögel waren zu hören. Björn schien aus dem Wasser gekommen zu sein. Dann fuhr Constanze Keilenweger fort: »Im Gegenzug hat Maik von dem Journalisten den Artikel und auch irgendwelches Recherchematerial bekommen.«

»Erinnern Sie sich noch an den Namen des Journalisten?«

Während sie überlegte, traten die Vogelstimmen wieder hervor. »Tut mir leid.«

»Wann genau ist die Sache passiert?«, fragte Sebastian.

»Da fragen Sie mich was. Ich habe kein gutes Zeitgefühl. Vielleicht zehn Jahre?«

»Was hat denn Ihr Mann mit dem Bericht gemacht?«

»Er hat ihn wahrscheinlich verschwinden lassen.«

»Was heißt das genau?«

»Da müssen Sie mal seine Sekretärin fragen.«

Sebastian legte auf und schaute auf die Uhr. Wenn er sich beeilte, könnte er es noch schaffen.

53

Hugo radelte die Reeperbahn entlang. Er fuhr nicht schnell, aber zügig und aufmerksam. Es waren nicht die Junkies, die einem hier öfter mal vor das Fahrrad stolperten, sondern die Touristen, die immer wieder die Straßenseiten wechselten, um einen Blick in die mit schweren Gardinen verhängten Eingänge der Stripteaselokale und Peepshows zu erhaschen. Auch mitten am Tage.

Jenseits des Spielbudenplatzes fädelte Hugo sich rechts ein, bog beim Casino in den Hamburger Berg ein, überholte ein Auto, das auf der Suche nach einem Parkplatz vor ihm her kroch. Bevor die Ampel auf Grün schaltete und ihm ein Strom von Autos entgegenkam, bog er rechts in die Simon-von-Utrecht Straße ein, trat in die Pedale und rollte nach rechts in die Talstraße. Er war nervös. Er wusste nicht, was er mehr fürchtete: dass Elisabeth zu Hause war oder dass er gleich vor verschlossener Tür stehen würde. Er bog nach links in die Clemens-Schultz-Straße und bremste vor dem Haus mit der Nummer sieben. Ohne vom Sattel zu steigen, schaute er hinauf zu den Fenstern im dritten Stock. Die SMS, die Elisabeth ihm gestern spät abends geschickt hatte, hatte er erst heute Morgen empfangen. Zwei dürre Sätze: »Ich lösche jetzt deine Nummer. Bitte ruf mich nicht an und lass mich in Ruhe. Elisabeth.«

Sie war fort. Das erkannte er daran, dass alle Fenster – auch das Küchenfenster – geschlossen waren. Sie hatte immer, auch bei schönstem Wetter, Angst, dass es hineinregnen könnte. Diese übertriebene Angst – er liebte sie dafür.

Hugo überlegte. Soviel er wusste, stand bei Ökopolis heute, Mittwoch, keine Veranstaltung und kein Treffen an. Er schaute sich um, aber die Frau, die da hinten mit Einkaufstaschen bepackt die Straße entlangkam, hatte nicht aufgesteckte, sondern kurze Haare. Er stieß sich vom Bordstein ab, fuhr eine Kurve und die Clemens-Schultz-Straße hinauf. Er überquerte schräg die vier Spuren der Budapester Straße und fuhr mit Rückenwind auf der Glacis-Chaussee, die am Heiligen-Geist-Feld vorbeiführte. Nach der Feldstraße fuhr er ein Stück über den Gehweg, Slalom zwischen Passanten, und kam unter dem Fernsehturm wieder auf die Straße. Die Ampel an der Kreuzung war noch grün, und er jagte über die Rentzelstraße hinweg. Vom Grindelhof bog er in den Campus ein. Hier musste er schließlich absteigen und sein Rad, das er mit einer Hand am Sattel festhielt, durch den Menschenstrom dirigieren. Jetzt, um die Mittagszeit, strömten die Studenten aus den Seminaren und Vorlesungen und zogen hinüber zur Mensa im Philosophenturm oder zu einer der beiden Mensen in der Nähe der Staatsbibliothek und weiter zu einem der Cafés auf der Schlüterstraße, der Grindelallee oder dem Grindelhof, bevor es dann wahrscheinlich zum

Lernen in eine der angrenzenden Bibliotheken ging. Hugo kannte diesen Rhythmus erst, seit er Elisabeth kennengelernt hatte. Sie hasste es, sich in diesem Strom zu bewegen. Sie war elitär, auch wenn sie das empört abgestritten hätte, und auch dafür liebte er sie.

Das Gebäude, in dem sich auch die Bibliothek der Juristen befand, erstreckte sich von der Schlüterstraße bis zur Rothenbaumchaussee und besaß an beiden Straßen einen Eingang. Anders als sonst schob er heute sein Fahrrad zwischen die anderen Räder, schloss ab und stieg die Stufen zum Eingang hinauf. Er lächelte. Er musste Elisabeth nicht anrufen. Er kannte ihre Gewohnheiten in- und auswendig. Wenn das Küchenfenster zu war und sie nicht für Ökopolis unterwegs war, wusste er, wo sie steckte, womit sie sich beschäftigte und welchen Rhythmus sie hatte. War das nicht seltsam? Noch vor sieben Wochen hatte er diese Frau überhaupt nicht gekannt! Und jetzt besetzte sie Tag und Nacht seine Gedanken, und wenn sie nicht in seiner Nähe war, wenn er nicht ihren Duft riechen und nicht ihr schönes Gesicht mit der altertümlichen Frisur sehen durfte, drehte er fast durch.

Die Studentinnen, die ihm entgegenkamen, wirkten mit ihren Täschchen, Schühchen und Pullöverchen so anders als Elisabeth. Jünger, unbeschwerter, harmloser, langweiliger. Es waren Studentinnen aus einer anderen Welt, ja wie aus einer anderen Generation. Er hielt eine von ihnen an und fragte nach dem Weg zur Bibliothek. Während sie ihm mit ausgestrecktem Arm erklärte, er müsse den Gang bis zum Ende durchgehen, dann rechts die Treppe hoch, bemerkte er, dass sie Schuhe mit hohen Absätzen trug, dazu ein enges Kleid, das die Form ihrer Brüste perfekt zur Geltung brachte. Sie hatte schöne Augen und vielleicht auch etwas Rouge aufgelegt, aber da war Hugo sich nicht sicher. Er wusste nur, dass selbst eine so gutaussehende Frau ihn nicht interessierte. Ihn interessierte nur Elisabeth, und wenn er ihre Botschaft, er sollte nicht anrufen, richtig übersetzte, hieß es: Bitte komm, sprich mit mir. Jedenfalls hoffte er das sehr.

»Alles okay?«, fragte die Studentin mit dem perfekten Busen und lächelte ihn an.

»Danke.« Er ging weiter. Er beeilte sich. Er warf seinen Rucksack in die Ecke, weil er kein passendes Geldstück für ein Schließfach hatte, und während er die Treppe hinaufsprang, immer zwei Stufen auf einmal, stieg auf einmal wieder die Wut in ihm hoch. Einen Verräter hatte sie ihn genannt, als sie ihn im Stadtpark auf der Picknickdecke sitzenließ. Weil sein Großvater ein Reeder war? Weil er ihr dieses Detail verheimlicht hatte? Aber er hatte es gar nicht verheimlicht, er hatte es ihr nur nicht erzählt. Noch nicht. Natürlich hätte er viel früher dieses Thema anschneiden sollen, aber das hatte er nun mal vergeigt. Dabei hätte er sich so sehr gewünscht, dass Elisabeth seinen Großvater kennenlernte.

Im Lesesaal war jeder Platz besetzt. Über die Köpfe der Studenten hinweg sah er Elisabeth auf ihrem Platz, hinten in der Ecke, direkt am Fenster. Es war ihr Stammplatz, und niemand würde sich trauen, ihn zu besetzen. Sie saß ein wenig vornübergebeugt, und ihre Hand glitt leicht über ein Stück Papier. Er liebte ihre Schrift, die so klar und schnörkellos war. Damit sie ihn nicht frühzeitig bemerkte, verbarg er sich hinter dem Regal mit den Gesetzessammlungen. Er überlegte. Er könnte einfach hingehen, sich neben sie stellen, sie leise und freundlich bitten, auf ein Wort mit ihm hinauszugehen. Und wenn sie sich sträubte, würde er einfach bei ihr stehen bleiben und nicht fortgehen. Und dann?

Er wollte ihr von den vielen Gesprächen mit seinem Großvater erzählen, von dessen Plänen, die Schiffe umzurüsten. Aber würde sie ihm das glauben? Sie würde denken, dass er ihr ein schönes Märchen erzählte. Er würde erwidern, dass sie die Welt nicht immer nur in Gut und Böse einteilen durfte. Dass auch sie sich ändern müsse, nicht immer nur die anderen … Der Streit wäre vorprogrammiert.

Okay, dann müsste er es wohl anders anfangen. Er sollte ihr erst einmal verzeihen. Es ihr nicht übelnehmen, dass sie ihn einen Verräter genannt und für einen Spitzel gehalten hatte.

»Was willst du hier?«, fragte plötzlich die Stimme, die ihm so vertraut war.

Erschrocken schaute er hoch. Elisabeth stand auf der anderen Seite des Regals und sah ihn zwischen den Büchern hindurch böse an.

»Ich muss dich sprechen«, stammelte er. »Bitte.«

Sie verschränkte ihre Arme und drehte sich wortlos um.

54

Von diesem Artikel höre ich zum ersten Mal«, sagte Roswitha Bischof, und ihrer Stimme war anzuhören, wie irritiert sie war. »Eigentlich hat Herr Keilenweger alles mit mir besprochen.« Die Sekretärin schaute über den Schreibtisch ihres verstorbenen Chefs und seinen alten ledernen Sessel, als würde sie sich einen Moment an vergangene Zeiten erinnern. Es roch nach Parfum.

»Gibt es hier einen Safe?«, fragte Sebastian.

»Einen Safe?«, fragte Frau Bischof.

Er nickte.

»Ja, den gibt es. Aber ich weiß nicht, ob ich berechtigt bin, ihn für Fremde zu öffnen.« Frau Bischof sah ratlos aus.

»Sie müssen ihn sogar öffnen, wenn die Polizei darum bittet«, antwortete Sebastian.

Als würde das Wissen um die staatsbürgerliche Pflicht es ihr leichter machen, trat Frau Bischof ans Regal und schob mehrere schwere Lexika beiseite, die vielleicht noch nie benutzt worden waren. In der Wand dahinter kam ein schlichtes Türchen mit einem Zahlenrad zum Vorschein. »Noch aus der Zeit des Seniors«, murmelte die Sekretärin.

»Sie kennen den Code?«, fragte Sebastian.

Frau Bischof schaute ihn an und sagte: »Ich gehe nie an den Safe, ich muss kurz überlegen … Früher war es das Geburtsdatum von Herrn von Köhns verstorbener Ehefrau …« Sie drehte an dem silbernen Rädchen. Die Tür sprang auf. Die Sekretärin trat respektvoll einen Schritt zurück und, als sie bemerkte, dass sie Sebastian im Licht stand, einen Schritt zur Seite.

Links lag ein niedriger Stapel mit Dokumenten. Rechts ein einzelner Goldbarren und übereinandergestapelt mehrere Schmuckschatullen. Davor ein grünes Bündel Hundert-Euro-Scheine. Sebastian zog die Latexhandschuhe, die er immer bei sich hatte, aus seiner Jackentasche, streifte sie über, nahm den Stapel Papiere heraus und ging damit zum Tisch bei der Sitzgruppe. Roswitha Bischof drückte die Bürotür ins Schloss und setzte sich zu Sebastian ums Eck.

Die Papiere, die Sebastian sich ansah, waren übersät mit Zahlen. Die Dokumente waren zwei oder drei Jahre alt.

»Wie oft hat Herr Keilenweger den Safe benutzt?«, fragte er.

»Das weiß ich leider nicht«, antwortete Frau Bischof, »aber sicher nicht oft.«

Sebastian stieß auf einen braunen Hefter. Die Pappe war unbeschriftet, beziehungsweise ein Aufkleber war weggerissen oder entfernt worden. Innen lag eine lose Blattsammlung von Computerausdrucken und handschriftlichen Notizen. Ein Text schien länger zu sein, doch die Seiten waren ungeordnet. Sebastian blätterte, bis er die Überschrift gefunden hatte. »*Lebensgefahr in Brunsbüttel – Erhöhtes Krebsrisiko durch Schiffsemissionen an der Schleuse. Von Heiko Dietz.*«

»Kennen Sie den Text?«, fragte er Frau Bischof.

Sie streckte den Hals und schüttelte den Kopf. »Nicht dass ich wüsste. Nein, nie gehört. – Möchten Sie vielleicht eine Tasse Kaffee?«

Sebastian blätterte durch die übrigen Seiten. Es handelte sich offenbar um ziemlich umfangreiches Recherchematerial. Einem Ausdruck aus dem Internet entnahm er, dass das Material neun Jahre alt war.

»Oder einen Tee?«, fragte Frau Bischof.

Sebastian schüttelte den Kopf: »Nein danke. Ich muss los.«

Mit den Papieren unterm Arm eilte er vom Fahrstuhl durch die Eingangshalle am Empfangstresen vorbei nach draußen. Die Luft war warm und roch nach Frühling. Obwohl das Auto im Halteverbot stand, hatte er kein Knöllchen bekommen, ein Mitarbeiter vom Ordnungsamt war nicht in Sicht. Sebastian setzte sich in den Wagen, griff nach unten an den Hebel und schob den Fahrersitz nach hinten. Dann nahm er die Blätter aus der Mappe. Sie waren nicht nur ungeordnet, sondern total durcheinander. Er brauchte eine Weile, bis er sie in die richtige Reihenfolge gebracht hatte. Als Erstes nahm er sich den Artikel vor und begann zu lesen. Der Text handelte von Schiffsschleusen und Schadstoffkonzentration. Hier wurde speziell der Ort Brunsbüttel genannt. Sebastian erinnerte sich. Brunsbüttel lag dort, wo die Elbe in die Nordsee mündete.

Der Journalist Heiko Dietz hatte da ein größeres Problem geortet: Um vom Nordostseekanal in die Nordsee (oder umgekehrt) zu gelangen, hielten sich große Frachtschiffe und zunehmend auch Kreuzfahrtschiffe mit laufenden Motoren bis zu einer Stunde vor und in der Schleuse auf. Die Motoren mussten in Betrieb sein, weil ein Gesetz die Kapitäne zwang, ihre Schiffe während der gesamten Zeit manövrierfähig zu halten. Die Konzentration von krebserregendem Ruß, der dabei austrat, wurde in diesem Artikel auf ein Tausendfaches dessen beziffert, was für die menschliche Gesundheit unbedenklich sei. Trotz dieser besorgniserregenden Fakten gebe es keine Gesetzesinitiative oder Regelung, die in naher oder ferner Zukunft Abhilfe schaffen könnte.

Sebastian ließ die Seiten sinken. Was er in Händen hielt, war ein fertig geschriebener, sorgfältig recherchierter Artikel, der wahrscheinlich nie erschienen war, weil Maik Keilenweger das verhindert hatte. Aber warum hatte er das getan? Wovor hatte er Angst? Natürlich waren diese Ergebnisse für einen Reedereimanager nicht gerade erfreulich, aber letztlich hätte sich nur ein kleiner Kreis von Leuten dafür interessiert, nämlich die Bewohner von Orten, die an Schiffsschleusen lagen.

Sebastian legte den Artikel in die Mappe zurück und blätterte das Recherchematerial durch, das der Journalist damals zusammengetragen hatte: handgeschriebene Notizen, Artikel aus anderen Zeitungen, Ausdrucke aus dem Internet und schließlich ein wissenschaftliches Gutachten über Schiffsemissionen. Sebastian überflog das Gutachten. Überall stieß er auf Zahlen, Daten, Fakten, von denen auch bei der Podiumsdiskussion von Ökopolis und dem Gespräch mit Elisabeth Reetz im *Namenlos* die Rede gewesen war.

Als Sebastian die Papiere wieder übereinanderlegte und zu einem ordentlichen Stapel klopfte, fühlte er eine Büroklammer. Er drehte das Blatt um und entdeckte ein Papier, das in der Mitte gefaltet war. Er löste es von der Metallklammer und faltete es auseinander. Ein Brief, gerichtet an Heiko Dietz, Bogenstraße 9, Hamburg. Absender: Dr. med. Gerlind Wechsmann, Posadowskystraße 4, Brunsbüttel. Sebastian setzte sich auf und las:

Sehr geehrte Damen und Herren,

seit vierzehn Jahren führe ich meine Praxis in Brunsbüttel und bestätige Ihnen, in dieser Zeit festgestellt zu haben, dass die Zahl der Krebserkrankungen von Menschen, die in der Nähe der Schiffsschleuse wohnen, weit über dem statistischen Durchschnitt liegt. Ferner bestätige ich Ihnen, dass unter meinen Patienten die Zahl der Krebserkrankungen in den vergangenen Jahren angestiegen ist und nach meinem Dafürhalten mittlerweile besorgniserregende Ausmaße annimmt. Meine Beobachtungen sind dokumentiert und können eingesehen werden.

Für weitere Fragen und Auskünfte stehe ich Ihnen jederzeit gerne zur Verfügung. Mit freundlichen Grüßen

Gerlind Wechsmann

Darunter Notizen in lila Farbe, eine Sauklaue, die Sebastian nicht entziffern konnte, die ihm aber bekannt vorkam. Hier hatte Maik Keilenweger herumgekritzelt. Einwandfrei zu lesen war nur die Zahl 18, um die Keilenweger zudem einen Kringel gemalt hatte. Sebastian blätterte im Gutachten zur Seite 18. Hier war mit demselben lilafarbenen Stift ein Satz unterstrichen: *Der freigesetzte Feinstaub dringt tief in die Lunge ein und kann zu Krebs führen.*

Er schloss die Mappe. Sein Herz klopfte. Maik Keilenweger kaufte einen fertigen Text und Unmengen an Recherchematerial, ein wissenschaftliches Gutachten, das Schreiben einer Ärztin, und bei allem ging es um Krebs. Dann erkrankte er selbst an Krebs, weil ihm jemand eine krebsfördernde Substanz einflößte. Konnte das ein Zufall sein? Wohl kaum. Aber wie hing das eine mit dem anderen zusammen?

55

Die Leute auf den Sitzplätzen saßen gerade und merkwürdig bewegungslos. Die meisten von ihnen kamen wahrscheinlich von der Arbeit, waren auf dem Weg nach Hause und freuten sich vermutlich still auf den Feierabend bei schönem Wetter. Der Bus bremste, Türen öffneten und schlossen sich zischend. Der Motor brummte laut beim Losfahren und Beschleunigen und schnurrte gelassen, als er im gleichmäßigen Tempo unter den Alleebäumen entlangfuhr. Elisabeth schaute aus dem Seitenfenster. Die Alster glitzerte im Nachmittagslicht, und die kleinen, weißen Segel sahen aus wie Fähnchen auf dem schimmernden Zuckerguss einer Torte. Am Ufer bewegten sich bunte Punkte, Spaziergänger in der Sonne, von denen manche zu hüpfen schienen.

Sie war empört gewesen. Hugo in der Bibliothek. Ignorierte ihre Ansage, setzte sich darüber hinweg und machte, was er wollte. Jetzt saß er neben ihr, sie spürte seinen Arm an ihrem.

Die Alster verschwand hinter den dicken Stämmen hoher Bäume, nach Winterhude war es nicht mehr weit.

Hugo hatte sie zu einem Spaziergang gedrängt, und was er ihr dabei erzählt hatte, war einfach unglaublich.

Sein Großvater, Herbert von Köhn, der Reeder, wollte angeblich in Zukunft auf Schweröl verzichten und außerdem Millionen investieren, um seine Schiffe umweltverträglich umzurüsten. Wenn das stimmte, wäre es eine Sensation. Und eine mutige, wegweisende, vielleicht wahnsinnige Entscheidung.

Die Straße war ein dunkelgrüner Tunnel aus alten Bäumen mit ausladenden Kronen. Elisabeth legte den Kopf in den Nacken. Hier und da gab es Löcher, durch die Fetzen vom Himmelblau schimmerten.

Vor drei Tagen war sie mit dieser Buslinie dieselbe Strecke gefahren. Sie hatte sich gefühlt, als würde die Welt untergehen: ihre Welt. Die Welt von Hugo und Elisabeth. Jetzt spürte sie, wie seine Hand nach ihrer tastete, sie umschloss und sanft drückte. Elisabeth erwiderte den Druck.

Sie konnte sich nicht erinnern, jemals so gestritten zu haben, schon gar nicht auf offener Straße. Was Hugo ihr alles an den Kopf geschmissen hatte: Schwarzweißmalerin, die die Welt sauber in Gut und Böse einteilte, weil das so verdammt einfach sei, und wie sie überhaupt darauf komme, dass er ihr nicht vertrauen würde und so weiter. Und plötzlich hatten sie sich geküsst.

Hugo legte einen Arm um ihre Schultern. Sie hätte ewig so durch Hamburg fahren mögen, gemeinsam mit ihm auf der letzten Bank des Busses. Sie spürte seine weichen Lippen auf ihrem Hals, dann seine Hand, die sie vom Sitz hochzog.

Der Bus hielt an der Station, an der sie neulich voller Misstrauen ausgestiegen war. Instinktiv hatte sie gewusst, dass sie einem Geheimnis auf der Spur war, Hugos Geheimnis, von dem sie zugleich alles und nichts wissen wollte. Jetzt schlenderten Hugo und sie Arm in Arm denselben Weg entlang, und die Bäume wirkten nicht mehr bedrohlich, sondern waren riesige, verlässliche Freunde.

Dann standen sie vor dem hohen schmiedeeisernen Tor. Elisabeth blieb stehen. Hugo hielt sie an der Hand und schaute sie fragend an.

Die Sekunde, in der sie einfach umdrehen und flüchten wollte, war schnell verflogen. Aber sie war aufgewühlt, als sie durch das Tor gingen, das wie durch Geisterhand aufgesprungen war und jetzt hinter ihnen ins Schloss fiel. Sie gingen auf weißem Kies. Die Blüten der Rhododendren, die die Rasenfläche begrenzten, schaukelten sachte im Wind.

Die schwarze Haustür öffnete sich. Hugo hatte sie vorgewarnt. Aber die Person, die dort im Türrahmen erschien, war nicht die Haushälterin in schwarzweißer Uniform. Ein alter Mann stand da – etwas gebückt und gestützt auf einen Stock mit Knauf, der im Nachmittagslicht so silbern schimmerte wie der Haarkranz, der von dem großen, alten Schädel abstand. Was Elisabeth sofort einnahm, waren seine Augen – braun, warm, freundlich und sehr vertraut. Herbert von Köhn hatte die gleichen Augen wie Hugo.

Sieben Kerzen. Der Junge sitzt hinter der Geburtstagstorte. Neben ihm Gesichter von Erwachsenen und Kindern. Er steht auf, mit aufgeblasenen Backen versucht er die Kerzen auszublasen. Beim dritten Mal gelingt es ihm. Stolz und glücklich ist er.

56

Sebastian wusste, dass er sich jetzt unbeliebt machen würde, aber es musste sein. »Können Sie die Musik bitte etwas leiser drehen?«, fragte er.

Ohne ihm eine Antwort zu geben oder ihn eines Blickes zu würdigen, streckte die Frau hinter der Theke den Arm aus und drehte an dem silbernen Knopf des Verstärkers, der über ihr im Regal stand. Die Musiklautstärke wurde erträglich, und die Frau fragte überraschend freundlich: »Wollt ihr etwas trinken?« Sie nickte hinüber zu Pia, die am runden Tisch am Ende des Raumes saß.

Sebastian bestellte zwei Gläser Mineralwasser und setzte sich zu seiner Kollegin. Von hier konnten sie gut überblicken, wer zur Tür hereinkam. Sie waren fast zehn Minuten zu früh und die einzigen Gäste im Raum. Bei den schon fast sommerlichen Temperaturen saßen die Leute lieber draußen.

Nachdem Sebastian die Kollegen über den Inhalt des Textes von Heiko Dietz und den Verkauf der Story an Maik Keilenweger informiert hatte, hatte sich Pia auf die Suche nach dem Journalisten gemacht, ihn gefunden und ein Treffen arrangiert. Folgende Fakten hatte sie inzwischen über den Mann zusammengetragen: Er war freier Journalist, achtunddreißig Jahre alt, lebte schon immer in Hamburg. Ein paar seiner Artikel hatte Sebastian noch im Internet überflogen. In den Texten ging es um die Hamburger Tafel, um ein schwul-lesbisches Wohnprojekt und andere sozialpolitische Themen. Auf dem Foto, das Pia aus dem Netz gefischt hatte, war ein Mann mit Vollbart zu sehen.

Nach ein paar Minuten ging Pia checken, ob der Journalist Heiko Dietz nicht vielleicht draußen saß, an einem der Tische, die an der Hauswand aufgereiht waren. Es war Dietz' Vorschlag gewesen, sich hier, in der *Misch-Bar* in Ottensen, nicht weit von seiner Wohnung, zu treffen.

Die Bedienung brachte die Getränke. Pia kam zurück und beantwortete Sebastians fragenden Blick mit einem Achselzucken. Sie guckte auf die Uhr. »Wir sind ja auch erst ab jetzt verabredet.« Sie schauten beide zur Tür.

Der Mann, der aus der entgegengesetzten Richtung von den Toiletten kam, war glattrasiert und hielt sich an einer Flasche Bier fest, die er sich im Vorbeigehen an der Theke geholt hatte. Er kam direkt auf Sebastian und Pia zu, und damit war klar, dass es sich um Heiko Dietz handelte. Nach der Begrüßung kam Sebastian ohne Umschweife zum Thema.

»Ja, es stimmt«, antwortete der Journalist mit rauher Stimme. »Ich habe meine Arbeit an Herrn Keilenweger verkauft.« Er zog den Kopf ein, als würde ein Schlag auf ihn niederfahren. »Gut, es war nicht der Teufel, dem ich sie verkauft habe, aber immerhin.«

»Warum«, fragte Pia. »Was war der Grund?«

»Ich war jung und konnte das Geld gut gebrauchen.« Dietz lachte über diese Floskel und entblößte Zähne, die ihre guten Zeiten hinter sich hatten.

»Wie lange haben Sie damals an dem Artikel gearbeitet?«, fragte Sebastian.

»Lange. In dem Alter – ich war Ende zwanzig – hat man noch die Kraft, ausführlich zu recherchieren, und auch den Ehrgeiz, etwas Gutes zu tun.« Dietz nahm einen großen Schluck von seinem Bier und stellte die Flasche etwas zu fest auf den Tisch zurück.

»Sie sagten, Herr Keilenweger wäre nicht der Teufel«, begann Sebastian, aber Heiko Dietz unterbrach und wischte den Vergleich mit einer Handbewegung weg: »Ist völlig übertrieben«, meinte er. »Wir haben ein für beide Seiten gutes Geschäft gemacht, auf das ich bis heute nicht stolz bin, und fertig.«

»Aber wie kommen Sie überhaupt auf den Teufel?«, fragte Sebastian.

Dietz überlegte und starrte dabei aus kleinen Augen vor sich hin. Dann sagte er: »Also, der Keilenweger, der war als Reeder natürlich der Feind.«

»Wessen Feind?«

»In diesem Fall der der Bürger von Brunsbüttel, die sich durch die Schadstoffe in der Luft bedroht und bedrängt fühlten.«

»Verstehe«, sagte Pia und warf Sebastian einen kurzen Blick zu. »Sie haben sich also mit den Bürgern von Brunsbüttel identifiziert, mit den Opfern?«

»Entschuldigung, ich bin als Journalist vollkommen unabhängig. Aber ich fand schon, dass es eine Sauerei ist, die da mit den Schiffen angerichtet wird. Klar war ich auf Seiten derer, die dem Dreck ausgeliefert sind. Und die Leute – nicht alle, aber viele – haben sich gefreut, dass da mal einer ausführlich darüber recherchiert.«

»Wer nicht?«

»Der Bürgermeister und die Leute vom Tourismusbüro zum Beispiel. Die Schleuse ist nämlich auch eine Attraktion. Man kann die großen Tanker mal von nahem anschauen. Das ist schon auch beeindruckend.«

Die Musik in der Kneipe wurde plötzlich lauter. Sebastian schaute über den Kopf von Heiko Dietz hinweg zur Theke, wo ein Typ in T-Shirt am Verstärker gedreht hatte, jetzt aber von der Frau zurechtgewiesen wurde. Die Musik wurde wieder leiser, und Sebastian fragte den Journalisten: »Warum haben Sie von allen Reedern ausgerechnet Herrn Keilenweger aus Hamburg interviewt und mit den Vorwürfen konfrontiert?«

Heiko Dietz setzte sich auf seinem Sessel zurecht. »Zufall«, sagte er und nahm wieder einen Schluck aus der Flasche. Er bemerkte, wie Sebastian und Pia sich anschauten, und sagte: »Ich wollte einfach die Meinung irgendeines Reeders oder irgendeines Reedereimanagers hören und in den Text einbringen. So arbeiten Journalisten. Ich habe mehrere Reedereien angefragt, aber keiner wollte mit mir sprechen. Keilenweger war der Einzige, der dazu bereit war. Ich habe ihn in seinem Büro aufgesucht. Er war ein streitbarer Bursche, zwischen uns sind ganz schön die Fetzen geflogen, daran kann ich mich gut erinnern. Zumal ich gar nicht diskutieren wollte, aber er war so einer, der einem seine Sicht der Dinge aufzwingen will, soll heißen: Schiffsemissionen sind kein Problem, alles im grünen Bereich und so. Wir haben am Ende verabredet, dass ich ihm die Zitate aus dem Interview zur Genehmigung schicke.« Dietz trank sein Bier aus, drehte sich um und zeigte der Bedienung seine leere Flasche.

»Ist das üblich?«, fragte Pia.

»Was?«

»Dass man das absegnen lässt?«

»Leider. Und ich war damals noch so blöd und hab dem Keilenweger sogar meinen ganzen Text geschickt, und einen Tag später bekomme ich den Anruf, ich möge doch bitte noch einmal in sein Büro kommen. Die Uhrzeit war merkwürdig, aber auch das habe ich damals nicht so schnell geschnallt: 19.15 Uhr, das weiß ich noch. Ich kam dann zur Reederei Köhn und merkte erst einmal, dass da niemand mehr war, außer eben Herr Keilenweger. Mir war ein bisschen mulmig. Ich bin ihm in sein Büro gefolgt, wo er zwei Gläser Whiskey eingeschenkt hat, sehr guten, schottischen. Wir standen bei ihm oben am Fenster, den Whiskey in der Hand, und haben den Blick schweifen lassen, wie zwei Ölbarone aus Dallas, cheers!, und runter mit dem Zeug. Dann hat Keilenweger gesagt, dass er mir ein Geschäft vorschlagen will.«

Die Frau von der Theke stellte eine neue Flasche vor Dietz auf den Tisch, blickte in die Runde, aber weder Pia noch Sebastian wollte etwas bestellen.

Sebastian fragte: »Hat er erst drum herum geredet, oder ist er gleich zur Sache gekommen?«

»Er hat sich zuerst erkundigt, wie viel Geld ich für meinen Text bekomme, wenn ich ihn an eine Zeitung verkaufe. Ich habe darauf keine Antwort gegeben. Erstens wusste ich es nicht, und zweitens dachte ich, das geht den Typen gar nichts an.«

»Und drittens?«, fragte Sebastian.

»Drittens hatte ich keinen Bock, so pseudo-vertraut mit einem Mann zu sprechen, den ich ja gar nicht kannte.« Heiko Dietz suchte seine Taschen ab und zog eine Schachtel Kaugummi hervor. »Wollen Sie auch einen?«

»Nein, danke«, sagte Sebastian.

Dietz klaubte den Kaugummi aus der Packung und steckte ihn in den Mund: »Ich wollte mich also eigentlich gar nicht auf diese Ebene begeben, mit ihm übers Geldverdienen faseln, da sagt der Keilenweger doch diesen Satz, den ich bis heute nicht vergessen habe: ›Egal, was Sie bekommen, Ihr Text ist mir das Zehnfache wert.‹ Ich: ›Bitte?!‹ Ich dachte, ich hätte mich verhört. Dann zog der Keilenweger theatralisch – ich sag ja: *Dallas* – einen ziemlich dicken Umschlag aus seinem Jackett und meinte, ich sollte da mal einen Blick reinwerfen. Ich schau rein – und hey, das hat so richtig grün geleuchtet, so viele Hundert-Euro-Scheine waren da drin.« Dietz kaute hektisch auf seinem Kaugummi herum. »Ab da habe ich, ehrlich gesagt, so ein bisschen die Kontrolle verloren. Es heißt ja: Geld macht süchtig. Ich habe den Keilenweger ziemlich dumm angeschaut und ihn gefragt: ›Wofür wollen Sie den Text denn haben?‹ Keilenweger hat nicht gleich geantwortet, daran erinnere ich mich. Der hat wieder die Whiskeyflasche in die Hand genommen und noch mal ordentlich nachgegossen. Dann hat er sich umgedreht, aus dem Fenster geschaut und gesagt: ›Sie werden ihn jedenfalls nie mehr zu Gesicht bekommen.‹ Dann kam er ganz dicht an mich heran und hat gefragt: ›Wie viel wollen Sie?‹ Ich weiß noch, dass ich dachte, das ist ein Theaterstück hier, und ich mittendrin, aber mir gefiel es, vor allem, weil es um richtig viel Kohle ging. Keilenweger sagte: ›In dem Umschlag sind zehntausend Euro.‹ Verdammte Scheiße, habe ich nur gedacht. Ich hab noch gar keine Zeitung, die sich für meinen Artikel interessiert, und wenn, dann hätte ich von denen ein paar hundert Euro bekommen, auf Wiedersehen, und das wär's gewesen. Plötzlich hat der Keilenweger einen zweiten Umschlag in der Hand und sagt: ›Den bekommen Sie noch obendrauf. Aber nur unter zwei Bedingungen.‹ Lange Pause, und dann sagt der Typ: ›Unser Treffen hat nie stattgefunden, und Ihren Artikel hat es nie gegeben, verstanden?‹ Ich habe versucht, nicht auf die Umschläge zu schauen. Dann hat er noch gesagt, auf so einen Deal könne man nur ganz oder gar nicht eingehen. Das hat mir eingeleuchtet. Und länger habe ich nicht darüber nachgedacht. Ich habe die Umschläge genommen, habe meine Hand an eine imaginäre Mütze gelegt, ›Käpt'n!‹ gesagt und bin gegangen.«

Dietz lächelte, als würde ihm der Ausgang der Geschichte im Nachhinein ganz gut gefallen. Er griff nach einer Papierserviette und riss einen Schnipsel davon ab, nahm seinen Kaugummi aus dem Mund, wickelte ihn ein und legte das Bällchen neben seine Bierflasche. Zwanzigtausend war sicherlich das beste Honorar, das er je bekommen hatte und vermutlich nie wieder bekommen würde.

»Sagen Sie doch bitte mal: Warum, glauben Sie, wollte Keilenweger Ihren Artikel kaufen?«, fragte Sebastian.

»Es gibt für mich nur eine Erklärung«, antwortete Dietz. »Sie müssen bedenken, dass das Thema Schiffsemissionen vor neun Jahren noch keine Sau interessiert hat. Ich habe das ja bei meinen Recherchen gemerkt, dass nur die direkt Betroffenen ein bisschen Bescheid wussten. Aber hier, in Hamburg, wusste keiner was, obwohl wir den riesigen Hafen haben, wo die dicksten Dinger ankommen. Der Keilenweger wollte einfach, dass man gar nicht erst anfängt darüber zu sprechen.«

»Aber das Thema wäre doch sowieso früher oder später aufgegriffen worden«, wandte Pia ein.

»Wahrscheinlich machte es für Keilenweger einen Unterschied, ob es sofort oder fünf oder gar neun Jahre später durch die Presse geht«, erklärte Dietz.

»Trotzdem ist es doch merkwürdig, dass einer bereit ist, zwanzigtausend Euro hinzublättern, damit Informationen verschwinden, die theoretisch für jedermann offen zutage liegen«, sagte Sebastian.

Heiko Dietz nickte. »Keilenweger hat sich wahrscheinlich gedacht, diesen kleinen, miesen Journalisten kauf ich mir, und dann ist erst mal Ruhe. Und seine Rechnung ist aufgegangen: Die Kunde von den giftigen Schiffsemissionen dringt doch erst jetzt und nur ganz langsam zu den Menschen durch. Also hat Keilenweger sich doch eine ordentliche Stange Zeit und Ruhe erkaufen können.«

»Haben Sie Keilenweger danach jemals wieder getroffen?«, fragte Sebastian.

»Wozu? Nein, ich habe nie wieder etwas von ihm gehört. Bis ich neulich in der *Mopo* gelesen habe, dass er umgekommen ist. Kann ich mir noch ein Bier bestellen?«

»Selbstverständlich«, sagte Sebastian. Als sie sich verabschiedet hatten und er die Getränke an der Theke bezahlte, blickte Sebastian noch einmal zu dem Journalisten hinüber. Heiko Dietz hatte der Theke seinen Rücken zugewandt und saß leicht gekrümmt da. In dieser Haltung sah er seltsam alt aus, fast gebrechlich.

57

Zu Befehl«, sagte Wanda, »ich schnalle mich an.« Da waren sie schon auf dem Zubringer zur Autobahn. »Wie weit ist es eigentlich?«

Nach achtzig Kilometern und einer knappen Stunde Fahrt durch die flache norddeutsche Landschaft in Richtung Westen passierten sie das Ortsschild Brunsbüttel, und Sebastian drosselte die Geschwindigkeit. Zweistöckige Nachkriegsbauten säumten die Straße, die Bürgersteige waren breit und in regelmäßigen Abständen von Bäumen beschattet. Die Koogstraße führte direkt ins Zentrum des Orts hinein. Sebastian blinkte und hielt auf einem der sauber markierten Parkplätze. Sie waren kaum ausgestiegen, da durchbrach ein voluminöses Tuten die Ruhe. Hinter Häusern und Bäumen schob sich eine riesige, weiße Wand vorbei. Wanda nickte: »Da müsste die Schleuse sein. Gehen wir?«

Touristen standen mit Kameras am Geländer und beobachteten, wie sich das weiße Kreuzfahrtschiff näherte. Drei Decks, zwei riesige Schornsteine, bunte Fahnen, unzählige Bullaugen und Balkone: *Sea Love* stand wie von einer gigantischen Hand geschrieben am Bug. Aus den Schornsteinen stiegen fast unsichtbare Säulen, die sich nach und nach in Luft aufzulösen schienen.

Die *Sea Love* manövrierte sich in die Schleuse hinein. Ein rot-weißes Schild warnte vor reißenden Schiffstauen. Hinter dem Schiff stieg langsam das Tor aus dem sprudelnden Wasser empor. Jetzt lag die *Sea Love* in dem abgeschotteten Becken und kam zur Ruhe. Auf dem Sonnendeck spazierten Passagiere, die das Manöver genauso miterleben wollten wie die Touristen, die an Land standen und winkten. Von der Brücke hatte man den besten Blick. Jetzt hob sich das vordere Schleusentor, und Wasser begann gurgelnd abzufließen. Das Schiff senkte sich langsam herab. Zehn Minuten später öffnete sich das vordere Schleusentor, und die *Sea Love* fuhr unter Applaus aus der Schleuse hinaus auf die offene Nordsee zu, jetzt mit zwei breiten Abgasfahnen, die sich durch die Luft schlängelten, als würde der Dampfer zum Abschied winken. Das nächste Schiff, ein rostigbrauner, mit Containern beladener Frachter, wartete schon auf Einlass in die Schleuse, und was da aus dem Schornstein kam, sah um einiges bedrohlicher aus als bei der *Sea Love*.

Sebastian und Wanda spazierten am Wasser entlang. Gepflegte Schrebergärten reihten sich aneinander, Miniaturgärten mit gestutzten Hecken, manche mit Figuren aus Stein. Hier und da sonnte sich jemand. Sonne und Abgase, dachte Sebastian, was für eine Kombination. Hinter einer Hecke tauchte die verkohlte Ruine eines Gartenhäuschens auf: schwarzgraue Balken, gebrochene Stumpen, geborstenes Glas. Vielleicht war es beim Grillen in Brand geraten. In der Schrebergartenidylle wirkte dieses Skelett wie ein Mahnmal.

Der Weg führte in einem Bogen zurück zur Hauptstraße. Vor einem kleinen Haus mit Spitzdach saßen Leute an Gartentischen, schwatzten und hatten Eisbecher vor sich. Ein Tisch wurde frei. Sebastian und Wanda rückten die roten Stühle unter den Sonnenschirm und setzten sich. Sie studierten die Karte und überlegten, wann sie zuletzt gemeinsam in einem Eiscafé gewesen waren. »Vor dreißig Jahren?«, fragte Wanda.

»So lange her?«

»Was heißt ›lange‹? Dreißig Jahre sind eigentlich nur ein kleiner Schritt.«

Sebastian fiel ein, dass er als Kind immer »Spaghettieis« gegessen hatte. Wann hatte er das aufgegeben? Wie lange hatte er daran nicht mehr gedacht? Er suchte in der Karte.

»Spaghettieis? Klingt furchtbar.« Wanda lachte.

»Nie gegessen?«

»Nein.«

»Würde dir schmecken.«

Wanda klappte die Karte zu. »Also gut«, sagte sie, »dann probiere ich es.«

Kurz darauf brachte die Kellnerin zwei Schalen, und was darin war, sah immer noch genauso aus wie früher: ein großer Haufen durch ein Sieb gedrücktes weißes Vanilleeis, darüber die rote Erdbeersoße und darüber gestreute Raspel von weißer Schokolade. Sebastian aß schnell. Der Geschmack war ihm urvertraut.

Er sah Klara vor sich, hörte ihre Stimme. »Igitt!«, hatte sie angesichts von Spaghettieis immer gerufen. Sie aß nur Vanilleeis mit Schokoladensoße. Nur selten war

Klara so präsent wie in diesem Moment, und normalerweise verdrängte Sebastian die Erinnerungen an seine Schwester schnell. Aber heute war irgendetwas anders. Wo war der Schmerz?

Wanda löffelte langsam und schaute in Ruhe in der Gegend umher, während Sebastian nachdachte. War all das, was er im Alsterpark von Wanda erfahren hatte, doch leichter zu ertragen, als er im ersten Augenblick gedacht hatte? Sie hatte ihm geradeheraus die Wahrheit gesagt, und die entsprach nicht der Geschichte, die man ihn dreißig Jahre lang hatte glauben lassen – die ihn geprägt hatte wie sonst nichts. Die schrecklichen Schuldgefühle – sie sollten völlig unangebracht gewesen sein? Andererseits konnte er nun endlich diese Last abwerfen – Wanda hatte vermutlich recht: Dreißig Jahre waren nur ein kleiner Schritt. Er konnte jetzt zum nächsten Schritt ansetzen.

Sebastian zog sein Notizheft aus der Tasche und blätterte darin. Seine Recherchen. Sie hatten ergeben, dass die Ärztin, Dr. Wechsmann, deren Brief sich in den Unterlagen von Heiko Dietz befand, erst vor wenigen Monaten nach Spanien ausgewandert war. Ihre Praxis wurde von einem Dr. Meerbusch weitergeführt. Jens versuchte gerade vom Präsidium aus, ihn privat zu erreichen, da die Praxis heute nicht geöffnet war. Hoffentlich würde er es noch schaffen, solange sie in der Gegend waren. Als Sebastian seufzte, schaute Wanda prüfend zu ihm herüber. Er war froh, dass sie nichts sagte.

Dann endlich kam der Anruf von Jens. »In zwanzig

Minuten kannst du Dr. Meerbusch in seiner Praxis treffen«, sagte er. »Er macht extra für dich auf. Posadowsky-Straße Nummer vier. Geht direkt von der Koogstraße ab.«

»Danke, Jens«, sagte Sebastian, und er war wirklich froh um die Hilfe des Kollegen, auch wenn sie zum Job gehörte und völlig normal war.

»Und wie ist es in Brunsbüttel?«, fragte Jens.

»Wir haben die Schiffsschleuse angesehen, ist interessant.«

»Und wer ist wir?«

»Meine Großmutter ist mitgefahren«, sagte Sebastian.

Kurze Pause am anderen Ende. Dann sagte Jens: »Wann lerne ich die Dame eigentlich mal kennen?«

»Das sehen wir dann.« Sebastian klappte sein Notizheft zu. »Bis später.«

Sie wolle gern im Eiscafé sitzen bleiben, hatte Wanda gleich gesagt, und Sebastian kam es gelegen, weil er lieber allein mit dem Arzt sprechen wollte. Er ging die Koogstraße hinauf und bog kurz darauf in die Posadowsky-Straße ein.

Dr. Meerbuschs straffe, leicht gebräunte Gesichtshaut sah aus wie Gummi. Das Alter des Mannes, der Sebastian freundlich ansah, war auf den ersten Blick schwer einzuschätzen. Mit einem festen Händedruck begrüßte er Sebastian und bat ihn herein. Er folgte ihm durch einen langgestreckten Warteraum, dessen Decken Sebastian niedrig vorkamen, was aber an der Körpergröße des hochgewachsenen Arztes liegen konnte. An den Wänden hingen Fotos, die Meer und Strand zeigten.

Von den Akten, die auf Dr. Meerbuschs weißem Schreibtisch lagen, war eine offen. Der Arzt bot Sebastian einen Stuhl an, setzte sich selbst und sagte: »Ihr Polizistenkollege, der mich angerufen hat, dieser Herr …«

»Santer«, sagte Sebastian. »Jens Santer.«

»Er hat mir erzählt, worum es geht: Krebserkrankungen in Brunsbüttel. Ich weiß, dass meine Vorgängerin, Frau Wechsmann, das Thema sehr beschäftigt hat. Darf ich fragen, warum die Kripo ermittelt?«

»Es geht um einen versuchten Mord in Hamburg. Mehr darf ich nicht sagen.«

Dr. Meerbusch atmete einmal aus.

»Was halten Sie denn von Dr. Wechsmanns Untersuchungen?«, fragte Sebastian.

Durch die geschlossenen Fenster war dumpf das Tuten eines Schiffes zu hören, Meerbusch reagierte nicht darauf. »›Untersuchungen‹ ist nicht das richtige Wort«, sagte er, »es waren eher Beobachtungen, und um ehrlich zu sein, finde ich das Thema schwierig. Schauen Sie: Wir haben hier bei uns in Brunsbüttel und Umgebung tatsächlich viele Fälle von Krebserkrankungen. Aber Krebs gibt es überall, und es kommt auch darauf an, wie genau die Leute hinsehen und mitzählen. Wahrscheinlich hat hier früher keiner so genau darauf geachtet, und wenn man mal damit anfängt, kann es plötzlich als neues Phänomen erscheinen. Außerdem war hier bis vor einigen Jahren auch das Atomkraftwerk in Betrieb, das könnte ebenso für gesundheitliche Schäden verantwortlich gewesen sein.«

»Könnten Sie sich denn vorstellen, dass die Emissionen der Schiffe *keine* Auswirkung auf die Gesundheit der Menschen haben und dass Frau Wechsmann bei ihren Beobachtungen einem Irrtum aufsaß?«, fragte Sebastian.

Dr. Meerbusch schaute auf seine Hände, die er gefaltet vor sich auf dem Tisch liegen hatte. »Dass hier permanent die großen Pötte durchgeschleust werden, ist für die Gesundheit sicherlich nicht förderlich«, antwortete er. »Aber man muss deshalb auch nicht gleich in Hysterie verfallen.«

»Sie selbst wohnen aber nicht in Brunsbüttel, richtig?«

Dr. Meerbusch sah Sebastian überrascht an. »Ich habe ein kleines Grundstück von meinen Großeltern geerbt. Aber es stimmt schon, ich würde nicht unbedingt an der Schleuse wohnen wollen. Aber an einer Autobahn genauso wenig.«

»Haben Sie Kinder?«, fragte Sebastian.

»Zwei Töchter.« Der Arzt sah Sebastian abwartend an.

»Sie haben die Patienten von Ihrer Vorgängerin übernommen, oder?«

»Nicht alle, aber die meisten.« Der Arzt nickte.

»Wenn Sie erlauben, würde ich mir gerne einmal die Akten der Krebsbetroffenen ansehen. Sie können ja die Namen der Patienten abdecken. Wäre das möglich?«

Meerbusch zögerte.

»Es wäre für meine Ermittlungen unter Umständen sehr wichtig«, setzte Sebastian hinzu, obwohl er keine Ahnung hatte, inwieweit ihn die Krankengeschichten weiterbringen könnten. Aber welche Spur hätte er sonst verfolgen sollen – er hatte nur diese eine. »Ich würde die Informationen vertraulich behandeln.«

Der Arzt sah ihn an. »Was genau suchen Sie denn?«

Hätte Sebastian die Wahrheit gesagt, hätte er erklären müssen, dass er nicht wusste, was er suchte. Da war nur das Empfinden einer Spannung im Dreieck Keilenweger, Brunsbüttel und Krebs. Er fragte: »Wissen Sie, ob Ihre Vorgängerin Kontakt zur Reederei Köhn in Hamburg hatte, insbesondere zu einem Herrn Keilenweger?«

»Keine Ahnung. Da empfehle ich Ihnen, Frau Wechsmann selbst anzurufen. Sie lebt auf Ibiza. Er schaute Sebastian nachdenklich an. »Warten Sie mal.« Er drehte sich auf seinem Stuhl, öffnete einen Schrank und zog einen Ordner heraus. Er las die Telefonnummer vor. Während Sebastian notierte und sich bei der Gelegenheit noch ein paar Stichpunkte machte, blätterte Dr. Meerbusch in dem Ordner und sagte plötzlich: »Aha.«

Sebastian schaute auf.

»Hier hätten wir einen, zwei, drei, sogar vier Fälle, die Dr. Wechsmann behandelt hat.« Der Arzt fuhr mit der Hand über das aufgeschlagene Blatt und seufzte leise. »Das war einer ihrer letzten Patienten. Leider unheilbar.«

»Darf ich mal sehen?«

Meerbusch heftete mit einer Büroklammer einen Rezeptzettel über Namen und Adresse des Patienten und reichte den Ordner über den Tisch. »Ausgedehnter Lymphdrüsenkrebs mit Befall der Lunge.«

Sebastian sah ein von Hand beschriebenes Blatt.

»Der Patient, um den es hier geht, war erst acht Jahre

alt«, sagte Sebastian und schaute den Arzt an, der bedauernd die Schultern hob.

Die Schrift von Frau Wechsmann war klar und gut leserlich. Sebastian überflog die Zeilen: *7. März: erste Konsultation wegen schwerer Hustenbeschwerden. Röntgenaufnahmen. Verdacht: Morbus Hodgkin, Bestätigung vom* UKE *Hamburg am 18. desselben Monats. Pat. an die Kinderklinik im Universitätsklinikum Eppendorf in Hamburg überwiesen.*

Sebastian und Dr. Meerbusch sahen sich noch einmal an. Die Stirn des Arztes lag jetzt in tiefen Falten, die Sebastian vorher nicht aufgefallen waren. »Die Mutter betreibt hier um die Ecke in der Hauptstraße so einen Krimskramsladen«, sagte er. »Die Eltern tun einem natürlich unfassbar leid.«

»Dürfte ich mir die drei anderen Fälle auch einmal kurz ansehen?«, fragte Sebastian.

»Also gut«, sagte Meerbusch und griff wieder nach den Rezeptzetteln, um die persönlichen Daten abzudecken. Da nur noch zwei in seiner Ablage auf dem Schreibtisch lagen, drehte er sich zum Schrank, um einen neuen Stapel herauszuholen. Das war die Gelegenheit. Sebastian hob schnell den Zettel von der Akte, um die Personalien nachzulesen: *Louis Bahner, wohnhaft in Brunsbüttel, Scholerstraße 6. Mutter: Lisa Bahner; Vater: Hannes Bahner. Schrebergarten nahe der Schleuse.*

Der Arzt hatte seine Rezeptzettel gefunden und drehte sich um. »So, hier.« Er überreichte Sebastian die drei Akten.

Sebastian überflog die Aufzeichnungen. Das Erste,

was ihm auffiel, war das Alter der Patienten. Drei der vier Fälle waren unter fünfzig Jahren. Nur ein Mann war zweiundsechzig. Die Krebsfälle betrafen zweimal die Lunge, zweimal die Brust. Wie die Krankheitsgeschichten ausgegangen waren, war nicht ersichtlich. Sebastian überlegte. Wahrscheinlich war es besser, noch mehr Fälle einzusehen, bevor er vorschnell Rückschlüsse zog.

Nachdem er sich bei Dr. Meerbusch bedankt und sich verabschiedet hatte, ging Sebastian zurück zur Hauptstraße. Der kleine Junge, der letzte Fall von Dr. Wechsmann, ging ihm nicht aus dem Kopf. Wie hieß er noch? Louis Bahner. Die Mutter, hatte Dr. Meerbusch nebenbei bemerkt, würde hier, irgendwo in der Hauptstraße, ein Geschäft führen.

Auf der anderen Straßenseite sah er ein Schild. *Dit und dat* stand da in weißer Schrift auf blauem Grund. Sebastian ging rüber. Die Tür war verschlossen, an der Scheibe klebte ein Zettel: »Kurze Pause. Komme gleich zurück.« Unschlüssig blieb Sebastian stehen. Und wenn er hier richtig wäre – was wollte er die Frau überhaupt fragen?

Im Schaufenster hingen bunte Seidentücher, bestickte T-Shirts und mit Strasssteinen besetzte Gürtel. Zwischen Stofftieren, Puppen und kleinen Porzellanfiguren lag ein Tablett, auf dem neben Ketten und Uhren auch ein paar Schmuckstücke, vor allem Ringe, lagen. Ein bläulicher Stein, breit eingefasst, funkelte. Er hatte Ähnlichkeiten mit einem Ring, den Gesa Keilenweger in ihrem Schaufenster liegen hatte. Aber bei ihr sah alles viel exklusiver aus. Seltsam, wie wertlos das Zeug wirkte, wenn es so lieblos präsentiert war. Sebastian klopfte an die Scheibe.

Die Frau, die öffnete, sah ihn aus müden Augen an und sagte: »Können Sie nicht lesen?«

»Sind Sie Frau Bahner?«

»Frau Bahner arbeitet nicht mehr hier. Kann ich Ihnen vielleicht weiterhelfen?«

»Vielleicht, ja. Fink. Kripo Hamburg.« Sebastian zeigte seinen Ausweis.

Die Frau sah erschrocken von seinem Foto zu ihm auf. »Vogelsang. Birgit Vogelsang.« Sie machte einen Schritt zur Seite und ließ Sebastian eintreten. »Ich habe das Geschäft vor einem Jahr von Frau Bahner übernommen.«

»Wissen Sie, warum Frau Bahner das Geschäft aufgegeben hat?«, fragte Sebastian, aber er ahnte, was der Grund war.

Frau Vogelsang schloss hinter ihm wieder ab. »Darf ich fragen, worum es geht?«

»Genaueres kann ich Ihnen im Moment leider nicht sagen.« Er wiederholte seine Frage

Frau Vogelsang schaute aus dem Fenster in die Ferne, wo keine Ferne war. Das Fenster klirrte leise, als draußen ein Bus vorbeifuhr. »Die Bahners hat es wirklich schwer erwischt.«

»Sie meinen – wegen des kleinen Louis?«

Frau Vogelsang nickte. »Und dabei hatte er doch noch das ganze Leben vor sich. Wenigstens hat er nicht allzu lange gelitten – wenn das überhaupt ein Trost ist.« Sie blickte ihn aus traurigen Augen an.

»Wo kann ich die Bahners finden? In der Scholerstraße? Wenn es hier irgendwo in der Nähe ist…«

Frau Vogelsang schüttelte den Kopf. »Die Bahners sind damals nach Hamburg gezogen. Es ging alles ganz schnell, sie wollten in der Nähe der Klinik sein. Wir hatten wegen der Geschäftsübergabe einiges zu regeln, aber mehr Kontakt war nicht.«

»Haben Sie seitdem noch einmal etwas von ihnen gehört?«

»Das Letzte war die Trauerkarte.« Frau Vogelsang presste die Lippen zusammen.

»Haben Sie eine Adresse oder eine Telefonnummer?«

»Augenblick, ich sehe mal nach.« Sie verschwand hinter einem Vorhang.

Sebastian schaute zwischen den Seidentüchern auf die Straße hinaus und dachte an Leo, der jetzt ungefähr in dem Alter war wie der kleine Louis, als seine Krankheit bemerkt wurde. Ein Sonnenstrahl fiel ins Schaufenster und brachte den ausgestellten Schmuck zum Glitzern. Sebastian beugte sich näher über das Tablett mit den Ringen, das er schon von draußen bemerkt hatte.

In dem Moment schob Frau Vogelsang den Vorhang beiseite und kam wieder nach vorne. »Bitte schön.« Sie reichte Sebastian ein kleines Blatt Papier, auf dem »Lisa Bahner« und eine Handynummer notiert waren.

»Danke.« Sebastian faltete den Zettel und steckte ihn in die Hosentasche. »Und dann hätte ich noch eine Frage zu einem der Ringe im Schaufenster.«

Die Verkäuferin lächelte. »Um welchen geht es?«

Sebastian zeigte auf den Ring mit dem bläulichen

Stein und der goldenen Fassung. Beim genaueren Hinsehen war zu erkennen, dass der Stein sechseckig war. »Wissen Sie, von wem der stammt?«

Frau Vogelsang schüttelte den Kopf: »Tut mir leid. Das meiste davon habe ich noch von Frau Bahner übernommen.«

»Könnte es sein, dass er aus der Werkstatt von Gesa Keilenweger aus Hamburg stammt?«

»Könnte sein. Da gab es einen Kontakt zu einer Hamburger Goldschmiedin, aber ich habe dort keinen Schmuck mehr bestellt.«

»Aber Sie kennen den Namen?«

»Gesa Keilenwegner?«

»Keilenweger.«

Die Frau nickte schwach: »Ich meine, dass Frau Bahner den Namen erwähnt hat.«

Sebastians Herz begann schneller zu schlagen. »Das hieße doch, dass Frau Bahner und Frau Keilenweger sich eventuell kennen?«

»Ja, klar. Bei den kleinen Herstellern läuft viel über den persönlichen Kontakt.«

Die Frau übergab ihm den Ring in einer kleinen Tüte aus durchsichtigem Plastik. Sebastian bedankte sich und verabschiedete sich eilig. Kaum war er draußen, wählte er die Nummer von Gesa Keilenweger. Ohne dass ein Freizeichen ertönte, sprang sofort die Mailbox an. Eine automatische Stimme wiederholte die Nummer, die er eben gewählt hatte, dann ertönte der Piepton. Er legte auf, zog den Zettel aus der Tasche und wählte die Nummer von Lisa Bahner. Aber auch hier nur die Mailbox.

»Mist!«, schimpfte er.

Eine Frau, die an ihm vorbeiging, drehte sich um. »Kann ich Ihnen helfen?«

Sebastian antwortete nicht. Mit schnellen Schritten ging er Richtung Eisdiele, wo Wanda hoffentlich noch auf ihn wartete. Er rief Pia an und bat, sie möge schnell Informationen über Lisa und Hannes Bahner besorgen.

Wieder schaltet jemand den Fernseher an. Der Junge sitzt auf einem Bett und spielt zufrieden mit einem Stofftier. Von irgendwoher ist Kindergeschrei zu hören. Die Stimme eines Mannes will irgendetwas sagen, dann geht die Stimme in ein Schluchzen über, der Junge schaut erschrocken auf.

58

Sebastian beobachtete, wie unten die Autos vom großen Parkplatz fuhren, Kollegen sich voneinander verabschiedeten, andere schnurstracks vom Gelände des Polizeipräsidiums strebten, um Bahnen und Busse zu bekommen. Feierabend, zumindest für die Kollegen. Sebastian musste morgen früh Ergebnisse liefern. Aber welche?

Er hatte Wanda vorhin nur schnell zu Hause abgesetzt, war dann gleich weiter zum Präsidium gefahren und sofort zu Pia und Jens ins Büro gegangen. Pia saß an ihrem Platz und berichtete, eine Hand an der Maus und mit Blick auf den Bildschirm, was sie inzwischen ermittelt hatte. Lisa Bahner und Hannes Bahner waren beide einunddreißig Jahre alt und seit neun Jahren verheiratet. Lisa Bahner hatte vier Jahre lang in Brunsbüttel das Geschäft betrieben, ihr Mann war bei der Telekom. Seit dem ersten Mai vergangenen Jahres waren sie und auch der Sohn in Hamburg in der Ditmar-Koel-Straße gemeldet. Die Wohnung in Brunsbüttel war erst vor drei Monaten gekündigt worden. Hannes Bahner hatte in Brunsbüttel außerdem einen Schrebergarten gepachtet. »Da läuft ein Verfahren«, sagte Pia und warf Sebastian einen Blick zu.

»Weshalb?«

»Brandstiftung. Er soll die Hütte angezündet haben.«

»Ich glaube, die Hütte habe ich gesehen«, sagte Sebastian.

Pia sah ihn verwundert an. Als er schwieg, fuhr sie fort: »Im November vergangenen Jahres hat Hannes Bahner einen Zweitwohnsitz in Passau angemeldet. Jens hat schon mit den Kollegen telefoniert. Der Mann arbeitet in der Gastronomie.«

»Heißt das, dass Lisa Bahner allein in Hamburg lebt?«

»Scheint so.«

Sebastian griff nach seiner Jacke und sagte: »Pia, du kommst mit.«

Vor den Restaurants im Portugiesenviertel nahe dem Hafen, in der Ditmar-Koel-Straße, standen Tische und Stühle, und fast jeder Platz war besetzt. Zwei Kinder ließen auf dem Gehweg ein ferngesteuertes Polizeiauto umhersausen. Es duftete nach geschmortem Gemüse und gebratenen Zwiebeln. Ein Kellner wedelte mit der Serviette Brotkrümel vom Tischtuch und lächelte freundlich, aber Sebastian und Pia gingen vorbei. Auf dem Klingelbrett von Haus Nummer fünf stand oben rechts: »Bahner«.

Pia klingelte. Nichts. Sie schaute Sebastian an, dann drückte sie auf die Knöpfe darunter. Endlich ertönte ein Summen, und Sebastian drückte die Tür auf.

Im Hausflur war es deutlich kühler. Der Terrazzoboden war alt und rissig, die bunten Farben darin kaum noch zu erkennen. Von der Decke baumelte eine schmutzige Glühbirne. Pia warf einen Blick in den Briefkasten der Bahners: leer. Dann hörten sie plötzlich, wie eine Stimme laut von oben rief: »Hallo?«

Sebastian ging vor, stellte sich auf den Treppenabsatz und schaute nach oben, wo im ersten Stock eine Frau am Geländer stand. »Sie sind nicht zufällig Frau Bahner?«, fragte er.

»Zufällig nicht«, gab die Frau zurück. »Und wer sind Sie?« Sie trug einen blauen Bademantel. Einen Fuß in roter Badeschlappe hatte sie zwischen die Streben des Treppengeländers gesteckt.

»Kripo Hamburg. Wir haben ein paar Fragen an Frau Bahner.«

»Was hat sie denn verbrochen?«

»Wissen Sie, wann sie zurückkommt?«

»Ich glaube, sie ist verreist.«

»Verreist?«

»Jedenfalls hatte sie eine Tasche bei sich.«

»Wann war das?«

»Gestern.«

»Haben Sie sie gesprochen?«

»Wozu? Wir kennen uns nicht. Ich kam vom Einkaufen, und sie kam aus dem Haus, ohne mir die Tür aufzuhalten, das dumme Stück. Wo ich so schwer zu schleppen hatte.«

»Und dann?«

»Ist sie die Straße runter. Richtung S-Bahn, wenn Sie es genau wissen wollen.«

S-Bahn-Station Landungsbrücken, nur wenige Stationen bis Hauptbahnhof, dachte Sebastian. Und von dort vielleicht mit dem ICE nach Passau? »Wissen Sie, ob jemand im Haus näher mit Frau Bahner bekannt ist?«

»Glaub nicht. Die wohnt ja noch nicht lange hier. Was hat sie denn angestellt?«

»Haben Sie den Ehemann mal gesehen?«

»Ach, das ist ihr Mann? Der war aber schon länger nicht mehr hier. Ihre Mutter kommt manchmal. Jedenfalls sieht sie aus wie eine Mutter. Und einmal kam sie mit einer anderen, jüngeren Frau. Könnte eine Freundin gewesen sein.«

Da war wohl nichts zu machen.

Es war schon fast dunkel, als sie wieder auf die Straße traten, und Sebastian bot Pia an, sie nach Hause zu fahren. »Keine Widerrede«, sagte er. »Steig ein.«

Auf der Fahrt an der Elbe entlang nach Altona sprachen sie nicht viel. Die Docks von Blohm und Voss waren beleuchtet und ein riesiger Tanker in ein orangefarbenes Licht getaucht. Er lag auf dem Trockenen und wurde für bevorstehende Fahrten auf den Weltmeeren sturmfest gemacht. Rechts glitten die Häuser der Hafenstraße vorbei, die in den achtziger Jahren Berühmtheit erlangt hatten, als sie von Hausbesetzern bewohnt und bunt bemalt worden waren. Jetzt lebten gutverdienende Leute hier und hatten von ihren Wohnungen aus einen schönen Blick auf den Hafen – vielleicht ein zweifelhafter Luxus, wenn man an die Schiffsemissionen dachte, die direkt in die Wohnzimmer zogen.

»Stopp«, sagte Pia. »Hier ist es.«

Sebastian hielt vor einem Neubau nicht weit vom Altonaer Bahnhof entfernt. Pia schnallte sich ab.

»Was sagt dein Gefühl?«, fragte Sebastian. »Haben die Bahners etwas mit der Sache zu tun, oder sind wir gerade auf dem Holzweg?«

Pia dachte über die Frage nach. »Mein Kopf sagt, dass man nicht vorsichtig genug sein kann. Die naheliegendsten Dinge sind ja oft falsch. Aber hier kommen ein, zwei Dinge zu viel zusammen, als dass es sich um reinen Zufall handeln könnte, oder?«

»Ich werde Eva Weiß morgen wohl davon erzählen müssen«, sagte Sebastian. »Oder was meinst du?«

»Das musst du selber entscheiden. Irgendetwas musst du ihr morgen präsentieren.«

Sebastian nickte. Durch die Windschutzscheibe schaute er zur Fassade hinauf. Große Fenster, kleine Balkone, in vielen Wohnungen brannte bereits Licht. »In welchem Stock wohnst du?«, fragte er. Dann schaute er Pia an und bemerkte eine leichte Irritation in ihrem Gesicht. Ging ihr diese Frage schon zu weit?

»Zweiter Stock«, antwortete sie und griff nach ihrer Tasche. »Also dann, bis morgen. Endspurt. Schlaf gut.«

Sebastian fuhr Richtung Stresemannstraße, die ihn zurück zum Zentrum führen würde. Er fuhr rechts, in mäßiger Geschwindigkeit, und wählte, eine Hand am Lenkrad, noch einmal die Nummer von Lisa Bahner, vielleicht hatte er um diese Uhrzeit Glück. Aber nein, wieder die Mailbox. Er sollte es für heute aufgeben.

Er blinkte und bog in die Alsenstraße. Vor der Neuen Flora, dem Musicaltheater, war kaum eine Menschenseele zu sehen, nur ein Pärchen rannte zum Eingang. Die Vorstellung hatte offenbar schon begonnen.

Sebastian hielt sich ans Tempolimit, und trotzdem zwang die Ampelschaltung ihn immer wieder zum Anhalten. Obwohl er nichts mehr vorhatte, keinen Termin, keine Verabredung, machte ihn das ständige Bremsen und Warten nervös.

Zum Eppendorfer Weg war es kein großer Umweg. Der Laden von Gesa Keilenweger war dunkel, aber im hinteren Teil, so kam es ihm vor, brannte ein kleines Licht. Sebastian fuhr an die Seite und hielt auf dem Gehweg vor einer Einfahrt. Ein Unbehagen, eine unbestimmte Angst überkam ihn. Er stieg aus und schaute sich um.

Etwa hundert Meter entfernt, hinter der Löwenstraße, herrschte Trubel, eine Feier, vielleicht ein Geburtstag. Eine Frau führte ihren Hund Gassi und schaute in den Abendhimmel, während das Tier an einem Straßenschild sein Bein hob. Die Ladenzeile mit den dezenten Leuchtreklamen wirkte wie ausgestorben. Zögernd trat Sebastian an die Auslage von Gesa Keilenwegers Schmuckgeschäft.

Die Stücke, die hier tagsüber ausgestellt lagen, waren jetzt alle fort. Nur das Holzstück lag verlassen und nutzlos auf dem dunklen Untergrund, dem Samt, der bei Tageslicht so schön blau schimmerte. Vermutlich hatte die Goldschmiedin die Schätze über Nacht in einem Safe in Sicherheit gebracht. Sebastian schirmte seine Augen mit der Hand ab und blickte in den Ladenraum.

Hinter der Theke, an der die Goldschmiedin normalerweise arbeitete, war eine kleine Lampe installiert. Was genau sie beleuchtete, war nicht zu erkennen. Merkwürdige Schatten durchkreuzten den Raum, liefen über die Theke, über den Boden, bis zur Eingangstür. Vielleicht sollte diese Beleuchtung potentielle Einbrecher verwirren? Oder war Gesa Keilenweger anwesend und suchte etwas hinter der Theke, mit einer Taschenlampe in der Hand? Aber warum schaltete sie dann nicht die Ladenbeleuchtung ein? Sebastian klopfte. Er wartete, aber nichts passierte.

Er war nervös, trat unentschlossen von einem Bein aufs andere. Ein Mann schlingerte auf einem Fahrrad über den Gehweg, stoppte an einem Abfalleimer, wühlte, ohne vom Rad zu steigen, kurz darin herum und fuhr weiter. Sebastian ging zurück zum Auto. Heute Abend würde er wohl nichts mehr ausrichten können. Und wenn Gesa Keilenweger aus irgendwelchen Gründen auch morgen nicht erreichbar wäre, würde er alle Hebel in Bewegung setzen, um sie zu finden. Er stieg wieder ins Auto, legte den Rückwärtsgang ein, gab Gas und rollte vom Gehweg auf die Fahrbahn. Jemand brüllte. Sebastian schaute sich erschrocken um und sah die Silhouette eines Radrennfahrers, der in der Dunkelheit verschwand.

Langsam fuhr Sebastian über die Kreuzung und bog links ab in die Hoheluftchaussee. Morgen musste er ausgeruht sein. Was half es, wenn er sich heute bis spät in die Nacht den Kopf zerbrach?

Aber die Gedanken waren wie eine große Kugel ins Rollen geraten und nicht mehr zu stoppen. Und auf einmal tauchte da eine neue Idee auf. Sebastian lenkte den Wagen auf eine Bushaltestelle, bis ans Ende der

Bucht, zog die Handbremse an und schaltete den Motor ab. Er griff nach seinem Handy, suchte die Nummer des UKE, des Universitätskrankenhauses Eppendorf, heraus und gab sie ein.

Er stellte sich dem Nachtportier kurz vor und fragte: »Könnten Sie mir bitte den Namen des verantwortlichen Arztes oder der Ärztin der Kinderklinik nennen?«

»Jo«, sagte der Portier, »das ist Frau Dr. Feher.«

»Vermutlich ist sie um diese Zeit nicht mehr im Hause, oder?«

»Ich habe sie vorhin gehen sehen.«

Sebastian bat um die Privatnummer, und er ahnte, dass es schwierig werden könnte. Nein, sagte der Portier, die Privatnummer von Dr. Feher könne selbstverständlich nicht herausgegeben werden.

»Ich weiß nicht, ob Sie mich richtig verstanden haben«, sagte Sebastian und bemühte sich, seine Ungeduld zu verbergen. »Ich bin von der Kripo Hamburg. Ich muss Frau Dr. Feher dringend sprechen.«

Kurze Pause. Dann sagte die Stimme: »Da könnte ja jeder kommen und behaupten, dass er von der Polizei ist.«

Sebastian ächzte still. »Da haben Sie auch wieder recht. Machen wir es so: Ich schicke einen Streifenwagen vorbei, und dann nennen Sie dem Beamten bitte die Telefonnummer.«

Der Mann vom Empfang murmelte etwas, Sebastian hörte Tippgeräusche, dann nannte der Portier eine Zahlenfolge. Sebastian bedankte sich, legte auf und gab sofort die Nummer von Frau Feher ein. Das Freizeichen ertönte. »Geh bitte ran, Frau Doktor«, murmelte er und schaute auf die Uhr: 20.23. Wahrscheinlich war die Frau mit der Familie beim Abendessen oder mit Freunden im Restaurant, im Theater, im Musical oder sonstwo. Natürlich! Nur Sebastian saß um die Zeit noch aufgeregt in seinem Auto und wollte weiterkommen.

Seine Augenlider brannten, trotzdem fühlte Sebastian sich hellwach. Er schaute nach links, wo viele Menschen ins Holi Kino drängten. Erwartungsvolle Augen, aufgeregte Stimmen, lächelnde Gesichter. Niemand von ihnen schien ein Problem zu haben. Sebastian überlegte, wann er zuletzt im Kino gewesen war. Er kam nicht drauf.

Es half alles nichts. Für heute sollte er aufgeben. Er startete den Motor, fuhr auf kürzestem Weg zur Alster und hielt auf dem leeren Parkplatz in Höhe vom Café *Cliff*. Er stieg aus, holte seine Sporttasche aus dem Kofferraum, zog die Jeans aus und die Jogginghose an, band sich die Laufschuhe zu und rannte los.

Das Wasser war dunkelblau wie der Himmel, die Luft weich und kühl. In fünfundvierzig Minuten würde er die Alster umrundet haben, und danach wäre er hoffentlich so müde, dass er später gut einschlafen konnte.

Er joggte zügig an den Hecken von Schwanenwik entlang, die Silhouette der Hamburger Innenstadt im Blick. Ein Panorama, das nichts davon verriet, wie viel Geld und Macht sich dort konzentrierte. Die regelmäßigen Schritte und der tiefe Atem ordneten die Informationen in seinem Kopf und schufen Raum für neue

Gedanken. Ob Lisa Bahner und Gesa Keilenweger vielleicht Freundinnen waren, die ein gemeinsames Geheimnis hüteten? Vielleicht saßen sie in diesen Minuten beisammen, weil sie ahnten, dass er ihnen auf der Spur war, und fassten einen Plan? Immerhin: Der Sohn von Lisa Bahner war an dem Ort an Krebs erkrankt, wo viele Schiffe verkehrten, auch Schiffe der Reederei Köhn, geführt von Maik Keilenweger, dem Vater von Gesa Keilenweger. Wie konnte eine mögliche Verbindung aussehen? Sebastian wich einer kleinen Gruppe Joggern aus, die sich beim Laufen lachend unterhielten. Fast wäre er über einen Hund gefallen, der quer über den Weg zum Wasser wollte. Wie viele Leute ihre Hunde an der Alster ausführten.

In seiner Hosentasche vibrierte das Handy. Die Nummer, die das Display anzeigte, endete auf drei-zwei-eins, eine Kombination, die Sebastian bekannt vorkam. Sebastian blieb stehen und hob ab: »Ja, bitte?« Er rang nach Atem.

»Sie hatten mich angerufen?« Die Stimme klang freundlich.

»Dr. Feher?«

»Richtig.«

»Wie schön, dass Sie zurückrufen…, bin nur gerade…« Sebastian versuchte, ruhig zu atmen, aber es gelang ihm nicht.

Die Stimme am anderen Ende lachte fröhlich. Sebastian musste mitlachen und ging ein paar Schritte zur Seite. Dann war er so weit zu erklären, dass er von der Kripo war und dass es um einen kleinen Patienten ging,

Louis Bahner, der vor einem Jahr am UKE behandelt wurde.

»An den Jungen kann ich mich gut erinnern«, antwortete Dr. Feher langsam. »Ein kleiner, kluger Mensch.« Am anderen Ende war ein Bellen zu hören, Dr. Feher zischte, das Bellen verstummte.

»Ich möchte wissen, wie die Krankheit verlaufen ist. Können Sie mir das sagen?«

»Das weiß ich natürlich nicht mehr auswendig, da muss ich die Krankengeschichte raussuchen, dann kann ich Ihnen Genaueres sagen. Sie befindet sich im Archiv der Klinik. Ich bin morgen Mittag wieder dort.«

»Gäbe es eine Möglichkeit, noch heute ins Archiv zu kommen?«, fragte Sebastian vorsichtig.

»Heute?« Wieder das Bellen. »Kaspar!« Die Ärztin schimpfte: »Aus jetzt. Still!« Dann: »Es ist schon spät, wie stellen Sie sich das vor?«

»Ist das Ihr Hund?«, fragte Sebastian. Er musste das Gespräch unbedingt am Laufen halten.

»Wie?«

»Ein Schäferhund?«, fragte Sebastian.

Eine kleine Pause. »Ein Labrador.«

»Und wahrscheinlich noch ziemlich jung, oder?«

Die Frau lachte. »Nicht mal ein Jahr.«

»Ein niedliches Alter, aber auch anstrengend.«

»Allerdings. – So, wir müssen jetzt weiter.«

»Wo spazieren Sie denn gerade?«

»Sie stellen ja Fragen. – An der Alster.«

»Alster?« Sebastian schaute sich um. »Wo genau sind Sie?«, fragte er.

»Warum wollen Sie das wissen?«

»Ich bin am Schwanenwik.«

»Und ich auf der gegenüberliegenden Seite. Kaspar! – Wir müssen jetzt nach Hause.«

»Frau Dr. Feher, ich komme jetzt zu Ihnen rübergelaufen, und wenn ich es innerhalb von zwölf Minuten schaffe, dann fahren Sie mit mir ins UKE, abgemacht?«

»Wie bitte?«

»Wir treffen uns am *Cliff*!«

»Entschuldigung...«

Sie wollte noch irgendetwas sagen, aber er legte einfach auf und sprintete los.

Der Weg war nur schwach von kleinen Lampen beleuchtet, die alle paar Meter einen runden Schein warfen. Sebastian musste schneller laufen, als er es gewohnt war. Er spürte, wie seine Beine schwer wurden und der Rücken zu schmerzen begann.

Als er auf das *Cliff* zulief, sah er von weitem bei der Laterne eine Person in einem hellen Mantel stehen. Sebastian verlangsamte seinen Schritt. Er schätzte die Frau auf Ende dreißig, vielleicht Anfang vierzig. Ihre Augen glänzten, und sie lächelte. Auch wenn er morgen Muskelkater haben sollte und sein Rücken noch tagelang schmerzen würde, hatte es sich schon jetzt gelohnt. Dr. Feher schüttelte den Kopf und sagte: »Sie sind ja verrückt!«

Sebastian drückte die Beine durch, stützte sich auf seine Knie, rang nach Atem und hörte, wie die Frau ungläubig ausrief: »Von dort drüben hierher, in so kurzer Zeit? Sie sind ja von der ganz schnellen Truppe!«

Sebastian japste: »Haben Sie Ihren Büroschlüssel dabei?«

»Worum geht es eigentlich genau?«, fragte die Ärztin.

Er durfte ihr eigentlich nichts erzählen. Aber er wusste, dass er ihr jetzt etwas bieten musste, sonst konnte der Plan an dieser Stelle noch schiefgehen. Sebastian erklärte, dass es um einen Mord in Hamburg ging und eine Verbindung zum Patient Bahner möglich schien, dass es jedenfalls schnell überprüft werden müsste. »Ich bin jetzt ein bisschen auf Sie angewiesen«, sagte Sebastian zum Schluss.

Sie schaute ihn länger an. Kurz darauf saßen sie nebeneinander in ihrem Auto, hinter ihnen der Hund, der hechelte und aus dem Maul stank. Als sie auf den Parkplatz der Kinderklinik fuhren, wusste Sebastian, dass es sich bei dem Auto um einen Gebrauchtwagen handelte, dass Dr. Feher noch nie mit der Polizei zu tun gehabt hatte und dass sie übernächste Woche in Urlaub fahren würde. Kaum zehn Minuten waren vergangen, als sie auf dem für sie reservierten Parkplatz hielt. Der Hund blieb im Auto zurück und schaute ihnen aufmerksam hinterher.

Dr. Feher grüßte den Mann am Empfang, ohne ein weiteres Wort mit ihm zu wechseln. Sebastian folgte der Ärztin, die mit großen Schritten vorausging. Die Stille, die hier herrschte, kam ihm größer vor, ernsthafter als an anderen Orten. Sebastian dachte an die Kinder, die in diesem Gebäude auf den Krankenstationen in ihren Betten lagen. Hier ging es zu jeder Tages- und Nachtzeit um Leben oder Tod. Alles andere, Alltägliche, hatte wenig Platz. Dr. Fehers Büro war nur wenige Quadratmeter groß. Sie setzte sich an ihren Schreibtisch und starrte wortlos auf den Bildschirm, während der Computer hochfuhr. Sebastian schaute sich um. An den Wänden hingen bunte Kinderzeichnungen: ein Pferd auf Stelzen mit einem gelben Hut auf dem Kopf; ein Haus an einem See, der aber auch das Universum sein konnte; mehrere Personen um einen Tisch herum, vielleicht eine Familie.

»Wie ich vermutet hatte«, sagte Frau Feher plötzlich. Sie drehte sich zu Sebastian um. »Die Akte ist leider noch nicht digitalisiert, aber sie ist unten im Archiv. Ich weiß nicht, ob ich sie so auf die Schnelle finden kann.«

»Ich helfe Ihnen«, schlug Sebastian vor.

Sie schaute ihm direkt in die Augen und sagte: »Das ist ausgeschlossen, ich darf Sie nicht ins Archiv lassen.«

»Das merkt doch keiner.«

Sie schüttelte den Kopf, griff nach ihren Schlüsseln und stand auf.

Er ging ihr einfach hinterher und folgte ihr einen Gang entlang. Sie drehte sich nicht um. Sie kamen in ein Treppenhaus, gingen ein Stockwerk tiefer, wieder einen Flur entlang in einen anderen Gebäudeteil. Vor einer schweren Eisentür blieb Dr. Feher stehen. Sie sah Sebastian kurz an, schüttelte noch einmal den Kopf, und es schien, als hätte sie ein wenig gelächelt. Sie prüfte die Schlüssel an ihrem Schlüsselbund und steckte einen davon ins Schloss. Sie traten in einen dunklen Raum. Weißes Neonlicht flackerte auf, dann war es hell. Sie befanden sich in einem langgestreckten Kellerraum, in dem große Metallregale aneinandergedrängt standen. Die Ärztin ging von einem Schild zum nächsten und blieb dann stehen. Sie versuchte, die Kurbel zu drehen, aber es ging nicht.

»Ich helfe Ihnen«, sagte Sebastian, aber Dr. Feher hielt ihn mit einer Handbewegung auf Abstand.

Sie verzog vor Anstrengung ihr Gesicht, dann endlich bewegte sich das Rad. Zwischen den Regalen öffnete sich ein schmaler Gang. Als er breit genug war, ließ die Ärztin das Rad los und trat ein. Sebastian folgte ihr. Die Ärztin drückte einen Knopf, und Leisten mit Hängeregistern kamen zum Vorschein. Die Mechanik stoppte, als sie den Knopf wieder losließ. Vor ihnen hing jetzt der Buchstabe B, verschiedene Jahrgänge. Dr. Feher fuhr mit ihrem Zeigefinger an den Akten entlang, dann griff sie zu und überreichte Sebastian die Akte von Louis Bahner. »Vielleicht könnten Sie gleich hier unten reinschauen«, sagte sie leise. »Ich erledige so lange ein paar Dinge in meinem Büro und hole sie dann wieder ab. Wie lange brauchen Sie?«

Als sie die Tür schloss, lauschte Sebastian, ob sie zusperren würde. Aber die Tür war so massiv, dass er überhaupt nichts hörte. Er schaute auf sein Handy. Kein Empfang. Bei dem Gedanken, hier unten eingesperrt zu sein, wurde ihm unwohl.

Er war von penibel dokumentierter Vergangenheit umgeben, von Krankengeschichten, von denen wahrscheinlich viele mit dem Tod geendet hatten. Das Summen der Neonröhren schien in ein Fiepen überzugehen, aber vielleicht kam es ihm nur so vor.

Er legte die Akte auf einen Tisch in der Ecke, setzte sich und schlug den Deckel auf.

Protokolle. Er überflog sie. Medizinische Fachausdrücke. Diagnosen. Krankheitsverlauf. Medikamente. Nebenwirkungen. Röntgenbilder. Namen von Ärzten und Krankenschwestern. Übergabeprotokolle. Er überlegte, ob er eine Liste der Namen anlegen sollte, um die Leute gegebenenfalls später sprechen zu können. Aber sein Gefühl sagte ihm, dass diese Fleißarbeit zu nichts führen würde. Diese Menschen hatten alles getan, um einem Kind zu helfen und ein Menschenleben zu retten, von der privaten Welt der Patienten wussten sie vermutlich gar nichts. Es würde sie wahrscheinlich auch zu sehr belasten.

Das Summen der Neonröhren setzte aus, das Licht flackerte, war wieder stabil, der pfeifende Ton kam zurück. Sebastian rief sich seinen letzten Gedanken noch einmal zurück: Auch wenn sie ihre Patienten täglich sahen und in einer existentiellen Situation erlebten, so wussten sie von deren privater Welt doch nichts, weil es sie andernfalls zu sehr belasten würde. Sebastian überlegte und ging gedanklich in die entgegengesetzte Richtung: Besonders im Krankenhaus brauchten die Patienten eine intensive Zuwendung. Das konnten nur Besucher leisten. Gab es möglicherweise eine Besucherliste?

Er blätterte in der Akte weiter, blätterte zurück. In der unteren Ecke eines Papiers war eine hellblaue Karteikarte mit Tesafilm befestigt. Sebastian musste genauer hinsehen, um zu erkennen, was dort mit blassem Bleistift geschrieben stand. *Bei plötzlicher Verschlechterung des Zustandes von Patient Bahner und Abwesenheit der Eltern bitte folgende Nummer anrufen.*

Sebastian wollte die Karte umdrehen, aber sie klebte fest. Er versuchte, sie vom Papier zu lösen, aber es ging nicht. Er nahm das Blatt aus dem Hefter heraus, stieg vorsichtig auf den Stuhl und hielt das Papier gegen die Neonröhre. Jetzt konnte er erkennen, dass auf der Rückseite der kleinen Karte eine Nummer und ein Name notiert waren. Durch das Papier schimmerten die Ziffern und Buchstaben hindurch. Die Nummer konnte er problemlos entziffern, den Namen aber nicht.

Sebastian veränderte ein wenig seine Haltung und den Lichteinfall. Jetzt setzten sich die Buchstaben zu einem Wort zusammen. Als er den Namen las, hielt er die Luft an. »Das gibt es nicht«, flüsterte er. Vorsichtig stieg er vom Stuhl herunter. Eine Weile stand er einfach nur da. Er versuchte, die Fakten zusammenzubringen. Dann ahnte er, warum diese Frau, die er im Laufe der Ermittlungen mehrmals getroffen hatte, Maik Keilenweger umbringen wollte.

59

Das mittelgroße Messer ist so scharf, dass sie keine Kraft braucht. Sanft gleitet die Klinge durch das Fleisch der frischen grünen Paprika, die sie kurz vor Ladenschluss zusammen mit Tomaten und Fenchel im Bio-Supermarkt gekauft hat. Fünf Streifen, wie immer, der Rest kommt in Haushaltsfolie und zurück ins Gemüsefach.

Der Krabbensalat liegt im mittleren Fach links. Sie nimmt das Schälchen heraus und stellt es auf die Arbeitsplatte zwischen die kleine, gläserne Schüssel mit dem Fleischsalat und das Töpfchen Magerquark. Bei der Butter leistet sie sich die irische und aus Bequemlichkeit immer die, die schon in kleine Stücke portioniert ist. Sie schließt den Kühlschrank und nimmt das Geschirr aus dem Schrank über der Spüle. Alles wie gestern. Wie vorgestern. Wie seit Ewigkeiten.

Die Paprikastreifen ordnet sie auf dem großen weißen Teller sternförmig an. In den ersten Zwischenraum gibt sie einen Löffel Fleischsalat, in den zweiten einen Löffel Magerquark, auf den sie Salz und etwas Pfeffer streut. Der dritte Platz bekommt etwas von dem Krabbensalat, der vierte wird mit einem Stück Butter besetzt. Die Oliven! Sie öffnet noch einmal den Kühlschrank und zieht die Packung mit den dunklen, entkernten Oliven hervor, die im oberen Fach ganz nach hinten gerutscht ist. Mit spitzen Fingern fischt sie sie aus dem Wasser und setzt sie in den letzten Zwischenraum.

Die Ordnung und das Muster, das entsteht, beruhigen sie. Sie lässt ihren Blick ein paar Sekunden auf den Lebensmitteln ruhen, rückt einen Paprikastreifen zurecht, trägt den Teller hinüber in den Essbereich und stellt ihn auf den Tisch.

Das Kürbiskernbrot – wo ist sie heute nur mit ihren Gedanken? Sie geht zurück und säbelt von dem Laib zwei gleichmäßige Scheiben herunter. Sie gelingen nahezu perfekt. Einen Moment überlegt sie. Früher spielten solche Dinge keine Rolle.

Der Wein ist noch offen. Sie gießt sich ein Glas ein. Es ist ein kleines Glas, später wird sie sich noch ein zweites genehmigen. Hat sie nichts vergessen? Sie schaut zum Tisch. Sie öffnet die Schublade, nimmt die Streichhölzer heraus, geht hinüber, zündet die Kerze an, pustet das Hölzchen aus, legt es auf einem kleinen Schälchen ab und stellt das Weinglas neben den Teller.

In der Spiegelung der gläsernen Balkontür sieht sie eine Frau, die zur Serviette greift. Jeden Abend sitzen sie sich gegenüber. Das Gesicht der anderen ist ein wenig verschoben, das liegt an der Doppelverglasung. Aber dass sie alt und müde aussieht, dafür kann die Scheibe nichts. Glücklicherweise sorgen das gedämpfte Licht der Deckenlampe und der Kerzenschein für mildernde Umstände. Das Leben und die Ereignisse der vergangenen Wochen, Monate, Jahre hinterlassen ihre Spuren.

Sie streicht Butter auf das Brot, teilt die Scheibe in der Mitte und häuft auf eine Hälfte den Krabbensalat. Sie kaut, schluckt, nippt am Wein. Jetzt ein Stück Paprika. Sie sieht ihr Spiegelbild und hält inne. Für einen Moment ist sie wie gelähmt. Was ist nur aus ihr geworden?

Sie zwingt sich, den Blick abzuwenden und ihr Abendessen fortzusetzen. Das letzte Stück Brot verzehrt sie mit den Oliven.

Als sie mechanisch die Serviette zusammenfaltet, fällt ihr Blick auf die Maske, die an der Wand beim Fernseher lehnt. Gestern, irgendwann im Laufe des Tages, als sie außer Haus war, hatte der Nagel nachgegeben, und das Ding war heruntergekommen. Suchend schaut sie sich um. Sie hat noch keine Idee, wo sie die Maske hinhängen soll. Afrikanische Masken, so hatte er damals gesagt, als er sie ihr schenkte, dürfe man auf keinen Fall an den Platz zurückhängen, von dem sie sich gelöst haben. Das bringe Unglück. Als würde das jetzt noch etwas ausmachen! Aber sie will sich dennoch an die Anweisung halten. Zur Not kommt die Maske in den Flur neben den Spiegel.

Bevor sie den Teller in die Spülmaschine stellt, lässt sie warmes Wasser über das Porzellan laufen. Die gleiche Prozedur mit dem Messer. Die Klinge mit Spuren von Butter fährt durch den Wasserstrahl, als würde sie ihn durchschneiden. Sie dreht den Hahn zu.

Der Geschirrspüler ist fast voll. Einen Tag wird sie noch warten, bevor es sich lohnt, die Maschine arbeiten zu lassen. Die Teetasse, die noch im Waschbecken steht, reinigt sie von Hand, das scharfe Geschirrspülmittel würde die Farben angreifen – zuerst kaum merklich, plötzlich sichtbar, aber dann wäre es zu spät.

Wie Gift, denkt sie.

Mit der Hand, die eigentlich nach dem Lappen greifen wollte, stützt sie sich auf der Arbeitsfläche ab. Ein Schwindel erfasst sie. Sie atmet durch, wischt mit dem Lappen über die Arbeitsplatte, hält ihn unter den Wasserstrahl, wringt ihn aus, legt ihn neben der Seifenschale ab und greift nach dem Geschirrhandtuch, das frisch gewaschen ist. Es ist ihr wichtig, dass das Leinen frisch ist.

Während sie sich die Hände abtrocknet, überfliegt sie die Notizen auf der Magnettafel an der Kühlschranktür. Für heute hat sie alles erledigt. Trotzdem zittern ihre Hände.

Sie nimmt die Muschel in die Hand und hält sie an ihr Ohr. Der Klang des Meeres, das ruhige, gleichbleibende Rauschen – sie schließt die Augen. Sie hat immer gedacht, sie darf nicht verdrängen. Sie hat gedacht, wenn sie sich mit dem Entsetzlichen beschäftigt, immer wieder von neuem, würde irgendwann eine Gewöhnung eintreten. Sie hatte gedacht, dass es funktionieren würde wie bei einer Wunde, die mit der Zeit heilt. Aber nichts heilt. Der Schmerz ist immer da. Warum hat der Schmerz diese Kraft, warum nicht das Glück?

Sie setzt sich in den Sessel und greift nach der Fernbedienung. Wieder das Zittern. Ein zartes, unschuldiges Zittern, das immer dann kommt, wenn sie sich entschließt, den Film anzusehen. Sie zögert. Es ist wie eine Sucht. Sie sieht auf ihre Hand, die das kleine Gerät umfasst. Wem nützt es? Louis? Sicher nicht. Trotzdem. Sie drückt auf den Knopf, wie jeden Abend.

Der Strand, die Sandburg – sie kennt jedes Detail in- und auswendig. Louis mit der roten Plastikschaufel, seine geliebte Mütze. Er schaut gegen die Sonne, lacht – doch was ist das? Hastig drückt sie die Pausetaste, das Bild gefriert. Sie horcht in die Stille. War da was? Sie schaut zum Fenster. Kam es von draußen? Oder aus dem Treppenhaus? Geräusche vor der Wohnungstür – ganz deutlich. Es klingelt.

Sie legt die Fernbedienung zur Seite und steht langsam auf. Um diese Zeit kann das eigentlich nur Hinrichsen sein, der Nachbar, ein lieber Mann, aber ein Quälgeist. Sie will ihre Ruhe haben, nichts weiter, ist das denn zu viel verlangt? Im Flur schaut sie rasch noch in den Spiegel. Ja, sie sieht müde aus.

Sie öffnet die Tür. Ihr entfährt ein: »Oh!«

Er schaut sie an, sagt nichts. Verwirrt schaut sie zu Boden. Um diese Zeit? Was will er? Ihre Gedanken überstürzen sich. Vielleicht hat er nur eine Frage, braucht bloß eine Auskunft, etwas, das so dringend ist, dass es keine Zeit bis morgen hat. Sie klammert sich an die Klinke, ihr Puls rast, ihre Handflächen sind schweißnass. Sie darf sich nichts anmerken lassen. »Was führt Sie denn so spät hierher, Herr Fink?« Sie hofft, dass es unbekümmert klingt. Aber ihre Stimme hört sich entsetzlich schrill an.

»Guten Abend«, sagt der Kommissar. Er klingt neutral, fast freundlich, eigentlich wie immer. »Darf ich reinkommen?«

Verschwinde, denkt sie – und antwortet: »Aber natürlich.« Höflich tritt sie einen Schritt zur Seite. Es kommt ihr vor, als würde ihr ein freundliches Lächeln gelingen.

Herr Fink steht mitten in ihrem Wohnzimmer, den Blick von ihr abgewandt. Er schaut auf den Fernsehschirm, sieht Louis mit Mütze und Schaufel. Er sagt nichts. Sein Blick wandert weiter zur Maske, die unten an der Wand lehnt, dann dorthin, wo der Nagel in der Wand gesteckt hat. »Merkwürdig«, sagt er, »eine ganz ähnliche Maske habe ich schon einmal gesehen.«

Sie nimmt das Ding und stellt es neben das Sofa. Ihre Wangen glühen. »Interessant«, sagt sie. »Bei wem denn?«

»Bei Frau Seidel. Sie hat auch so eine in ihrer Wohnung hängen.«

Sie ist überrascht. Das hat sie nicht gewusst. Sie muss gleichmütig wirken, gelassen. Sie hat nichts falsch gemacht, keinen Fehler, sie hat nichts zu befürchten. Sie sagt: »Es war ein Geschenk. Und gestern ist das Ding plötzlich heruntergefallen. Ich weiß auch nicht, warum.« Sie lacht. Und gleichzeitig spürt sie, wie die Spannung aus ihrem Körper weicht. Ihre Beine werden schwach. Sie stützt sich an der Küchentheke ab. Sie weiß, was jetzt kommen wird. Die Wahrheit. Die Wahrheit kommt doch immer ans Licht.

Sie sieht ihn an. So wie jetzt hat der Kommissar sie noch nie angeschaut. Seltsam ernst, aber nicht ohne Mitgefühl. Er sagt: »Wir haben etwas zu besprechen, Frau Bischof.«

Sie hat etwas im Hals. Es ist so groß, dass sie sekundenlang glaubt, sie würde daran ersticken. Sie muss schlucken, mehrmals. Sie hat Angst, ohnmächtig zu werden. »Können wir uns setzen?«, fragt sie.

Sie nehmen Platz, sitzen ums Eck, und es erinnert sie an ihre Begegnung gestern im Büro. Sie schaut den jungen Mann an und gleichzeitig durch ihn hindurch. Seine Worte hört sie wie aus weiter Ferne. Er redet von einem Artikel und einem Journalisten, richtig, sie erinnert sich. Und von dem Bericht der Ärztin aus Brunsbüttel, der mit einer Klammer befestigt war, sie nickt. Eindeutige Zahlen, die belegen, dass in Brunsbüttel, im Gebiet der Schiffsschleuse, Menschen an Krebs erkranken und daran sterben. Sie kennt die Fakten. Sie ist müde. Der Kommissar erzählt und erzählt, und sie hört ihm zu, eine eigentümliche Geschichte – und doch kommt ihr alles so bekannt vor. So vertraut. Dann ist es still. Herr Fink schaut sie an. Sie soll wohl etwas sagen. Aber wo soll sie anfangen? Sie streicht einen Fussel von der Sessellehne.

Sie ist die Großmutter, die sich an jedem zweiten Wochenende in ihr Auto setzt und von Hamburg nach Brunsbüttel fährt. Der Motor schnurrt, die Lieder, die am Radio laufen, trällert sie mit. Nach etwas mehr als einer Stunde ist sie da. Sie freut sich so. Louis, ihr Enkel, ist ein Geschenk. Sie hatte sich selbst immer so sehr einen Jungen gewünscht! Mein Gott, sie redet dummes Zeug. Wen interessiert das? Das gehört nicht hierher.

»Sprechen Sie«, sagt der Kommissar.

Ach Gott, was soll sie denn erzählen? Wann hat sie je erzählt? Aber er fragt, und sie muss antworten, muss einen Anfang finden. Sie muss weit in ihrer Erinnerung zurückgehen. Sie absolvierte ihre Ausbildung zur Sekretärin, bewarb sich und bekam Ende der sechziger Jahre eine Stelle in der Reederei Köhn. Nur wenige Jahre später, sie war Mitte zwanzig, wurde sie die persönliche Sekretärin von Herrn von Köhn. Für sie ging ein Traum in Erfüllung. Vom ersten Tag an hatte sie diesen phantastischen Mann bewundert. Er hatte Stil, er hatte Klasse. Keine Arbeit hätte sie lieber gemacht, und sie arbeitete rund um die Uhr. Ihre Ehe zerbrach, aber beruflich ging es ihr gut. Bei einem Tanzfest lernte sie Hans kennen, ihren zweiten Ehemann, und sie bekam ein Kind, Lisa. Es kam ihr vor wie ein Wunder, und dass sie sich einen Sohn gewünscht und auch fest damit gerechnet hatte, spielte nun wirklich keine Rolle. Das Leben war voller Wunder, Hans war ein guter Ehemann, und sie wollten beide noch weitere Kinder bekommen. Doch sie hatte eine Fehlgeburt, dann noch eine und noch eine, und danach fühlte sie sich zu alt. Wie schnell die Zeit verging. Hans war an einem Herzinfarkt gestorben, und Lisa war zweiundzwanzig, als sie sie zur Großmutter machte. Endlich war er da: Louis.

Was machte es aus, dass Lisa mit dem Jungen nach Brunsbüttel zog? Es hätte schlimmer kommen können. Brunsbüttel lag im Einzugsgebiet von Hamburg, war erreichbar. Hannes, der Vater von Louis, hatte dort eine gute Stelle gefunden. Lisa eröffnete ein Schmuckgeschäft. Und sie, die Großmutter, half, wo sie konnte. Sie kümmerte sich um den Kleinen, das war ja klar, aber sie vermittelte Lisa auch ein paar gute Kontakte, zum

Beispiel den zu der lieben Gesa, der Enkeltochter des alten Köhn. So kam es, dass Lisa Gesa Keilenwegers Schmuck verkaufte, und alle waren zufrieden.

Und dann die Diagnose: Morbus Hodgkin.

Sie muss gerade sitzen, durchatmen, sie muss sich zusammenreißen. Es funktioniert, sie kann weitererzählen.

Lisa war damals wie gelähmt, und der Schwiegersohn – nein, sie will jetzt nicht schlecht über ihn reden. Jedenfalls musste gehandelt werden, und zwar sofort. Die beste Therapie der besten Ärzte sollte Louis bekommen, und die gab es in Hamburg. Jeden Tag ging sie ins Krankenhaus, der kleine Louis und Lisa brauchten ihre ganze Unterstützung. Wie überfordert das Mädchen war! Die Ärzte machten Mut, Louis hätte gar nicht so geringe Chancen – das hatten sie wirklich gesagt, und Lisa hatte sich an diese Worte geklammert. Es war seltsam, sosehr sie ihrer Tochter Mut zu machen versuchte, in Wahrheit ahnte sie, nein, sie wusste, dass der Junge sterben würde.

Plötzlich wird ihr übel. Sie legt eine Hand auf die Lehne und schließt die Augen. Sie hätte jetzt gern ein Glas Wasser. Sebastian Fink merkt es und holt ihr eins aus der Küche.

Er fragt: »Was ist dann passiert?«

Sie trinkt, stellt das Glas zurück auf den Tisch. Die Behandlungen schlugen nicht an. Dem Jungen ging es von Tag zu Tag schlechter. Sie versuchte bei der Arbeit in der Reederei, einen Alltag aufrechtzuerhalten, und erledigte ihre Aufgaben pflichtgemäß. Und dann kam dieser Tag, sie weiß es noch genau, der fünfzehnte Mai.

Ihr Chef war auf Geschäftsreise in Caracas, Lisa hatte gerade angerufen und am Telefon geweint, mein Gott, wie hatte sie geweint! Irgendwie hatte sie es geschafft, das Kind zu beruhigen, ihr Mut zuzusprechen. Da rief Keilenweger an.

Sie sollte ein Papier finden, von dem er nicht mehr wusste, wo er es abgelegt hatte. Es war dringend, er steckte mitten in den Verhandlungen, sein Ton war unhöflich, um nicht zu sagen unverschämt. Sie nahm sich zusammen. Sie suchte auf seinem Schreibtisch, aber sie konnte es nicht finden. Die letzte Möglichkeit war der Safe. Der Safe gehörte nicht zu ihrem Hoheitsgebiet, der Safe war Sache des Chefs. Trotzdem kannte sie für Notfälle die Nummer. Der Chef wartete ungeduldig auf das Fax, sie wollte so schnell wie möglich zu Louis und Lisa ins Krankenhaus. Sie schloss den Safe auf, und sie entdeckte die Mappe. Das Material des Journalisten. Alle Fakten über Brunsbüttel, die Schleuse, die Krebsgefahr. Brunsbüttel, ein lebensgefährlicher Ort. Keilenweger wusste, dass ihre Tochter und das Enkelkind in Brunsbüttel lebten. Sie stand mitten in seinem Büro am offenen Safe, sie las jeden Satz, die grausame Wahrheit, die ihr Chef unter Verschluss gehalten hatte, und sie hatte nur einen Gedanken: *Wenn Louis stirbt, wird er büßen.*

Dann scannte sie das gewünschte Papier ein, irgendeine Vorjahresbilanz, und den Gedanken, den sie gehabt hatte, verdrängte sie. Louis würde nicht sterben. Sie war ihrem Chef zu Diensten, als wäre nichts geschehen. Aber dann kam diese besondere Gelegenheit, und sie reagierte, ohne zu überlegen, wie automatisch.

»Welche Gelegenheit?«, fragt der Kommissar, und da bemerkt sie erst, dass sie eine Weile lang in Schweigen verfallen ist.

Die Ärztin sprach über die Wirkung der Chemotherapie. Und erzählte ganz nebenbei, dass Kinder eine höhere Dosis bekämen als Erwachsene. Und dass die Substanz tödlich sein könnte, wenn man sie falsch einsetzte. Am selben Abend, als sie die Station verließ, kam sie an dem Raum vorbei, in dem die Beutel mit der Flüssigkeit gekühlt lagerten. Die Tür stand offen. Niemand war zu sehen. Wieder das Schicksal. Sie steckte einen Beutel ein. Für alle Fälle. Sie legte die Substanz zu Hause in ihrem Kühlschrank.

Louis wurde von Tag zu Tag weniger. Schließlich überführten sie ihn ins Kinderhospiz Sternenkind. Drei Wochen später starb er.

In dieser Zeit war sie wie betäubt. Aber sie funktionierte. Sie arbeitete. Nur für den Tag der Beerdigung nahm sie sich einen halben Tag frei. Dieser Satz, der Schwur, den sie getan hatte, begleitete sie jetzt wie eine Melodie: *Wenn Louis stirbt, wird er büßen.*

Es war nach Louis' Beerdigung, Tage, Wochen oder Monate später, ihr Zeitgefühl funktionierte nicht mehr. Maik Keilenweger war nach Feierabend in Feierlaune, irgendein Millionendeal. Er wollte mit ihr anstoßen. Dabei hatte er ihr nicht einmal kondoliert! Sie gab ihm einen Tropfen des Gifts in den Cognac. Es war das erste Mal. Zwei Wochen später hatte er schon vier Tropfen eingenommen.

War es nicht gerecht so? Genau wie Louis einem Gift

ausgesetzt gewesen war, so war jetzt auch Keilenweger einem Gift ausgesetzt. Ganz einfach. Und wie Louis und all die anderen Menschen an der Schiffsschleuse hatte auch Keilenweger eine Chance, nicht zu erkranken. Doch er würde kämpfen müssen.

»Er hatte eine Chance zu überleben.« Ihre Worte hängen im Raum.

Sebastian Fink schaut zum Fernseher, dem eingefrorenen Bild, und fragt: »Ist das Louis, Ihr Enkel?«

Sie nimmt die Fernbedienung und drückt den Knopf. Louis erwacht zum Leben. Er spielt am Strand, im Hintergrund fährt ein Schiff. Der Junge schaut gegen die Sonne, lacht und haut mit einer roten Plastikschaufel auf die Sandburg.

Roswitha Bischof lächelt.

60

Es war morgens, kurz vor sieben, als Sebastian sein Auto vor dem Dammtorbahnhof parkte. Wie zehn Tage zuvor eilte er in die Halle, schaute hinauf zur Anzeigetafel, und wieder hatte der Nachtzug aus München Verspätung.

Er bestellte bei der Bäckereiverkäuferin »eine heiße Schokolade to go«, und heute musste er es nicht wiederholen, die Frau nickte und lächelte sogar. Während er auf das Getränk wartete, schaute er sich um. Der kleine Blumenladen würde wohl gleich öffnen. Die Verkäuferin richtete noch einen Strauß Frühlingsblumen, den sie neben der Tür platzierte. Am Kiosk ließen Kunden sich mit der Zeitung ihre Zigaretten reichen, standen nebenan Schlange bei den Sandwiches, andere eilten in Scharen die Treppe hoch zu Gleis eins und zwei, wo die S-Bahn fuhr.

Wie erwartet, war auch heute der Bahnsteig am Gleis für die Fernzüge leer. Sebastian warf den Becher in den Abfalleimer und schob die Hände in die Hosentaschen. Er dachte an Roswitha Bischof. Sie konnte wegen Mordes nicht belangt werden. Der Zufall war ihr mit dem Unfallfahrer zuvorgekommen. Blieb noch der Vorwurf des Mordversuchs. Aber ob die chemische Substanz, die sie im Krankenhaus entwendet hatte, tatsächlich bei Maik Keilenweger die Erkrankung ausgelöst und wie sehr sie die Entwicklung der Krebserkrankung befördert hatte, würde wohl nie geklärt werden. Die Richter mussten im anstehenden Gerichtsverfahren die niederträchtige Absicht gegen das Maß der Verzweiflung abwägen. Und sich dabei auch auf Sebastians Aussage stützen. Eine Verurteilung von Roswitha Bischof wäre wohl gerecht, doch Sebastian hoffte, dass sie freikam – auch wenn er als Polizist so nicht denken durfte. Jedenfalls nicht laut und nicht offiziell.

Er schlenderte den Bahnsteig entlang und beobachtete die Tauben, die im Gleisbett aufgeregt nach irgendwelchen Krümeln pickten. Wenn sich doch wenigstens beurteilen ließe, ob die Schiffsemissionen an der Schleuse tatsächlich die Krankheit von Louis Bahner ausgelöst hatten. Aber darüber stritten die Experten. Sicher war nur, dass zwei Menschen – Louis Bahner und Maik Keilenweger –, die sich überhaupt nicht kannten, die nichts miteinander zu tun hatten und sich nie begegnet waren, ohne es zu wissen, zum Tod des anderen beigetragen hatten. An dieser Tragödie war nichts zu ändern. Sebastian würde sich nie an das Gefühl der Ohnmacht und Hilflosigkeit, das sich in solchen Fällen einstellte, gewöhnen können.

Eine Lautsprecherdurchsage kündigte die Einfahrt des Zuges aus München an. Sebastian drehte sich um und sah, wie die Lokomotive sich näherte. Seine kleine Familie. In wenigen Minuten waren sie wieder vereint. Er war gespannt, wie Anna auf die Nachricht reagieren würde, dass sie Besuch hatten und das Gästezimmer von seiner Großmutter besetzt war.

Zischend öffneten sich die Türen. Der Erste, der aus dem Zug kletterte und auf den Bahnsteig sprang, war Leo. War der Junge etwa schon wieder gewachsen? In zwei Wochen? Und neue Turnschuhe hatte er an. Sebastian lachte und breitete die Arme aus.

Bitte beachten Sie
auch die folgenden Seiten

Friedrich Dönhoff im Diogenes Verlag

Savoy Blues

Ein Fall für Sebastian Fink

Roman

Sommer in Hamburg – und ein Lied in aller Ohren: *Savoy Blues.* Der Swing-Song von Louis Armstrong aus den dreißiger Jahren in der brandneuen Coverversion von DJ Jack ist der Megahit des Jahres. Auch dem jungen Hauptkommissar Sebastian Fink schwirrt das Lied im Kopf herum, während er sich an die Aufklärung seines ersten eigenen Falls macht: den Mord an einem pensionierten Postboten. Ein Krimi, der trügerisch leicht daherkommt und uns unbemerkt in die Untiefen jener Zeit lockt, als die Swing-Musik verboten war.

»Ein spannender Krimi mit einem grandiosen Finale.«
Westdeutsche Allgemeine Zeitung, Essen

Der englische Tänzer

Ein Fall für Sebastian Fink

Roman

Das erfolgreiche Musical *Tainted Love* kommt von London nach Hamburg. Doch vor der Premiere wirft ein seltsames Ereignis einen unheimlichen Schatten voraus: Eine Backstage-Mitarbeiterin sieht im Theatersaal einen Toten von der Kuppel hängen. Als Kommissar Fink am Tatort eintrifft, ist die Leiche aber verschwunden. Alles nur eine Halluzination? In seinem zweiten Fall ermittelt Sebastian Fink hinter den Kulissen der Musicalwelt. Es geht um Eitelkeiten, versteckte Rivalitäten und sehr viel Geld. Jeder beobachtet jeden. Und doch will niemand gesehen haben, wie ein Mensch aus ihren Reihen zu Tode kam.

»Bitte weitere Missionen für Sebastian Fink!«
Die Welt, Berlin

Seeluft
Ein Fall für Sebastian Fink
Roman

Zwischen den Aktivisten von Ökopolis und der Hamburger Reederei Köhn herrscht Streit. Den einen geht es um die Umwelt, den anderen um ihre Konkurrenzfähigkeit. Als am Fischmarkt die Leiche eines Reeders gefunden wird, nimmt Kommissar Sebastian Fink die Ermittlungen auf. Der Fall führt ihn zu einem verbitterten Manager in einem modernen Glaspalast hoch über dem Hafen, zu einer sportbesessenen Witwe auf dem Land und zu einem frischverliebten Studentenpaar in St. Pauli. Sebastian hat alle Hände voll zu tun, als eines Morgens unverhofft seine Großmutter vor der Tür steht – und ihn mit einem gut gehüteten Familiengeheimnis konfrontiert.

»Friedrich Dönhoff hat einen kristallklaren Stil. Mit Sebastian Fink hat er einen sehr zeitgeistigen Ermittler geschaffen, der in ungewöhnlichen ›Familienverhältnissen‹ lebt und Erfahrungen in der Single-Szene macht. Ein aufsteigender Stern!«
New Books in German, London

Heimliche Herrscher
Ein Fall für Sebastian Fink
Roman

Sebastian Fink plant seinen Italienurlaub mit seiner neuen Freundin, der DJane Marissa. Doch Sonne und Meer müssen warten, denn ein Serienmörder versetzt die Hamburger Bevölkerung in Angst und Schrecken. Die Opfer hatten nichts gemeinsam – außer ihrem Engagement in der Flüchtlingsdebatte. Ist das die Spur, die zum Mörder führt?
Nach vielen Umwegen gelangt Sebastian Fink an einen Ort des Grauens, über den niemand spricht, obwohl ihn jeder kennt.

»Mit Sebastian Fink hat Friedrich Dönhoff eine neue Identifikationsfigur geschaffen: sympathisch und klug.« *Frankfurter Neue Presse*

Die Welt ist so, wie man sie sieht

Erinnerungen an Marion Dönhoff

Mit zahlreichen Farbfotos

Marion Dönhoff, gesehen durch die Augen des 60 Jahre jüngeren Großneffen: Diese Erinnerungen sind das Dokument einer generationenübergreifenden Freundschaft.
Viele Jahre lang war Marion Dönhoffs Großneffe Friedrich einer der Menschen, die ihr am nächsten standen. Er begleitete sie im Alltag und auf Reisen. Wenn er davon erzählt, ist die tiefe Vertrautheit in jeder Zeile spürbar. Humor und Streitlust, Offenheit und Neugierde prägten diese ungewöhnliche Freundschaft – auch die eingestreuten Fotos aus dem Familienalbum vermitteln das.
Das Buch enthält auch ein letztes Gespräch, das der Autor wenige Wochen vor ihrem Tod mit Marion Dönhoff führte. Darin erzählt sie von ihrer ostpreußischen Heimat, spricht über Familie und Glauben und zieht ein Resümee ihres Lebens.

»Selten war Marion Gräfin Dönhoff derart persönlich zu erleben.« *Die Zeit, Hamburg*

Auch als Diogenes Hörbuch erschienen,
gelesen von Friedrich Dönhoff

Ein gutes Leben ist die beste Antwort

Die Geschichte des Jerry Rosenstein

Lange hat Jerry Rosenstein geschwiegen. »Aber jetzt«, sagt er, »muss ich erzählen. Weil ich zu den letzten Zeugen gehöre.« In der hessischen Provinz geboren, wuchs Jerry in Amsterdam auf, bis er im Alter von

fünfzehn Jahren deportiert wurde und über mehrere Lager nach Auschwitz kam. Mit unendlich viel Glück und dem richtigen Instinkt hat er diese Zeit überlebt. Danach wollte Jerry nur noch eins: frei sein. Und das hat er auch geschafft: Er hat sich finanzielle, sexuelle und geistige Freiheit erkämpft.
Packend und mit viel Feingefühl erzählt der Autor Friedrich Dönhoff von einer gemeinsamen Reise, die quer durch Europa und bis nach San Francisco führt, auf den Spuren von Jerrys Vergangenheit. Es ist die Geschichte eines Menschen, der sich entschieden hat, glücklich zu sein – eine berührende Geschichte mit Happy End.

»Darf ein Buch über den Holocaust unterhalten? Darf es zwischendurch immer wieder von einer fast angenehmen Leichtigkeit sein? *Ein gutes Leben ist die beste Antwort* von Friedrich Dönhoff ist ein solches Buch, das inmitten der nicht enden wollenden Fülle an Büchern über die Schoa noch einmal besonders hervorsticht.« *Frank Keil / Jüdische Allgemeine, Berlin*

»Ein eindrücklicher Bericht von einem, der nach einer furchtbaren Jugend ein gutes Leben fand.«
Kathrin Meier-Rust / Bücher am Sonntag, Zürich

»Ein anrührendes Begegnungsbuch.«
Martin Marko / Die Welt, Berlin

Jakob Arjouni im Diogenes Verlag

Happy birthday, Türke!

Kayankayas erster Fall. Roman

Ein Türke wird in einem Bordell ermordet. Für die Polizei offenbar kein Grund für genaue Ermittlungen. Da engagiert die Witwe den Privatdetektiv Kemal Kayankaya, und der wirbelt Staub auf.

»Kemal Kayankaya, der zerknitterte, ständig verkaterte Held in Arjounis Romanen *Happy birthday, Türke!*, *Mehr Bier, Ein Mann, ein Mord* und *Kismet* ist ein würdiger Enkel der übermächtigen Großväter Philip Marlowe und Sam Spade.« *Stern, Hamburg*

»Der beste Kriminalroman, den ein Autor deutscher Zunge je geschrieben hat.«
Christian Seiler/Kurier, Wien

Auch als Diogenes Hörbuch erschienen, gelesen von Rufus Beck

Mehr Bier

Kayankayas zweiter Fall. Roman

Vier Mitglieder der ›Ökologischen Front‹ sind wegen Mordes an dem Vorstandsvorsitzenden der ›Rheinmainfarben-Werke‹ angeklagt. Zwar geben die vier zu, in der fraglichen Nacht einen Sprengstoffanschlag verübt zu haben, sie bestreiten aber jede Verbindung mit dem Mord. Nach Zeugenaussagen waren an dem Anschlag fünf Personen beteiligt. Privatdetektiv Kemal Kayankaya soll den verschwundenen fünften Mann finden.

»Arjouni hat Geschichten von Mord und Totschlag zu erzählen, aber auch von deren Ursachen, der Korruption durch Macht und Geld, und er tut dies knapp, amüsant und mit bösem Witz. Seine auf das Nötigste abgemagerten Sätze fassen viel von dieser schmutzigen Wirklichkeit.« *Neue Zürcher Zeitung*

»Der beste deutsche Nachkriegskrimi kam aus Frankfurt: Jakob Arjounis *Happy birthday, Türke!* und sein Nachfolgeband *Mehr Bier.*«
Tom Appleton / Süddeutsche Zeitung, München

Auch als Diogenes Hörbuch erschienen,
gelesen von Rufus Beck

Ein Mann, ein Mord

Kayankayas dritter Fall. Roman

Ein neuer Fall für Kayankaya. Schauplatz Frankfurt, genauer: der Kiez mit seinen eigenen Gesetzen, die feinen Wohngegenden im Taunus, der Flughafen. Kayankaya sucht ein Mädchen aus Thailand. Sie ist in jenem gesetzlosen Raum verschwunden, in dem Flüchtlinge, die um Asyl nachsuchen, unbemerkt und ohne Spuren zu hinterlassen, leicht verschwinden können. Was Kayankaya dabei über den Weg und in die Quere läuft, von den heimlichen Herren Frankfurts über korrupte Bullen und fremdenfeindliche Beamte auf den Ausländerbehörden bis zu Parteigängern der Republikaner mit ihrer Hetze gegen alles Fremde und Andere, erzählt Arjouni klar, ohne Sentimentalität, witzig, souverän.

»Jakob Arjouni ist es in *Ein Mann, ein Mord* endgültig gelungen, mit seinem Privatdetektiv Kayankaya eine literarische Figur zu erschaffen, die man nie mehr vergisst.« *Maxim Biller / Tempo, Hamburg*

»Wie wenige seiner Generation versteht es Arjouni, in ein paar Sätzen eine Figur entstehen zu lassen, ein Milieu und mitunter eine ganze Stadt.«
Jochen Förster / Die Welt, Berlin

Auch als Diogenes Hörbuch erschienen,
gelesen von Rufus Beck

Kismet

Kayankayas vierter Fall. Roman

Kismet beginnt mit einem Freundschaftsdienst und endet mit einem so blutigen Frankfurter Bandenkrieg, wie ihn keine deutsche Großstadt zuvor erlebt hat. Kayankaya ermittelt – nicht nach einem Mörder, sondern nach der Identität zweier Mordopfer. Und er gerät in den Bann einer geheimnisvollen Frau, die er in einem Videofilm gesehen hat.

»Mit *Kismet* ist Jakob Arjouni wiederum ein Wurf gelungen. Arjouni verfügt über ein exaktes Timing, seine Dialoge versprühen den lakonischen Witz einer Screwball-Comedy, und über allem liegt wie eine leichte Decke die Melancholie.«
Neue Zürcher Zeitung

Bruder Kemal

Kayankayas fünfter Fall. Roman

Der Frankfurter Privatdetektiv Kayankaya ist zurück: älter, entspannter, cooler – und sogar in festen Händen. Ein Mädchen verschwindet, und Kayankaya soll während der Frankfurter Buchmesse einen marokkanischen Schriftsteller beschützen. Zwei scheinbar einfache Fälle, doch zusammen führen sie zu Mord, Vergewaltigung, Entführung. Und Kayankaya kommt in den Verdacht, ein Auftragskiller zu sein.

»Großartig, wie Arjouni den Literaturbetrieb karikiert. Witzig, fulminant erzählt.«
Dagmar Kaindl / News, Wien

Außerdem erschienen:

Die Kayankaya-Romane

in einem Band im Schuber

Happy birthday, Türke / Mehr Bier / Ein Mann, ein Mord / Kismet / Bruder Kemal

Christian Schünemann im Diogenes Verlag

Der Frisör

Roman

In welchem Dilemma steckte die Beauty-Redakteurin Alexandra Kaspari am Abend vor ihrem Tod? War sie in Intrigen verwickelt, in Korruption, gab es ein persönliches Motiv? Starfrisör Tomas Prinz fühlt sich persönlich herausgefordert, denn abgesehen vom Mörder war er der Letzte, mit dem Alexandra plauderte.

»Christian Schünemann hat mit *Der Frisör* seinen ersten Fall als Romanautor bewältigt. Und zwar mit so viel Fingerspitzengefühl, dass ich ihn einfach weiterempfehlen muss. Beim nächsten Mal sollten Sie den Salon Ihres Vertrauens auf gar keinen Fall ohne diese Lektüre betreten. Nie war Warten feiner.«
Brigitte, Hamburg

Der Bruder

Ein Fall für den Frisör

Roman

»Unerwartet« heißt das Bild von Ilja Repin, das der Frisör in Moskau gerade noch bewundert hat, und unerwartet ist auch der Besuch eines Mannes, der kurz darauf in seinem Münchner Salon auftaucht: Jakob Zimmermann, Mitte dreißig, mittelloser Kunstmaler, behauptet, sein Halbbruder zu sein. Wer ist Jakob – ein Erbschleicher oder ein vertuschter dunkler Fleck in der Prinz'schen Familiengeschichte?
Erst nach einigen Turbulenzen, die Tomas in der Familie und im Frisörsalon durchlebt, ist seine Mutter bereit, Jakob an ihrer Zürcher Weihnachtstafel zu empfangen. Und Tomas' Freund Aljoscha will dem

Bruder mit seinen Connections zur Kunstszene eine wunderbare Bescherung bereiten. Doch dann kommt alles anders, und der Frisör macht eine furchtbare Entdeckung.

»Selten so geschmunzelt beim Lesen eines deutschen Krimis. Der Kriminalfall tritt eher in den Hintergrund, aber wen stört's, wenn's so gekonnt erzählt ist? Ein Ermittler auf dem Weg zur Kultfigur!«
Westdeutsche Allgemeine Zeitung, Essen

Daily Soap

Ein Fall für den Frisör

Roman

Tomas Prinz erfindet ein neues Styling für seine Kundin Tina Schmale, die vor kurzem die TV-Soap »So ist das Leben« (SidL) übernommen hat. Die Producerin ist angetreten, die Serie aus dem Quotenloch zu ziehen. Ihre Idee: Für die neue Hauptrolle muss ein Publikumsmagnet her. Doch welcher Star will schon sein Gesicht für eine Daily Soap hergeben? Der Frisör weiß Rat: Charlotte Auerbach, eine Jugend-Ikone aus den 70ern, nach vielen Jahren aus Kalifornien zurück, wäre dazu bereit. Und so gerät er, als ihr persönlicher Stylist, mitten hinein in eine Mannschaft aus Schauspielern, Regisseuren, Autoren, Kameraleuten und Ausstattern, die wie am Fließband täglich 25 Minuten Vorabend-Unterhaltung produzieren. Und nicht nur das: auch Intrigen, Eifersüchteleien und einen Mord – wie im richtigen Leben.

»Lebendig, realitätsnah und spannend. Schünemann hält sich von Klischees und allzu Absehbarem fern. Stattdessen ist der Whodunit in angenehmer Zurückhaltung geschrieben und entwickelt einen betörenden, unaufdringlichen Charme.«
Kirsten Reimers / Frankfurter Neue Presse

Außerdem erschienen:

Christian Schünemann und Jelena Volić

Kornblumenblau

Ein Fall für Milena Lukin

Roman

In der Nacht vom elften auf den zwölften Juli machen zwei Gardisten der serbischen Eliteeinheit ihren Routinerundgang auf dem Militärgelände von Topčider. Am nächsten Morgen werden sie tot aufgefunden. Sie seien einem unehrenhaften Selbstmordritual zum Opfer gefallen, behauptet das Militärgericht. Und stellt die Untersuchungen ein.

Im Auftrag der Eltern der jungen Männer beginnt der Anwalt Siniša Stojković zu ermitteln. Er bittet seine Freundin Milena Lukin, Spezialistin für internationales Strafrecht, um Unterstützung. Ihre Nachforschungen sind gewissen Kreisen ein Dorn im Auge, Milena Lukin gerät dabei in Lebensgefahr. Und es erhärtet sich ein fürchterlicher Verdacht: Die beiden Gardisten hatten vermutlich etwas gesehen, was sie nicht sehen durften. Hatte es mit dem Jahrestag des größten Massakers der europäischen Geschichte seit dem Zweiten Weltkrieg zu tun?

»*Kornblumenblau* entwirft ein Bild von Serbien, das ganz weit weg ist von allem, was einen sonst Berührungsängste entwickeln lässt.«

Susan Vahabzadeh / Süddeutsche Zeitung, München

Pfingstrosenrot

Ein Fall für Milena Lukin

Roman

»Nur hier blüht die Pfingstrose in solch prächtigen Rottönen, weil der Boden mit so viel Blut getränkt ist.«

In welche Mühlen geriet das serbische Ehepaar, das sich von falschen Versprechungen und einem verheißungsvollen Rückkehrprogramm in die alte Heimat, das Kosovo, zurücklocken ließ? Die Belgrader Kriminologin Milena Lukin kommt skandalösen Machenschaften auf die Spur, die bis in hohe Kreise der serbischen und europäischen Politik reichen. Wieder ein atmosphärischer, packender Krimi, der ins Herz des Balkans führt.

»Der Krimi, dicht und sinnlich geschrieben, erzählt uns viel vom Leben in Belgrad sowie den politischen Verhältnissen der Gegenwart und Vergangenheit.«
Emma, Köln

Maiglöckchenweiß
Ein Fall für Milena Lukin
Roman

Maiglöckchen stehen an der Belgrader Straße, wo einst ein kleiner Roma-Junge von zwei Jugendlichen zu Tode geprügelt wurde. Einer der beiden Täter kam damals in Haft, der andere konnte fliehen. Nach fünfundzwanzig Jahren kehrt der Geflüchtete nach Belgrad zurück, stellt sich seiner Vergangenheit und wird kurz darauf tot an der Donau aufgefunden. Selbstmord, behauptet die Polizei und stellt die Ermittlungen ein. Der Anwalt des Toten und Kriminologin Milena Lukin stehen vor einem Rätsel. Bis sie auf ein Indiz stoßen, das sie zu einem Mord führt, der einst das Schicksal eines ganzen Landes bestimmte.

Der folgende Roman ist zurzeit ausschließlich als eBook erhältlich:

Die Studentin
Ein Fall für den Frisör